阿部公彦
事務に踊る人々
0123456789
講談社

はじめに

事務というと何が思い浮かぶだろう。事務仕事、事務能力、事務所、事務机……。こうした言葉から連想されるのは何より仕事や作業の場であり、そこには道具もついて回る。昔ならソロバンと鉛筆。その後はファックスとか、指先にぴったりはめるあの小さなゴムとか、茶色い封筒とか。最近はパソコン、プリンター、USB、QRコードなど。比較的息が長いものもある。給茶機、ホワイトボード、付箋。もうひと押しすれば、透明のビニール傘が何本も挿さった傘立てとか、個包装のカントリーマアムとか、あるいはデスクの引き出しの隅に転がった十円玉や一円玉も、事務っぽい。

誰もが心に「事務センサー」を持っている。しかし、いつセンサーが反応するかは個人差がある。私の場合、とくにセンサーが働くのは「添付ファイル」だ。届いたEメールに添付ファイルがくっついていると、事務モードを感知してたちまち心は陰る。添付物をクリックしてから開くまでの零コンマ数秒は「悪魔の間」だ。目は輝きを失い、頬はどろんと垂れ下がり、気持ちは白濁する。

もちろん事務に罪はない。私も人に添付ファイルを送りまくっている。他ならぬこの原稿も、ワードの添付ファイルで担当の斎藤さんに送ったものだ。添付ファイルには、苔のように事務成分が張り付く。私は斎藤さんに事務苔を送りつけたのである。

いったい誰が悪いのだろう。どこに悪者がいるのか。そもそも事務は「悪い」のだろうか。加害者なのだろうか。ならば被害者は一体誰だというのか。事務がいったい何をしたというのだ！

というわけで、このささやかな思弁からもわかったように、私は本書を通し、現代の社会で不当に軽視され、嫌がられ、ときには蔑まれさえしてきた事務の営みについて、再考したいのである。可能であればその汚名を晴らしたい。汚名どころか、事務には美名がふさわしいのではないか。事務は魅惑の世界への入り口ではないのか。事務は人類の知恵であり、救いなのだ。事務のおかげでこそ、私たちは今、このように暮らすことができる。事務は文化と文明の担い手だ。広大な事務の楽園では、事務の子羊や事務の兎が駆け回る。何と甘美な光景だろう。思わず目頭が熱くなる。

少し褒めすぎた。事務はそこまで甘美なものではない。私たちは事務の現実を知っている。事務は面倒くさく、複雑で、抑圧的だ。事務を前にして、私たちはいつも「しまった！」と言わされる。それが私たちの宿命なのだ。そんな事務の現実を見据えながら、それでも私たちが事務にとりつかれてきた、その跡をたどってみよう。人類と事務の間に、いったい何があったのだろう。

本書は一二の章からなる。第1章では、現代社会の中で「事務」がいかに重要な位置を占めているか、にもかかわらずどのように疎まれているかを確認した上で、書類仕事が武力にとってかわった画期としてフランス革命をふり返る。日本では官僚制が整備されたのは明治期になってからだった。この時期に事務と周辺概念が輸入され、言葉もつくられた。そんな中で頭角をあらわした人物の一人に夏目漱石がいる。漱石に注目すると見えてくるのは、事務と相性がいいのが教育現場だということだ。第2章では漱石の四角四面ぶりに事務の影を見る。

第3章以降は、事務処理化が進んだ現代社会に訪れた大きな変化として「注意深さ」の偏重に注目する。「注意の規範」が社会を覆うにつれ、私たちは新しい病にも直面した。事務が生んだ、独特の現代病である。

現代社会には、事務ならではの感性や、事務についてまわる宿痾（しゅくあ）があふれている。たとえば事故／ミス。遅延。面倒な形式の束縛。硬直。しつこさ。こだわり。しかし、これらは事務を円滑に行うために必要なものばかりだ。事務を事務たらしめるのは細部への注目である。しかし、こうした注視や認知といった行為自体が、本来の必要性を逸脱するほどの過剰さで人々を魅了するようになる。倒錯的な事務愛の始まりだ。細部へのこだわりには、事務の魅惑と疑惑を解き明かす鍵がある。

私は長らくグリッド（格子模様）の図像に魅せられてきた。今回、事務に注目することで、格子模様の深い意味をあらためて思い知った。格子に沿って目を走らせ、格子に沿って歩くとき、不思議な心境へと至る。鉄道趣味はその代表例の一つだ。格子には事務の奥深さが滲み出ている。

文学はしばしば事務の敵のように扱われてきたが、いやいや、そんなことはない。むしろ事務の人材は文学界に豊富にいる。『ガリヴァー旅行記』のジョナサン・スウィフトからチャールズ・ディケンズ、トマス・ハーディ、E・M・フォースター、小川洋子、西村賢太、三島由紀夫、ハーマン・メルヴィル、川端康成など、事務を介して読んだり語ったりすることで新しい魅力を見せる作家たちが大勢いる。

本書の後半にかけ徐々にはっきりするのは、事務と死の親和性である。事務は私たちに死の世界を垣間見せてくれる。事務の本領は、遺産相続や家系など死にまつわる記録の扱いだ。そんな考察をへて第12章では本書のまとめとして事務の人間性／非人間性を話題にする。事務は人間を越えることで人間をコントロールしようとする一方、ときには——生成AIを典型に——上手に〝人間のふり〟をする。その気持ちの悪さを示したのが、ハーマン・メルヴィルの究極の事務小説「書記バートルビー」だった。言葉の使い方次第で人間関係はどのようにも変わるが、最終章では事務の介在した言葉がどう人と人の距離の調節にかかわるかを確認したい。

本書は事務について結論や規範を提示するものではない。むしろ事務がいかに規範的に振舞うかを示したい。その規範の背後には人間らしい要素があり、そこに注目すると私たちがふだん馴染んでいる日常の裏が見えてくる。事務文書と対立すると考えられがちな文学作品だが、文学の言葉は事務と深く結びつくことで機能を発揮してきた。事務をめぐる探究は「文学とは何か」という問いにつながるものなのである。

目次

第1章

漱石と大日本事務帝国

事務帝国の繁栄

事務。どこか冴えない響きである。くすんで、目立たず、ときには陰鬱でさえある。しかし、現実には事務ほど私たちの生活と深くかかわるものはない。事務職というカテゴリーに分類される人の数は膨大で、独立行政法人・労働政策研究・研修機構の二〇二二年の調査では、「事務従事者」は日本の全労働人口六七二三万のうち一四〇一万人、二〇・八パーセントを占める。全職種中のトップだ。[*1] もちろん、他の職種に分類される人とて事務と無縁でいられるわけではないし、仕事の場を離れても多くの人が事務作業をこなさざるを得ない。税金の申告、冠婚葬祭の準備から不在配達のお知らせへの対応や食材の注文まで、私たちの日常は事務にまみれている。

ところが——いや、まさにそのせいかもしれないが——事務という語から思い浮かぶ例文といえば、「事務処理に追われた」「事務仕事ばかりでいやになった」といったネガティブなものばかり。『てにをは辞典』の用例を参考にしても、「事務的な顔」「事務的な硬さ」「事務的な説明」「事務的な態度」「事務的な電話」「事務的なごたごたが済む」「事務的な調子で言う」など、どれもなぜか「事務的」がつくだけで好ましくない意味へと変ずる。「事務能力がある」との褒め言葉も、「能力が高い」と言う場合とは違って小手先の要領の良さを示しそうだ。「事務」という語が入るだけで、どこか矮小化されてしまうのだ。これが「官僚的」「役人的」という表現になると、否定性はより露わになる。融通がきかない、冷たい、非人間的……。「事務的なもの」のエッセンスを煮詰めた、高濃度の呪わしさがこうした語には押しつけられてきた。

このように私たちは事務的なるものを疎んじてきた。あまりに事務を悪者にすることに慣れているので、なぜそうなのか理由さえ忘れそうになるほどだ。しかし、何らかの事情で国から現金を受け取れるというとき、まず書類を書かねばならない！　といった現実に直面するとイライラし、思い出したように「こんな事務作業をやらされるのか！」と声をあげる。そうなのだ。だから事務は嫌なのだ。面倒なのだ。

実際、過去を振り返ってみても、人をイライラさせるのは事務仕事の大きな持ち味だった。この後に触れるように、事務仕事の最初の功績はフランス革命時の「遅延」効果だった。おおいに迷惑した人もいたが、おかげで命拾いした人もいる。この時代は事務の「力」が、武力という「力」にとってかわる画期だったのである。これを境に事務は、新しい権力となっていく。

事務は遅延効果以外にもさまざまな特性を備えている。人間にまとわりつき、その手足を縛り、ときにイライラさせたり、怒らせたり、絶望させたり。しかし、奇妙なことに私たちは一方で事務を疎んじつつも、その実、それほど嫌いでもない。本書で注目したいのはそこである。私たちは事務処理を呪い、イヤだ、面倒だ、と嘆くわりに、密かにその魅力に取り憑かれてもきた。事務に惹かれ、引き込まれ、酔いさえする。事務帝国の繁栄を喜んでもいる。実に奇妙である。

ロラン・バルトの事務仕事

「事務」という概念について私たちがどのような固定観念を持っているかを示すエピソードを一つ紹介しよう。ロラン・バルトが自動車事故で亡くなったのは一九八〇年のことだった。若くして評論家として名をはせたバルトは、コレージュ・ド・フランスの教授を務めるなど公の仕事もこなしてはいたが、何と言っても彼の持ち味は『零度のエクリチュール』に始まる鋭くも柔軟な視点から繰り出される文筆活動であり、彼が選択するテーマにはジャーナリスティックな軽快さや瞬発力も目についた。

そんなバルトの早すぎる死は大きなショックを引き起こしたが、死後ほどなくしてバルト特集を組んだ『コミュニカシオン』誌に、ある興味深い追悼文が載った。執筆者はジャック・ル・ゴッフ。高名な中世史家である。ル・ゴッフは長らく高等研究実習院の第六部門の校長を務めていたが、在職中は数人のメンバーからなる委員会を組織し、学校の実務にあたる必要があった。大学の細々とした制度の運営は、研究職にある人にとってはいわゆる「雑務」、すなわち「事務仕事」だ。

ル・ゴッフはバルトにこの委員会への参画を依頼することにした。アカデミズム全体、フランス全体を見渡すような視野を持った人物が一人欲しいと思ったからである。しかし、「ダメ元」の気持ちでもあったという。執筆で忙しいバルトが、細々した雑用の多いこのような職務を引き受けてくれるわけがないとも思った。

ところが、驚くべきことにバルトは委員に就任してくれたばかりか、実務的な面でもおおいに活躍してくれたという。学生の研究計画書の確認、大学の組織改編の準備、労働組合の代表との交渉などにもきちんと対応してくれたし、毎週の委員会の議事録にもしっかり目を通し、文言やパンクチュエーションの修正にまで目を光らせたという。*2

あのバルトが！　というのがル・ゴッフの追悼文の趣旨であり、またこの追悼文を紹介する『鬼のような書類』の著者ベン・カフカの感想でもある。

しかし、ここであえて問いたい。なぜ「あのバルトが！」と思うのだろう。もちろん私も「あのバルトが！」と思う。でも、それはなぜなのか。

整理棚の権力

この『鬼のような書類』には先述したフランス革命時のエピソードも紹介されている。一七九四年のことだった。フランス革命はすでに恐怖政治の段階に至っている。コメディ・フランセーズの俳優の何人かもギロチンに送られることになった。公開処刑である。処刑を見物しようと群衆も集まった。

ところがいつまでたっても処刑されるはずの俳優たちが現れない。どうやら裁判が延期されたらしい。原因は事務文書のトラブルだという。後に語り伝えられたところによると、公安委員会のシャルル＝イポリット・ラブシェールという事務職員が訴追状を盗み、水に浸して原形をとどめなくしてから川に投げ込んだという。大量の処刑リストに心を痛め、事務書類の破棄という形で抵抗を示したらしい。おかげで処刑のための手続きは停滞し、処刑そのものも行われなかった。ラブシェールの伝説はこうして美談として歴史に残ることになる。まもなく恐怖政治が終わりを告げたこともあり、命を救われた人の数は二〇〇人にのぼったという。[*3]

詳細については真偽のほどが定かでないところもあるようだが、このエピソードはフランス革命期頃からにわかに注目されるようになったbureaucracy（お役所主義、官僚主義）という概念の含みを象徴的に示すと思われる。bureauとは机のことだが、このbureauのイメージをもとにbureaumania（事務狂い）という語をつくってフランスの書類地獄を嘆いたのはヴァンサン・ド・グルネーだった。ド・グルネーは今でもよく耳にするlaissez-faire（自由放任）の施策を広めた人で、一八世紀のフランスで台頭し始めた事務文書の氾濫に批判的な目を向けていた。そしてdemocracy（民主主義）、aristocracy（貴族社会）、monarchy（君主制）と並んで、新しい権力の形態としてbureaucracy（書類主義、官僚主義）が登場したと口走ったのが、この語の初出だと言われている。[*4]

このような事務手続きの偏重がちょうどフランス革命の時代に現れたというのは興味深い。絶対王政の下では政治的な決断は個人の「声」を通して行われる。ところがフランス革命をへて、そうした絶対的な「声」が失われると、かわりに書類と手続きが権力として我々の前に立ちはだかる時代が到来したのである。人間の生死にかかわる武力の執行は、まさに究極の「ハード」。そこには人類の原初的な野蛮さが息づいているかに思える。しかし、軍備や政治・法制度の運用は近代化とともに洗練され複雑化し、何段階にもわたる手続きへの依存なしには成り立たなくなりつつあった。いわゆる「ソフト」の力の台頭である。

ギロチンの事件はこの変化を象徴的に示した。事務的な手続きが停滞すれば、見るからに恐ろしい殺人的な器具といえども効力を失う。これは強い声と武力によって裏打ちされたわかりやすい可視的な権力が、書類処理を中心とした「事務」と呼ばれる不可視の権力にとって代わられたことを意味した。事務を担うのは、無数の名もなき事務官たちであり、そこには統一的で明確な主体性はない。その功績も失態も、個人の責任に帰されることはなく、そのかわりに立ちはだかったのが無数の書きこみ用のフォームと、書きこまれた書類を整理するためのキャビネットだった。そうした現実に対し、bureaucracy という言葉は実によくできたイメージを提供したのである。

クソどうでもいい事務

数年前、事務とその周辺の職務にあらためて注目を集める概念が登場した。デヴィッド・グレーバーの「クソどうでもいい仕事（ブルシット・ジョブ＝bullshit job）」である。この概念はもともとは二〇一三年に短いエッセイの中で唱えられて大きな評判を呼んだもので、二〇一八年刊行の『ブルシット・ジョブ——クソどうでもいい仕事の理論』（原題は *Bullshit Jobs: A Theory*）で著者がより敷衍（ふえん）した形で解説したものである。現代の社会にはこれまで何となく人々が引っかかりを感じてきたある種の仕事の形態が蔓延しているとグレーバーは言う。こうした仕事を彼は「クソどうでもいい仕事」と呼び、そうした仕事が「被雇用者本人でさえ、その存在を正当化しがたいほど、完璧に無意味で、不必要で、有害でもある有償の雇用の形態」に堕していると指摘する。ところがそれにもかかわらず、そうした実態について誰も認めようとしない。

グレーバーによれば、こうした仕事は、なくても誰も困らないし、従事している本人さえ不要だと思っている。その証拠として同書にはこの「クソどうでもいい仕事」に従事する人の不満が多数引用されている。ところが、これらの仕事はなくならない。いったいなぜか。確実に言えるのは、こうした仕事に人々が従事していることが権力を維持する装置として機能しているからだというのがグレーバーの見立てである。この見取り図はその明快さゆえに多くの読者を惹きつけた。

しかし、このあまりに明快な構図に多少躊躇しないでもない。「クソどうでもいい仕事」の従事者が声高に不満を叫ぶ様子は、まさに日本語で「事務的」という言葉がもたらす嫌な気分とも重なる。グレーバーの著作ではこの概念はかなりの領域をカバーするが、「クソどうでもいい」と卓抜な訳語を与えられたbullshitは、二〇世紀になって新しく英語に登場したややカジュアルな単語で、そこには「でたらめ」といった意味とともに「無駄な手続き」「形骸化した事務」という語義がある。[*5] グレーバーが第一章冒頭であげている兵士の執務室移動をめぐる煩雑な手続きの用例にも、「クソどうでもいい」の出発点にあったのが英語で red tape（官僚的形式主義、手続き主義）と呼ばれる無駄な事務処理であることがはっきり出ている。そこには「たいしたことをしてないわりに、もっともらしく見える」という含みがあり、グレーバーの功績がこの「もっともらしさ」を転覆させたところにあるのは間違いない。ただ、そこに引き付けられすぎると、たとえば事務処理が持っているふつうの意味での必要性、機能、そしてしぶとい底力を見落とすことにもなる。

事務がときに「ブルシット」＝「クソどうでもいい」に堕するのはたしかだ。しかし、なかなか厄介なことに、事務がほんとうに必要とされる場面や領域もあるのである。そこがまさに不満の原因となるのだ。つい「どうでもいい」と声をあげたくなる卑小さや面倒くささに彩られているのに、実際には「クソどうでもいい」どころか無ければ困ることがあり、完全な除去は難しい。人々はそんな八方ふさがりの「事務の現実」に直面するからこそ、イライラし不満の声をあげるのではないだろうか。むろんそれが必要以上に必要そうに見えていることの「はったり」を暴くことはできるが、だからといって「はったり」の向こうのみみっちい現実を消し去ることはできない。そして事態をさらにややこしくするのは、「クソどうでもいい」ように見えるにもかかわらず必要でもある事務仕事を、その必要性以上に必要そうに見せてしまうような、奇妙な事務愛のようなものがあることだ。事務の「はったり」をむしろ正当化してしまう心の構造が私たちの中に存在するのだ。

「事務」の日本到来

『日本国語大辞典』によれば、「事務」という語は affairs や business に対応する語として明治二〇年代に日本語に定着した。[*6] 語義としてはまずは一般的な「取り扱う事柄。仕事。つとめ」という広いものがあり、福沢諭吉の『学問のすゝめ』（一八七二〜七六年）など一九世紀後半のいくつかの用例があげられている。しかし、より重要なのはもう一つの「役所、会社、商店などの、主として机上で行なう仕事」という語義である。今の私たちが「事務的」「事務処理」といった表現から連想するのは、この後者の方だろう。言うまでもなく「机上で行なう仕事」と対になるのは、まずは机上で行わない仕事、つまり肉体を使って行われる仕事である。兵役や農業・工業従事者の肉体労働などが思い浮かぶ。

ただ、この語義の用例には、中村正直訳による『西国立志編』（一八七〇〜七一年）の「文学の才あるものは、事務に任ずるに宜しからず」いう一節もあげられ、先の語義の「役所、会社、商店などの……」という部分がクローズアップされる。ここで事務と対比されるのは「文学」である。『西国立志編』の原著はサミュエル・スマイルズ（Samuel Smiles）の『自助』（*Self-Help*）で、該当箇所では、徒に(いたずら)学問や文芸、政治を持ちあげ、商業活動を軽んずるような風潮を批判している。そこで「文学の才ある者は……」の一節は誤った考え方の例として出されるのだが、原文の men of genius という部分の訳語として、中村が当時まだ今のような文芸という意味を持っていなかった「文学」との語をあてたのは興味深い[7]（『日本国語大辞典』によれば、詩歌や小説といった意味での「文学」の初出は一八九〇年代）。こうした「文学」の使用を通して、どちらかというと高尚で高い能力や感性を必要とする「文学」と、それほどの能力を要しない、しかし、生活と直結する雑事としての「事務」（=business）という対立が日本語でも形成され、それを土台にして現在のような「文学」観が醸成されたとも言えるだろう。

事務という概念の周辺にはこのように近代社会で一般化する「机上の労働」vs.「肉体労働」という線引きや、創造的で才能を要する言語使用と、誰もがかかわる平凡な日常言語という対比が見え隠れする。近代のさまざまな常識や規範と「事務」という概念が密接にからんできたことがうかがわれる。

しかも興味深いのは、事務がそうした大きな対立にとどまらない、より微妙な空気をも伝えることである。「机上の仕事」が洗練されマニュアル化されるとともに「事務の文化」とでも呼ぶべきものが生み出された。私たちのほとんどは意識するとしないとにかかわらずこの文化に巻き込まれてもきたわけだが、だからこそ、この文化の気配を言語化するのは容易ではない。しかし、皮肉なのは事務と近接しつつ、微妙にずれたり対立したりすることで事務の「事務らしさ」を明らかにしてきたのが文学作品だということだ。この先、「事務の文化」のあらわれを文学周辺にも確認しながら、私たちのこだわりや癖、習慣といったものを見つめ直し、背後にある思考の型のようなものをあぶりだしてみたい。

漱石と事務の相性

そこでまず取り上げたいのが夏目漱石である。一八六七年、大政奉還の年に生まれた漱石は明治という時代とともに年を重ね、新しい教育制度の申し子として近代化の波に進んで身を委ねた。彼が選んだ領域は学問だった。しかし、日本の近代化はあまりにいびつなもので、漱石はやがて「大学の教授を十年間一生懸命にやったら、大抵の者は神経衰弱に罹りがちじゃないでしょうか」との感想を持つに至る。「現代日本の開化」（明治四四年）で漱石が示したのは、日本の近代化が実質的には西洋化と同義であり、異なる文化のものを持ち込むことによってやや不自然に進められたという見立てである。過去の蓄積の上に自然と内側から変化が起きるのとは違い、外側から持ち込まれた変化は、どうしても「皮相上滑り」となる。[*8] 漱石のこうした問題意識は晩年になってはじめて生まれたものではなく、すでに二〇代の頃から「日本人の胴に西洋人の首がつきたる如き化物」といったイメージでとらえられてもいた。[*9]

漱石の文明観は一般論としても受け入れられるだろうが、何より漱石自身の個人的な実感でもある。「大抵の者は神経衰弱に罹りがち」というが、漱石自身がまさにこの「神経衰弱」の症状を呈していたことを私たちはよく知っている。明治のエリートとして近代化の波に乗るはずが、つねに違和感に取り憑かれ、それでも無理をして新しい枠組みに身をゆだねようとして窮屈な思いをする――そんな漱石の像は繰り返し語られてきた。漱石作品の主人公たちも、デビュー作の『吾輩は猫である』から絶筆となった『明暗』に至るまで、実に不自由そうに見える。

このような窮屈さの根底にある原因を突き止めるのは簡単ではないが、「現代日本の開化」では、ひとまずそれは外発的な「開化」からくるものとされた。ただ、この講演を貫くロジックそのものが、漱石的思考の窮屈さに取り憑かれていることには注意したい。「現代日本の開化」は、問題への回答や処方というより、問題の実演とも見えるのである。

たとえばこの講演を始めるにあたって漱石は、「開化」という語の定義から始めようとするが、そのうちに話が「開化」そのものから逸れ、「定義とは何か？」というメタレベルに深入りする。[*10] そして、ひとしきり「四角四面の棺」のような定義の融通の利かなさをあれこれ例をあげながら批判するのだが、そうした融通の利かなさを指摘する漱石の論法そのものが、まさに柔軟性の欠けた硬いものに見えなくもない。[*11] こうして相当な言葉数を費やして「定義」そのものについての議論が展開され、そうこうするうちに「定義」をめぐる不器用なほどの拘泥から、より重要なこだわりの一端がほの見えてくる。

その他四角だろうが三角だろうが幾何的に存在している限りはそれぞれの定義でいったん纏めたらけっして動かす必要もないかも知れないが、不幸にして現実世の中にある円とか四角とか三角とかいうもので過去現在未来を通じて動かないものははなはだ少ない。ことにそれ自身に活動力を具えて生存するものには変化消長がどこまでもつけ纏っている。[*12]

議論の流れの中で出てくるのが、「それ自身に活動力を具えて生存するものには変化消長がどこまでもつけ纏っている」という考えである。最終的にはこれが、講演の中心テーマにもかかわる。長い前置きをへて漱石は「開化」そのものに話を移すが、問題の根は同じだ。「定義」という行為が難しいのは、現実を型にはめて理解するのが難しいからである。そして、現実というものには「変化消長がどこまでもつけ纏っている」のである。これと同じように「開化」もまた型にはめるのが難しい。漱石は「開化」を「人間活力の発現の径路」と定義するが、「人間活力の発現」というからにはまさに「変化消長」そのものがそこにはついてまわる。

四角四面の語り

合理性の探求にせよ、本能欲望への耽溺にせよ、そこには自然な「変化消長」が伴う。意図的に育てたり、管理したりするのは簡単ではない。にもかかわらず、明治政府はそれを国家的な事業として推進したり、教育制度を通して育んだりしようとした。ちょうど四角四面の定義が現実とずれてしまいがちなのと同じように、そうした外発的な圧力は上滑りになり、実態と乖離(かいり)する。

ここで「開化」を説明しようとする漱石の論法そのものが、図らずも「型」を尊重している、ということにはあらためて注目しておいていいだろう。あまりにきれいな二分法がそこにはある。[*13]

評論に限らず小説中の記述でも、漱石がこのように明確な対立や構造化に基づいた議論をしがちなことが思い出される。『草枕』冒頭の「智に働けば角が立つ。情に棹させば流される。意地を通せば窮屈だ。とかくに人の世は住みにくい」にもあらわれているように、漱石は二つ、三つと拮抗する項を立てて整理した上で、その複雑な絡み合いという形で現実を理解しようとした。

こうしてみると、漱石が何と格闘していたかが見えてくる。漱石は一見、「四角四面」の定義や、外発的な圧力としての「開化」に抗っているようにも見えるが、ことはそう単純ではない。なぜなら抗おうとする漱石のうちに、彼が抗おうとする力がすでに住み着いているからである。型にしても、西洋にしても、すでに漱石の一部なのである。異物の排除などという形でそれを取り除くことはできない。型に抵抗しようとする漱石が、実際には過剰なほどに定義や二項対立に言葉を費やしがちなのは、構造や形式が亡霊のように漱石に取り憑いているためだと言える。

漢文や英文学の素養をはじめとして当時の第一級の知識人の資格を備えていた漱石が、その知の運用においてどこか余裕がないように見えるのもそのためかもしれない。『文学論』をはじめとした漱石の研究書を手に取ったことのある人なら、著者の対立項の作り方や整理の「四角四面」ぶりには驚かされる。漱石は知そのものより、知の「形」にとらわれていたのではないか。それは究極的には言語や制度といった社会的な「形」ともつらなるものである。

制度を背負った男

英国滞在中の漱石の日記を読むと、彼の劣等感や焦りがよく伝わってくる。何よりも大きかったのは言葉に不自由したことだ。明らかに自分より教養がない人たちを前に、言いたいことも言えないし、十分な尊敬を得られているようにも思えない。日記ではそうした劣等意識が反転し、ことさら自身の知識教養をたのみにするような姿勢が見える。たとえば明治三四年（一九〇一年）一月一二日付の書き込みでは、ロンドンの市井（しせい）の人々が驚くほど自国の文学についての知識を欠いていることに漱石は呆れてみせる。「英国人ナレバトテ文学上ノ智識ニ於テ必ズシモ我ヨリ上ナリト思フナカレ、彼等ノ大部分ハ家業ニ忙ガシクテ文学抔ヲ繙ク余裕ハナキナリ respectable ナ新聞サヘ読ム閑日月ハナキナリ、少シ談シヲシテ見レバ直ニ分ルナリ」[*14]。漱石は作品を読みもせずに知ったかぶりをする人や、大学での講義後にキーツ（Keats）やランドー（Landor）の名の綴りを教授に尋ねたりする女子学生を軽蔑する。また、『ロビンソン・クルーソー』の劇場版を一緒に見に行って「これは実話なのか？」などと訊いてきた宿の年寄りの教養のなさに呆れる。[*15] これらのエピソードには漱石の人間味が出ているとも言えるが、そこまでしなければ自尊心の維持ができないほどに彼は追い詰められてもいた。

英国留学に際し、漱石は自分は文部省に命ぜられて英語の勉強をしに行くのだ、英文学研究もするのだ、と大きな使命感にかられていた。ところが現地では語学も研究も思うにまかせず、焦りが募る。制度や国家による圧迫はこうしてじわじわと効いてくる。

もともと漱石には制度への強い関心があった。漱石の置かれた状況を考えればそれは当然のことでもあった。帝国大学文科大学は一八八六年（明治一九年）に創設されたばかり。その英文学科に漱石が入学したのは四年後の一八九〇年である。この年入学したのは彼一人で、先輩も一人しかいなかった。新しい教育システムがこれから稼働しようという状況に身をおけば、自分が大学をそして国家の未来を担うのだという意識は否応なく高まらざるをえなかっただろう。

英語教師の事務

このあたりの事情を、とくに英語教師としての漱石という面に光をあてて解き明かしたのが川島幸希の『英語教師　夏目漱石』である。川島は漱石の英語観や教育観を確認すべく、「中学改良策」（大学三年次の教育学の論文）、'GENERAL PLAN'（英文）、「福岡佐賀二県尋常中学参観報告書」、「語学養成法」という四つの資料を丁寧に分析している。[*16] たしかにこれらの資料を通覧してみると、漱石が英語教育の方法について多岐にわたる意見を発し、きわめて具体的な提案も行っていたことがわかる。

とくに印象的なのは、漱石が帝大の三年生のときにまとめた「中学改良策」である。漱石はこの中でまずは日本の教育制度全般を概観、国家と個人の関係についての理念を述べた上で、制度についての議論に踏み込んでいく。高等中学校が全国に五つもあるのは日本の国力に見合わない、まずは関東と関西にしぼるべきだとか、同じ関西でも京都は風紀が悪いからやめた方がいいといった提案をしたり、中等教育と高等教育の円滑な接続の必要性を説いたりする。とりわけ教員の質の維持についてはかなり強い意見を持っており、学識があっても教授法が身についていない教員がいる一方で、教授法ばかりで学識がない教員もいるといった指摘には、いかにも漱石らしい二分法やパラドクスによる状況の理解が見て取れる。

良い教員を集めるために待遇を良くせよとか、ネイティブ・スピーカー教員の数を増やすなら、とりあえず英語ができればいいのだから宣教師を雇えとか、生徒の意識を高めるために徳の高い人を呼んで講演会を行えといった指摘もある。講演会についてはその指示の具体性に驚かされる。講演の内容は倫理的なものを扱い、古今東西の名言を引用して生徒に感動を与えるようにせよ、とか、校長職員は講師に敬意をもって接し、生徒もそうするよう仕向けよとか、講師出入りの際は静粛にして、授業のない教師も参加するようにさせよ、講堂は清潔にしてよけいな装飾は控えよ、とある。漱石の表現を引用すれば、「紙鳶屋(たこや)の招牌の如き感」にならないようにせよ、というのである。*17

'GENERAL PLAN' は教授法や教科書のあり方を扱ったもので、短い中にも今の学習指導要領を思わせるような規範の提示が行われているが、話はきわめて具体的な細部にまでおよんでいく。たとえば授業中に隣の教室から歌が聞こえてきたり、運動場から教練の声が聞こえてくると邪魔になるから、'absolute silence'(完璧な静寂)を実現せねばならない、といった指摘があるかと思うと、文部省による教科書の文言には重複が多くて頁数が増え、小さい子どもには扱いが難しいほど分厚くなっているとか、教科書の挿絵が下手で「茶わん」(cup)と「タンブラー」(tumbler)が混同されているといった指摘もなされる。[*18]「福岡佐賀二県尋常中学参観報告書」では音声指導を十分に行っていない教員について批判的なコメントが付加されるが、漱石が留学前から一貫して音声面の指導に注力していたのは興味深い。おそらくそこには、漢文の読み下しのような英語教育を行う当時の私立大学の「変則」式への批判が込められていたのだろう。

このように制度についての提案をする漱石は実に生き生きとしている。個人的な体験を元にした細部へのこだわりも目立ち、「中学改良策」では教室の使い方にまで言及がある。大学では授業ごとに教室が変わるシステムなのでクラスの一体感がそがれ、学生同士の交流が阻害される、クラスは家のような機能を果たすべきだというのである。[*19]

語学と事務が共有するもの

漱石が理想とした英語教育は、文法面をしっかり押さえつつ音声にも重点を置いたものだった。当時のいわゆる「正則」式、すなわち自身が受けたような、ネイティブ・スピーカーによる教授を前提とした方式がいつも漱石の脳裏にはあったのだろう。決して過度に会話やオーラル・コミュニケーションに偏っているわけではないが、音声の重視や授業時の英語の使用といったところを見ると、現在の英語教育で「新しいもの」とされてきたような方法論をごくふつうに採用している。

しかし、その後、晩年に発表された「語学養成法」の頃になると、漱石は近代国家として日本が成長するとともに英語が不要になるのは当然だといった意見も述べるようになる。「あらゆる学問を英語の教科書でやるのは、日本では学問をした人がないからやむをえないという事に帰着する」。「学問は普遍的なものだから、日本に学者さえあれば、必ずしも外国製の書物を用いないでも、日本人の頭と日本の言語で教えられぬというはずはない」[*20]。ただし、英語力の衰退が困るというなら……ということで漱石はいくつかの提案をする。その骨格をなすのは現在でも多くの英語教育関係者が口にすることばかりである。たとえば、以下のような点である。

・生徒を英語漬けにすれば自ずとできるようになるかもしれないが、他の科目を犠牲にして英語ばかりやるのは本末転倒なので、効率を考えれば文法習得を柱にすべき。
・「会話」「文法」「訳読」というように英語を種々の「科目」に分けるのではなく、統合的に教えること。
・文学研究者などの学者をそのまま教員にするのではなく、教員としての訓練を施す。

この「語学養成法」は一九一一年（明治四四年）に談話の形で発表されたもので、漱石最晩年の語学観を示すと言える。'GENERAL PLAN' では漱石はネイティブ・スピーカーから教わったと思われるやり方を踏襲していたが、「語学養成法」ではそれが多少修正されつつ受け継がれているのがわかる。[*21]

漱石が現在の流行のコミュニカティブアプローチを先取りしていたとか、あるいは逆に晩年にやや保守化したといった見立ては単純にすぎるだろう。漱石の英語観の変遷には明治から大正にかけての日本のやむにやまれぬ事情もあったし、その後の教員としての経験や留学時の現実も大きく影響した。むしろ注目すべきは、漱石が自身の教授法を相対化する複眼的な目を備えざるを得なかった事である。

ただ、そうした漱石の語学観の変化の中にも共通して見て取れるのは、方法への意識である。すでにあげた「中学改良策」は驚くほど細かい方法や形式をめぐる提案にあふれているし、ごく短い 'GENERAL PLAN' にも、自身が経験した苦労を率直に振り返ってのことだろうが、学校でいかに不特定多数の生徒に語学を教授するべきかを、泥臭く手順を踏んで考えているところが印象深い。そもそも語学の習得には反復、記憶、型の習得、間違い訂正といった作業がつきものだ。そこには事務作業に酷似したものが組み込まれざるをえないのである。そうした作業に邁進（まいしん）する姿勢には、事務との相性の良さが見て取れるだろう。しかも漱石は二〇代前半の時点ですでに英語の問題を自分のこととしてだけではなく、国家による教育というパブリックな視点からとらえる習慣を持っていた。個から全体へとつながるこうした視界の土台となったのが、方法や手順、そして制度についての明確な意識だったのである。

崇高なき崇高

こうした事例からは、学問の道を志した漱石の知へのこだわりが、制度への信頼と密接に絡み合っていたことがうかがい知れる。漱石自身、どうやら自分のそんな傾向に自覚的でもあった。このあたりをより目に見える形で示してくれるのは、漱石の漢文との付き合い方である。言文一致がまだ定着する以前、漱石の小説にもさまざまなモードの書き言葉が使われていたが、そんな中、初期の作品『虞美人草』では、漢文調の巧みさが目立つ。ただし、つねに漢文調が使われているということではない。効果があがる場面だけに限定されていた。北川扶生子によれば、京都の様子が「流麗な和文調」、東京の喧噪が「写生文のスタイルでスケッチ」される一方、主人公の女性・藤尾が「正義」で裁かれるときに漢文調が使われる。その効果を北川は次のように分析する。

漢文調で書かれることによって、ヒロインは、結婚と遺産相続を思い通りに進めようとした（漱石にとっては）「出すぎた女」から、その死によって世界の秩序が回復するにふさわしい、「悪」になるのです。極めて巧みな漢文の利用法です。[*22]

日本語の漢文調には特有の硬く重い響きがある。「男性的」に響くのである。そこから来ることさらな形の呪縛は、公や官の権威を感じさせる。だからこそ、「藤尾を『正義』で裁く」ときに、ここぞとばかりに漢文調が使われる。

しかし、より興味深いのはその先である。漱石は必ずしも漢文調の権威の重さをかさに着て、その力に酔いしれていたわけではない。北川も言うように、『吾輩は猫である』ですでに漢文調の堅苦しさはパロディの対象になっていた。漱石は漢文調と距離をとる術をわきまえていたのである。「『こころ』では、死はもはや、公に共有されるものでも、崇高なものでもありません。個人から個人へと、秘儀のように伝えられるものでしかありません。死が、公のものでなく、私のものになっている、と言えるかもしれません。共同体的な崇高体験の消滅、あるいは死のプライベート化とでも呼びたくなるような事態が、漱石文学のなかで起こっているのです*[23]」。

漢文調は明治、大正と時が流れ、昭和になっても一部の事務文書の中に生き残っていくが、すでにそこには「崇高体験」はない。生きた形式ではなくなったのである。そして、漢文調がたどったこうした「崇高の形骸化」にこそ、現代の「事務の文化」の萌芽はあった。それは崇高なき崇高、あるいは権威なき権威の誕生とも言える。

事務と試験

このような崇高の凋落を理解するためには、事務的なものと深いかかわりを持ってきた

「試験」の歴史を振り返るのがいい。「試験」は、事務に従事する人の能力を測るものさしとして古くから使われており、事務の文化を形成するにも大きな役割を果たした。天野郁夫の『試験の社会史』を参考にしながら確認してみよう。

よく知られているように日本の試験は中国の科挙にならったものである。はじまりは八世紀なので、ヨーロッパよりもその歴史は古い。中国の科挙にならっていたこともあって、試験は中国の古典を学ぶという形をとって制度化される。この制度下では、学生はまずは「大学寮」と呼ばれる機関に所属して勉強し、その上で試験を受けることになっていた。試験には暗唱と意味という二つの試験があった。前者の試験は「読む」という字を書いて「読」と、後者は「講義」の「講」という字を書いて「講」と呼ばれていた。「読」では、「教科書の文字一〇〇〇字ごとに、続いた三字をかくして答えさせる」というような問いが出題され、「講」では、教科書の二〇〇〇字ごとに一ヵ条、全部で三ヵ条について意味を問い、二ヵ条に答えられれば合格というようなことが行われた。*[24]

ちなみにこうした試験では「落第者にはムチ打ちの罰」もあったという。*[25]「ムチ打ち」で学習者を動機づけるなどというと野蛮人の風習のようにも思えるかもしれないが、私が四〇年ほど前に通っていた学校でも、成績が悪いと丸坊主にされるといった「体罰」はまかり通っていた。もっぱら「頭のこと」である試験と、身体的な罰とを組み合わせる習慣は長い歴史を持っており、そう簡単にすたれることはなかったのである。

中国の科挙と同じく日本の試験も官吏登用のための選抜を行った。しかし、日本では貴族制が残っていて実際には親の地位が任官に影響し、やがて試験は形骸化して試験制度そのものも廃れていってしまう。[*26] その後、日本ではしばらく科挙的な試験がない時代がつづくが、やがて試験的な教育法があらためて目に付くようになる。たとえば江戸時代の漢学の教育法がそれにあたる。[*27] とくに私塾などでは、漢学の教育には競争的な性格があったようで、その学習の方法には三段ステップ制が取り入れられていた。まず第一ステップは「素読（そどく）」。文字をどう読み、文章をどこで切るかということが問われる。これは日本独特の漢学法で、後の英学にも生かされた。次に第二ステップとなるのは「講義（講釈）」。ここでは素読に使ったテキストの意味を教わる。そして最後の第三ステップで「会読（かいどく）」、「輪講（りんこう）」と呼ばれる演習が行われる。この演習のやり方がおもしろい。演習では学生同士の討論（会講）があるが、生徒は一〇人か一二人ずつ二列に分かれて向かい合って座り、以下のようなことを行った。

> Ａ列の学力第一位の者にＢ列の四人がつづいて質問を投げる。それにうまく答えれば三点になる。つぎに、こんどは逆にＡ列第一位の者が第五位に質問してうまい回答が出れば、両者は席を入れ替わる。両列は前回の会講のときに判定された学力に従って並んでいるわけだから、質問を出す側も答える側もわずかな賞点を争いあうことになる……[*28]

ここで注目したいのは、「競争」という性格とあいまって、何より空欄を埋めるという作業が教育の核となっていたことだ。この空欄埋めこそが事務能力の矮小さのイメージの根幹にはあるのかもしれないが、このことは後で詳しく触れる。

戦闘と試験

さて、科挙と似た競争的な性格をもった官吏登用試験が本格的に復活するのは、さらに数百年を待たねばならない。日本で試験があらためて制度的に取り入れられるのは明治維新期だった。試験は明確に官吏任用システムの一環となった。ただ、その実態を観察してみると、ある興味深い事実が見えてくる。帝国大学、高等学校など初期の高等教育機関の卒業生には圧倒的に士族が多く、一八九〇年の時点でその割合は約六割にものぼっている。*29 明治初年の全人口あたりの士族の割合は六パーセントということなので、この六パーセントにすぎない勢力が、高等教育機関卒業生の六〇パーセントを占めていたというのは驚きだろう。これはあきらかにアンバランスである。どうしてこのようなことになったのか。しかも、さらに目に付くのは医学校や法学校などの卒業生では士族の割合がぐっと減っていることだ。その占有率は三割にすぎない。つまり、行政職よりも専門職につながる教育機関では、士族の割合が小さかったのだ。このことから、どうやら士族は行政職を好んだらしいということが言える。なぜだろう。

この問いにははっきりした答えを提示することができる。実は近代日本の官吏任用システムの確立と、それに伴う学力主義・学歴主義の背後にあったのは、明治維新と廃藩置県ののちに発生した士族の失業という社会現象だった。藩によって身分を保障されているだけで、何らの家業も財産も持たなかった武士が、その「武」を奪われたのが明治維新だった。その結果、士族は「武」にかわるものとして「学」をたのみにするようになったのである。いわば体育会系からガリ勉への転身と言ってもいい。そんな元武士が職業として求めたのが、それまでと同じく行政官として民を管理するということだった。彼らは同じ権力でも、行政的な権力を求めたのである。学力試験による選抜は、とくに明治初期は失業士族の救済という役割を担っていたわけである。

もちろん没落士族が家業をもたなかったということにも注目する必要はある。家業を持たない士族にとっては「学問」が「財産」としての価値を持った。これと合わせて帝国大学の卒業生を無試験で官吏に登用するという政府の政策もあり、学力信仰ができあがるとともに、学力のよりわかりやすい量的な目安としての学歴の偏重が生まれることになる。

ところでここでもうひとつ大事なことを確認しておかねばならない。試験は、実は士族にとっては明治維新ではじめて出逢った目新しいものではなかったということだ。武力をたのみにするはずの士族は、すでに空欄埋め的な行政職、もっといえばまさに事務仕事にそれ以前から慣れていたのである。

一七世紀中期以降、徳川幕府にあって武士は武力を行使する機会がめっきり減っていた。彼らの仕事の中心はむしろ治水や食料管理といったメンテナンス行政的なものだったのである。戦闘員たる武士という身分を持ちながら、その存在性はすでにそのころから曖昧化していた。だからこそ、一八世紀はじめには『葉隠（はがくれ）』のように、「死」とのつきあい方を通して理念的に武士の心得を説く書物が必要ともなった。勤務心得などでさかんに「公」の観念が抽象的に説かれるのも、「武士」の理念と、その実際の役割とが乖離していた証拠である。このあたりは柴田純『江戸武士の日常生活——素顔・行動・精神』に詳しい。

しかし、こうした状況の中で注目すべきは、武士にとっての日常となりつつあった事務仕事が、なかなかおおっぴらにはそうと認めにくいものでもあったということである。武士は事務仕事をしていながら、理念としては「公に仕える」戦闘員として振る舞わねばならない。この表と裏の使い分けから生ずる気恥ずかしさや気まずさと、それに伴う「オレ／あたしのやっていることは所詮事務仕事にすぎない」という意識が、現在に至るまで私たちが事務能力という言葉に感じる独特な匂いにつらなっているのかもしれない。事務という言葉は、私たちが少なからず必要があって行っている（そして本当はけっこう好きかもしれない）作業を「クソどうでもいい」と思わせてしまう表現なのだ。そして、おそらく私たちにはそのような表現が必要なのである。事務の向こうには、より本質的なものが隠されている、と私たちは信じたいのだ。

この文脈では、事務能力に対置されるのは「武」である。命をかけた男らしい戦闘というイメージが一方にはある。しかし、そのような看板があるにもかかわらず、ほんとうは命などとはおよそかかわりのない空欄埋めに右往左往している、そのギャップを事務という言葉は担ってきた。

考えてみれば「試験」という制度にも同じような隠蔽性があった。試験には競争的・戦闘的な側面があり、場合によってはムチ打ちの刑などが用いられてきた。それは擬似的な戦闘だったとも言える。たとえば福沢諭吉がはじめてcompetitionという語に「競争」という訳語をあてたときには、あまりに暴力的だからと幕府の役人に訳をかえさせられた記録があるほどだ。[*30]
しかし、他方で試験は文字通り「空欄埋め」にすぎない。生死の関わらないような、安全な「問答」にすぎない。所詮、コミュニケーションの技術にすぎないのである。「試験」や「公務」の崇高さはこうして形骸化していった。事務に注目するとこうした威光の剝落ぶりが明らかになるが、そんな中でも依然として残る何かも見えてくる。事務狂いの磁場は実に複雑なのだ。

※本稿には、「英文学と事務能力――夏目漱石の『四角四面』を考える」（「れにくさ　柴田元幸教授退官記念号」五・二〈二〇一四〉）として発表された拙論の一部を、大幅な改稿を施した上で取り入れている。

【参考文献】

◆天野郁夫『増補　試験の社会史――近代日本の試験・教育・社会』平凡社ライブラリー、二〇〇七年。
◆小内一編『てにをは辞典』三省堂、二〇一〇年。
◆カフカ、ベン『鬼のような書類』（Kafka, Ben. *The Demon of Writing: Powers and Failures of Paperwork.* New York: Zone Books, 2012.）
◆川島幸希『英語教師　夏目漱石』新潮社、二〇〇〇年。
◆北川扶生子『漱石文体見本帳』勉誠出版、二〇二〇年。
◆グレーバー、デヴィッド、酒井隆史・芳賀達彦・森田和樹訳『ブルシット・ジョブ――クソどうでもいい仕事の理論』岩波書店、二〇二〇年。

◆柴田純『江戸武士の日常生活――素顔・行動・精神』講談社、二〇〇〇年。
◆小学館国語辞典編集部編『精選版　日本国語大辞典』小学館、二〇〇五～二〇〇六年。
◆夏目金之助『漱石全集』岩波書店、一九九三～一九九九、二〇〇四年（漱石作品からの引用は当全集に拠り、巻数と頁を記した。なお、旧字旧かな等、適宜あらためている）。
◆Smiles, Samuel. *Self-help; with Illustrations of Conduct and Perseverance.* New Ed. London: John Murray, 1876.
＊中村が用いた増補版の改定を反映した版。

＊1　「早わかり　グラフでみる労働の今　職業別就業者数」（https://www.jil.go.jp/kokunai/statistics/chart/html/g0006.html）より。なお、職業カテゴリーとしては事務のほかに次のようなものが設けられている。「専門的・技術的職業従事者、生産工程従事者、販売従事者、サービス職業従事者、運搬・清掃・包装等従事者、建設・採掘従事者、輸送・機械運転従事者、農林漁業従事者、保安職業従事者、管理的職業従事者、分類不能の職業」。

＊2　Kafka, pp.141-142.

＊3　ibid., p.51.

＊4　ibid., p.77.

＊5　興味深いことに、この語の源流の一つは軍隊の俗語で、「無用の規律」を示していた。（*The Oxford English Dictionary, 2nd Ed.* オンライン版など）

＊6　『日本国語大辞典』には以下のような記述がある。「日本の翻訳語に大きな影響を与えたロプシャイトの「英華字典」には affairs と business の訳語として「事務」が当てられている。この辞書を参考にした中村正直訳の「西国立志編」（一八七〇～七一）や西周訳の「利学」（一八七七）に「事務」が見られる」。

＊7　Smiles, p.264. 原文にあるのは次のような一文である。'It has, however, been a favourite fallacy with dunces in all times, that men of genius are unfitted for business, as well as that business occupations unfit men for the pursuits of genius.'

＊8　夏目、一六巻、四三七頁。

＊9　「中学改良策」（『漱石全集』、二六巻、六七頁）。
＊10　「複雑な特性を簡単に纏める学者の手際と脳力とには敬服しながらも一方においてその迂闊を惜まなければならないような事が彼らの下した定義を見るとよくあります。その弊所をごく分りやすく一口に御話すれば生きたものをわざと四角四面の棺の中へ入れてことさらに融通が利かないようにするからである。」（『漱石全集』、一六巻、四一八頁）
＊11　「もっとも幾何学などで中心から円周に到る距離がことごとく同じいものを円と云うというような定義はあれでさしつかえない、定義の便宜があって弊害のない結構なものですが、これは実世間に存在する丸いものを説明すると云わんよりむしろ理想的に頭の中にある円というものをかく約束上とりきめたまでであるから古往今来変りっこないのでどこまでもこの定義一点張りで押して行かれるのです。」（同前）
＊12　同前。
＊13　「その二通りのうち一つは積極的のもので、一つは消極的のものである。何か月並のような講釈をしてすみませんが、人間活力の発現上積極的と云う言葉を用いますと、勢力の消耗を意味する事になる。またもう一つの方はこれとは反対に勢力の消耗をできるだけ防ごうとする活動なり工夫なりだから前のに対して消極的と申したのであります。この二つの互いに喰違って反の合わないような活動が入り乱れたりコンガラカッたりして開化と云うものが出来上るのであります。」（同、四二一頁）
＊14　『漱石全集』、一九巻、四六頁。
＊15　同前。
＊16　「語学養成法」のみ『漱石全集』二五巻。その他はすべて二六巻所収。
＊17　『漱石全集』、二六巻、六一～六二頁。
＊18　同、*p.151.*
＊19　同、六四頁。
＊20　『漱石全集』、二五巻、三九二頁。
＊21　『漱石全集』二六巻の「後記」には、'GENERAL PLAN' が「漱石が高等師範学校の嘱託をしていた一八九四年（明治二十七年）のはじめに、同校校長の嘉納治五郎から依頼されたという『尋常中学英語教授法方案』（の下書き）」と推察されるとある（二六巻、五七〇頁）。

*22 北川、一八頁。傍点は原文ママ。
*23 同、二〇頁。
*24 天野、五〇頁。
*25 同前。
*26 同、五三頁。
*27 同、六〇～六六頁。
*28 同、六四頁。
*29 同、三二三頁。
*30 同、九六頁。

第2章

事務の七つの顔

学校の漱石

漱石は英語教育について実に真面目だった。真面目すぎる、と言ってもいいほどだった。学生の出席をとるときにわざわざ名前をMr.—と呼んだり。ちょっかいを出してきた生徒には早口の英語でまくしたてたり。*1 こうした漱石の教師像は『坊っちゃん』や『吾輩は猫である』で戯画的に描かれる人物たちの姿とあわせて考えると滑稽にさえ思えるかもしれない。しかし、その裏には教師としての不器用なほどの実直さが垣間見える。

金子健二は『人間漱石』の中で、次のようなエピソードを紹介している。帝大で講師として教え始めた漱石はジョージ・エリオットの『サイラス・マーナー』を教科書として指定した。これに対し学生は、「田舎高等学校教授あがりの先生が、高等学校あたりで用いられている女の小説家の作をテキストに使用するというのだから、われわれを馬鹿にしている」と憤慨したという。今の時代に読むと、「田舎高等学校」とか「女の小説家」といった言葉に出る、明治時代の帝大生の偏見にまずは目が行ってしまうかもしれないが（そしてそんな時代性に注意を引くのも著者金子の意図の一部だろうが）、何より興味深いのは学生たちの英語観と漱石のそれとのギャップである。いよいよ授業が始まると、漱石のやり方は学生たちの神経を逆なでするものだった。

……私達は指名されると席を立って、中学や高校の生徒のようにリーディングをして、それから訳をつけさせられるのである。リーディングはかたっぱしから直されるので、当った者は衆人環視の中で大きな恥辱を与えられる事になった。私達は大学生から逆転して再び中学生に戻されたような屈辱を感じた。

テキストの音読はその後も課され、いちいち発音を直された。単語や語句の意味も細かく確認される。学生たちは帝大生としてのプライドを傷つけられた。しかも英文学に関する講義の方は、理屈っぽすぎてノートの取りようもない。次第に受講者の人数は減っていったという。[*2]

こうした授業のやり方は漱石自身がかつて受けたディクソンの教授法を踏襲したものだったが、漱石の前任者ラフカディオ・ハーンがその直前までやっていた授業とはまったく正反対のもので、学生たちの反発は大きかったようだ。ハーンは文学の鑑賞に重きを置き、学生を読者として大人扱いしたが、漱石は「英語もできないクセに文学だの何だのとは十年早い」と言わんばかりに発音や解釈といった基礎にこだわった。

漱石の役人思考

漱石が後に帝大を辞し小説家となったことを考えるとこのような方針は意外とも思えるかもしれない。むろん、こうした境地に至るまでには紆余曲折もあっただろう。実際、漱石自身かっては、語学の基礎や文学史の知識などにこだわるディクソンの教授法におおいに不満を抱いていたのだ。しかし、言語を扱う科目への対応には、その人の考え方の深層が露出する。漱石が最終的に選び取った姿勢を見ると、言語習得や教育をめぐる方法や制度への彼なりの意識がうかがい知れる。根底にあったのはある種のメンタリティ——官僚らしいといってもいいそれ——なのである。漱石は教員の質の管理や生徒・学生の学業促進を、いかに制度面からコントロールするか、その方策を真剣に考えるようになっていた。

前章で言及した「中学改良策」はまだ学生のときに書いた論文であるにもかかわらず、すでにその考え方には役人のような視線が見られた。とりわけ教員の質をいかに維持するか、生徒に良い影響を与えるためにどのようなシステムを導入すべきかといった提案には、制度的な枠を通して現実を変えようとする思考が読み取れた。

こうした制度への関心は、漱石が長らく教育機関に身を置く中で醸成されたものかもしれない。学校という場では、多数の構成員に対し一括した対応を行う必要がある。毎年、同じようなルーティンも繰り返される。資格や身分の認証も効率的に行わねばならない。つまり、教育機関では、処理のための「枠」が大きな機能を果たしやすいのである。しかも営利企業とはちがって業績の上がり下がりに一喜一憂する必要もそれほどなく、勢い、「処理」そのものが自己目的化する。そこには事務の文化が育まれる特有の土壌があると言えるだろう。

ちなみに私は大学に勤務しているが、組織の柱となるのが事務であることをいつも痛感してきた。予算の獲得と消化だけではなく、学生の授業料や教職員の給与にからんだ税務、細々した経費などの処理も重要だし、何よりも入試の実施や成績・単位の管理にはさまざまな事務作業が必要になる。教務係や総務係といった名実ともに「事務」に分類される部署だけではなく、研究職にある教員や学生自身も事務作業をこなせなければ立ち行かない。ところが、こうした事務作業は必ずしも学生や教員の本務ではないという認識もある。本来、学生や教員が力を入れるべき、そして評価の元となるべきはあくまで「学業」や「教育研究」だというのが少なくとも建前なのだ。そんな中で事務作業にも従事してきた経験を振り返ってみると、その特性としていくつか目につく要素があるので、いったんそれらを元に「事務的なるもの」の見取り図を描いてみたい。

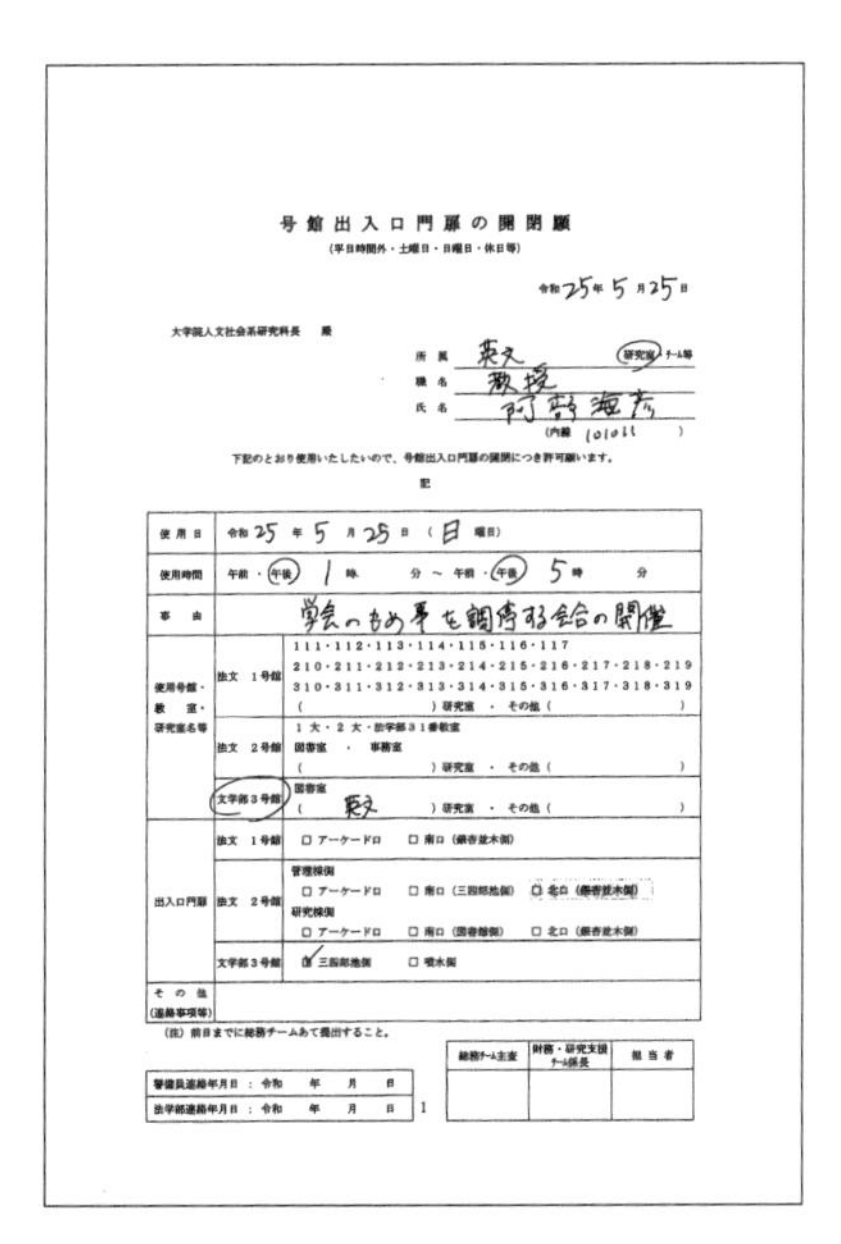

号館出入口門扉の開閉願
(平日時間外・土曜日・日曜日・休日等)

令和25年5月25日

大学院人文社会系研究科長　殿

所属　英文　(研究室)・チーム等
職名　教授
氏名　阿部海秀
(内線　101011　)

下記のとおり使用いたしたいので、号館出入口門扉の開閉につき許可願います。

記

使用日	令和25年5月25日(日曜日)	
使用時間	午前・(午後)1時　分～午前・(午後)5時　分	
事由	学会のもめ事を調停する会合の開催	
使用号館・教室・研究室名等	法文　1号館	111・112・113・114・115・116・117 210・211・212・213・214・215・216・217・218・219 310・311・312・313・314・315・316・317・318・319 (　　)研究室　・その他(　　)
	法文　2号館	1大・2大・法学部31番教室 図書室　・　事務室 (　　)研究室　・その他(　　)
	(文学部3号館)	図書室 (　英文　)研究室　・その他(　　)
出入口門扉	法文　1号館	□アーケード口　□南口(銀杏並木側)
	法文　2号館	管理棟側 □アーケード口　□南口(三四郎池側)　□北口(銀杏並木側) 研究棟側 □アーケード口　□南口(図書館側)　□北口(銀杏並木側)
	文学部3号館	☑三四郎池側　□噴水側
その他(連絡事項等)		

(注)前日までに総務チームあて提出すること。

総務チーム主査	財務・研究支援チーム係長	担当者

警備員連絡年月日：令和　年　月　日
法学部連絡年月日：令和　年　月　日

1

典型的な事務書類。言うまでもなく、「事由」欄にこうした逸脱的な記述があることはない。

事務の顔
——形式、注意、時間

すぐに思い浮かぶのは——そしてこれは「事務的」と言ったときに誰もが真っ先に思い浮かべるものだろうが——事務では「**形式**」が何より尊重されるということだ。届け出や申告、依頼からレポートや論文まで、必ずフォーマットが決まっている。用件記入の方法や議論展開にもルールがある。これは事務には形式が必要だということでもあるが、そもそも形式を尊重する文化が先にあり、そこから事務的なるものが生まれたとも言える。

形式といえば想起されるのが、二〇世紀初頭以来、批評の方法の形成に大きく寄与したフォルマリズム（形式主義）である。もともと形式に注目する批評は、一九二〇年代に英国の大学でI・A・リチャーズやウィリアム・エンプソンらが実践したテクスト中心主義的なアプローチに一つの起源を持つが、その後、構造主義へと展開していくこうした潮流は、米国の新批評やロシア・フォルマリズムの隆盛からも見て取れるように、地域ごとにそれぞれの特色を伴いながら広がった。事務的な形式主義はしばしば無味乾燥で抑圧的で面白みのないものとして蔑まれるのに対し、批評では形式に注目することが言語表現の可能性をより可視化し、豊かな議論の場を生み出すと考えられてきた。それを支えたのは、言葉に表現の力を与えるのが言葉を発する個人だけではなく、そうした個人に発言を許す構造やコンテクストや制度だという考えだった。今ならそこに環境という概念を加えてもいいだろう。

しかし、事務の形式主義と形式主義批評とは無関係のものと言えるのだろうか。事務周辺と現代批評のコンテクストとでそれぞれ「形式主義」が柱となったのは、決して偶然でも他人のそら似でもなく、両者に何かが通底してあることを示すのではないだろうか。一言で言えば、それは言語をはじめとしたメディア＝媒体への敏感さである。言い方をかえれば、私たちは事務においても、形式主義批評においても、言葉を「言葉そのもの」として見る目を持つようになった。しかもこの目は、言葉を単に静止的なものとしてだけではなく、動くもの、変化するもの、そしてだからこそ統御されるべきものとしてもとらえる。

梅棹忠夫は「事務とは、事実上は『かく』ことである」とした上で、その全体像を次のように描いてみせる。


事務とは「現場におけるモノあるいはコトのながれを管理するために、それに対応するところのシンボルのながれをつくりだし、それを操作すること」である。シンボルとは、もちろん文字であり、数字であり、その集合としての文書である。*3


「シンボルのながれをつくりだし、それを操作すること」という表現は、事務のダイナミックな側面をとらえている。そもそも事務は人間の生きた現実を統御するために導入されるものだ。生きた現実は「シンボルのながれ」に変換され私たちの手元の紙面や画面に現れる。これらを統御し、管理することを通し、私たちは現実そのものを統御するのである。

統御と管理のためには形が守られねばならない。動くものや形のないものに、いかに形を与え、枠の中に収めるかが事務の成否をわける。それを突き詰めると、作業としては書くという行為にたどり着く。形式を意識しながらの文書作成には〝生成する〟〝動く〟という性質と、〝止める〟〝定着させる〟という性質とがともに備わっている。

形式主義批評にも同じような動と静の拮抗が見て取れる。しかし、そのベクトルは逆だ。批評は、一見止まっているように見える文学作品のテクストを、読解や分析を通して動き出させ、活性化させるのである。具体的に言えば、たとえば書かれたテクストの最終形には、しばしば多義性やパラドックス、隠れた欲望などがかいま見える。それを明らかにすることでテクストの〝揺れ〟が見えてくる。あるいはテクストという最終形に至るまでのダイナミックな生成の過程を――たとえば「語りの戦略」として――目に見えるように再構築すれば、テクストはあらためて時間性を取り戻し、まるで動いているように見えてくる。テクストはこうして単にそこに完成形で差し出されたものではなく、たまたまそうなっているもの、あるいはそうなりつつあるもの、もしくはそうでなくてもいいものといった流動性を持つようになるのである。

形式を支える注意と時間

こうした形式の豊饒さを浮き彫りにするのは、形の細部に向けた「**注意**」の力である。しかし、批評と事務とでは大きな違いがある。批評では言葉の形は疑われ、相対化され、批判的に吟味される。批評的な注意力は形への意識を出発点にしつつ、形に十分にあらわれていないものや隠されたものに到達しようとするのである。これに対し事務作業では、注意力はあくまで規範を尊重する。「いかに形式という規範に従うか」に大きなエネルギーが割かれ、逸脱は嫌われる。形からの逸脱を積極的に見つけ出そうとする批評的な形式主義とは対照的だと言えよう。注意力と規範との関係については、第3章以降で詳しく扱う。

事務の形式主義の柱となるのは**「時間」**の管理である。動きや流動性を制御しようとする以上、いかに動き流れるものとしての時間を扱うかが大きな意味を持つ。とくに重視されるのは締め切りだ。また、そうした締め切りは一年を通した日程の中で、「恒例行事」という形をとることが多い。この恒例行事化を通して事務ならではの「時間の文化」が育まれ、時間に対して特有の形式性が与えられることになる。そこで土台となるのは「業務の反復」という思想である。事務の世界では時間を徹底的に形式的に扱うことで、「取り返しのつかない時間」や「一寸先は闇である時間」から解放され、ブロック化されて自在に動かすことができるような「数量化された時間」や「机上で管理される時間」が扱えるようになる。

時間の扱いという面でも、事務と文学は微妙に対応しあっている。たとえば二〇世紀初頭は、小説家が作品に流れる時間を意図的に操作し始めた時代でもあった。それまでは文学作品の時間の演出としては、せいぜい「振り返り」「後悔」「過去の罪の告白（暴露）」などが主だったが、ジョイスの『ユリシーズ』に見られるように二四時間というごく短い時間を数十年という神話的な時間に重ねたり、ウルフの『ダロウェイ夫人』や『灯台へ』などのように短い瞬間の中にさまざまな異なる時間を読み込んだり、フォード・マドックス・フォードの『かくも悲しい話を……情熱と受難の物語』（武藤浩史訳、彩流社。原題は *The Good Soldier*）のように時間軸を逆に動かしたりする。これらに共通するのは、直線的にいやおうなく進行する時間のイメージをずらそうとする試みで、時間を揺るがしがたい実体として受け止めるのではなく、あくまで「形」に拠っているものととらえるのが特徴である。そうすることで、時間は作品中でさまざまに操作されうるようになる。

事務の顔——情報共有、もの、権力

ここで少し視点を変えてみよう。事務は人々の間にどのように行き渡り、維持されるのだろう。そこで注目すべきが、記録や連絡へのこだわりである。掲示物、メール、手紙、授業時のアナウンス、会議など、さまざまな方法で「**情報共有**」が行われる。その中枢には象徴的な存在として図書館や資料庫がある。授業が集団的な情報共有の場であるのに対し、図書館での調査は、個人単位での情報へのアクセスの場として機能してきた。今、そうした機能の多くがウェブ上に移行しつつあるわけだが、依然として必要な情報を手に入れようとすればそれなりの探し方の技術が要求されるし、それは旧来の情報収集の方法と本質的に異なるわけでもない。図書館を使いこなす習慣の延長線上に、現在のＩＣＴ環境があるという見方もできる。

そうしてみると研究者の行う研究も、大きな情報共有の場に組み込まれていると考えられる。研究者が作成する報告書や論文は、情報共有のための媒体なのである。大学関係者は日々、多くのエネルギーを割いて情報共有に取り組んでおり、もはや事務的なものと事務的でないものとの区分はあいまいである。それほどに大学では事務的なものの浸透性は強い。

大学の例をつづければ、レポート、答案、身分証明書、卒業証書などの「**もの**」が事務の一環をなしていることも見逃せない。「もの」は証拠として蓄積され、ときには公開もされる。こうした事務と「もの」との深いかかわりは、別の面では紙やＰＣなどの事務用品・機器の存在感ともつながっている。

そんな事務の特性の大本にあるのはその「縛り」である。事務はつねに「従わなくてはならないもの」として迫ってくる。事務は**「権力」**の現れなのである。だから、私たちは事務の要求を満たすべく予定や日程を意識し、作業をこなし、事務からの連絡には（ふつうは）細心の注意を払う。学生であれば授業科目の登録、小テストの受験、発表レジュメやレポートの提出、成績の確認といったさまざまな作業を定期的にこなさなければならない。教員の側も、時間割の設定から授業内容や方法の周知、教科書の発注、レポートの採点と登録など基本的なものだけでも枚挙にいとまがない。こうして私たちは意識や身体を事務が規定する枠組みにあわせて調整し、なるべく遺漏がないように努力する。だからこそ事務の文面はほとんどの場合、命令的なのであり、あからさまに強制の形をとらない場合でもお願いや呼びかけなど、私たちに行為を促す形をとる。

事務の呪い

こうしたこともあって事務は、さまざまな**「負の要素」**も生み出す。締め切りのある作業をこなすというストレスが、心理的身体的にさまざまな圧迫を加えてくる。情報共有を滞りなく行うためには形式をきちんと守る必要があるが、そのルールの理解だけでもそれなりに負担になる。むろん、実際に書類を作成する労力や、それを点検する労力も大きい。そうしたプロセスでは締め切りを守る負荷がある一方で、守られなかった締め切りから生ずるストレスも大きなものとなる。こうして事務の渦中にあっては、迫ってくる時間と、なかなか経過しない長い時間の双方の圧迫を耐え忍ぶことになる。時間に迫られる一方、時間に待たされもするのである。

もちろん「こんなことをやって何の意味があるのだ！」と言いたくなるような形骸化した決まりに直面することはある。しかし、事務にはもともと拘束的な性格があるので、形式に意味があるのか？　といったことは言い出しにくい。なぜそうなっているかを誰もおぼえておらず、「それならやめてしまおう」と決めそうになっても、ひょっとして後からその理由が明らかになるかもしれない、と思ってしまう。ひょっとすると、何らかの効用や意味があるのかもしれない……。こうして根拠不明の約束事が、神秘的な輝きさえ帯びて生き延びていくのである。

その最たる例は判子かもしれない。判子がもともとは「証拠」として使われており、たとえば重要な契約で用いられる実印には今でもそうした意味があるのは間違いない。しかし、事務の現場ではしばしば判子は形骸化し、形だけ整えるために本人以外の人がまとめて判を押すといったことも頻繁にある。単に判を押すという習慣があるから無意味に押され続ける判子。そんな中で最近は役所を中心に判子を廃止するという動きも見られるようになった。

しかし、ほんとうに判子は無意味なのだろうか。簡単に代替できるものなのだろうか。判子を押し忘れて書類を出し直したり、判子を押した書類を送るためにファイルをプリントアウトして押印し、スキャンしてPDFにするといった細かい作業に時間をとられると、つい判子の無用さばかりに目がいってしまうが、実際には押印という一呼吸が入ることではじめて生ずる、書類ファイナライズの儀式には代えがたいものがあるのかもしれない。ほかにも、私たちが気づいていない深遠な意味を判子は持つ可能性がある……そんな畏れの念を抱き始めると、うかつに制度をいじってはいけない気がしてくる。こんなわけで、もはや意味がないかもしれない「約束事」は残存する。「形」だけの約束は大学に限らずあちこちの事務の世界で確認されるだろう。

というわけで、事務文化のあらわれを整理するのに今あげてきた「**形式**」「**注意**」「**時間**」「**情報共有**」「**もの**」「**権力**」「**負の要素**」という七つの指標を元にカテゴリー分けをしてみたいと思う。以下に箇条書き的に（つまり、事務的に）その特性を列挙する。

以下、各項の主語はいずれも「事務は……」である。

一、形式

・……形式についての約束事にこだわる。

・……文言にこだわる。

・……個別性を排除し、匿名性や反復性を優先する。

・……「決定」に伴い、形式張った儀式が定められている。

⬅

例）会議、議事録等の文言、投票など。

・……形がないものに形を与えるために、数値化を行う。この作業に大きなエネルギーを費やす。

例）成績、ハラスメントの判定など。

二、注意

・……注意力偏重の文化を生み、形式を守る能力を評価や人材登用の着眼点とする。

・……文言のわかりやすさよりも、つじつまや用語の異同に注目する。

・……正確さの呪縛がある。

・……作業に確認のプロセスを組み込む。

・……対象を狭く限定する。無関係なものは排除する。注意散漫や逸脱を嫌う。

三、時間

・……物事をルーティン化する。本来予測不能なものを、予測可能化しようとする。

・……反復を好む。

・……日程や工程の明記を重視する。偶然やいきあたりばったりを嫌う。
・……締め切りが重視される。
・……手続きの順番にこだわる。
・……作業の遅延が起きる。
・……個人の生を超越する。世代を超えた継続を想定する。
・……死を扱うのを得意とする。

例）遺産相続、遺言、墓碑銘、家系図。

四、情報共有

・……記録と整理に大きなエネルギーを割く。とくに固有名、金額など。
・……連絡・情報共有のルール（連絡の順番や相手など）が決まっている。
・……記録性を重視する。コピーが増殖する。時間的（昔の資料）、空間的（異なる事例の資料）の参照が頻繁に行われる。

五、もの

・……ものが介在する。かつては紙と、今は電子機器と相性がいい。
・……もの自体で産業を形成し、富を生む。

例１）周辺機器（紙、ペン、ＰＣ、ソフト、システム）へのフェティシズムを生む。アップルもマイクロソフトも究極的には事務処理産業。
例2）「書く人」の雇用が生まれる。
例3）教育産業が隆盛する。
例4）事務請負産業が栄える。
・……「紙モデル」がベースにある。
例）paperworkという語が今でも使われる。
・……制度的、社会的、金銭的に効力を持つ「文書」の発行にかかわる。

六、権力

・……指示、依頼、要請、お願い、周知といった形で人に行動を促す。
・……権限、地位についての決まりが明確である。
・……規範性と拘束性が強い。「つじつま」が合うことが至上命令である（そのためにかえって非合理的、非効率的になることもある）。

七、負の要素

・……実体と乖離する。
例）製品よりも製品管理。人間よりも人間管理。数値化。
・……疎んじられる。面倒くさがられる。

・……身体や神経に過度な負担をかける。
・……孤独を生む。
・……感情を抑圧する。
・……融通がきかない。
・……サービスが悪いと思われがちである。

事務は本来、その「有用性」ゆえに力を持ってきた。一の「形式についての約束事」も四の「記録と整理」も、まさにそうすることが必要であり役に立つからという理由で、事務の柱となってきた。その他の項目の多くについてもこれはあてはまる。しかし、あらためてリストの全体を見渡してみてわかるのは「必要であり役に立つ」はずの特性が、まさに呪わしさの原因ともなるということである。「なんでそんなに形式にこだわるのだ！」とか「とにかく記録が膨大であふれていく！　整理がたいへんだ！」といった文句や嘆きが事務の周辺では日常的に口にされている。ただし、そこでさらに注目すべきなのが、形の束縛や情報の増殖などにあらわれるような「本来の合理性の非合理性への転落」こそが、まさに事務の奇妙な魅力を生み出してもきたということだ。つまり、不必要な集積、無意味に見える延長、膨大な数、誰にとっても必要でない記録、わけのわからない権威といったものに、私たちはどこか惹かれてしまう。とりわけ注目すべきは自己目的化したルールへの執着である。ルイス・キャロルの『不思議の国のアリス』にせよジョージ・オーウェルの『一九八四年』にせよ、ルールの暴走を描く小説に妙な説得力が備わるのはそのためだ。なぜルールを守らなければならないのかわからないのに、ルールがあるから守るという心性を私たちは持っているらしい。[*4]

漱石の四角四面

しばしの迂回となったが、このあたりで漱石に戻ろう。上記の事務の特性を踏まえて漱石と事務のかかわりについて考えてみたい。実直な英語教師だった漱石は、知をいかに制度的に管理するかを意識した人でもあった。彼が小説を書く人となっていく過程では、そうした枠組みへのこだわりからどの程度自由になれるかが鍵となる。漱石は制度的な知に完全に支配されていたわけではない。そこから自由になる才能を持ってもいた。しかし、自由になりきれずにもがき、その呪縛を呪いつつこだわりも捨てきれなかった。そこには漱石と事務的なものとの格闘の痕が確認できる。

そこで参照したいのが、樋口覚が『雑音考』でたどる漱石とトマス・カーライルとの関係である。樋口氏の考察はたいへん興味深いものなので、まずはその内容を紹介しよう。漱石が英文学史に登場する人物の中でもとりわけカーライルに深い関心を抱いていたことはよく知られている。おそらくこれは彼が人間カーライルに抱いた深い親近感とも関係している。そんな漱石の関心が明瞭に表現されているのは『漾虚集(ようきょ)』におさめられた「カーライル博物館」というエッセー風の文章である。カーライル博物館を訪れた際の印象をつづったもので、カーライルの住居跡につくられたこの博物館に彼が足を踏み入れ、生前のカーライルの姿に思いを馳せる様子が語られる。たとえばその建物の四角四面さは非常に印象的だった。カーライルがそこですごしたのはいったいどんな人生だったろうと漱石は想像する。

樋口が最初に注目するのは数字である。「カーライル博物館」で漱石はしばしば「四」という数字を使っている。しかし、どうも単に使っているだけではない、背後にからくりがあるようだ、と樋口は考える。たとえばカーライル博物館に漱石は「四回」行ったと言うが、これがあやしいという。

なぜ「四回」であったかについては、漱石の数詞に対する関心、文中の他の数詞との関係によって多分に脚色された可能性を否定できないからである。この数詞の骨法を漱石はおそらく蕪村から教えられた。あとで述べるように、『カーライル博物館』は数詞、とりわけ「四」という数詞がめざましく活躍する作品である。[*5]

「四」という数字の活用として、カーライルの家を描写する次のような表現がある。「庵りというと物寂びた感じがある。少なくとも瀟洒とか風流という念と伴う。然しカーライルの庵はそんな脂(やに)っこい華奢なものではない。往来から直ちに戸が敲(たた)ける程の道傍に建てられた四階作の真四角な家である」「出張った所も引き込んだ所もないのべつに真直に立って居る。丸で大製造場の烟突の根本を切ってきて之に天井を張って窓をつけた様に見える[*6]」。

樋口は漱石があちこちで「四」へのこだわりを示している証拠をあげながら、四という数字に「神経症的なシンボリズム」が見て取れると言う。[*7] そのシンボリズムの根本にあるのは、日本的な「四＝死」という感覚ではなく、もっと別の何かではないか。

四角四面と胃弱

石塚久郎は「バイオグラフィア・ディスペプシア――カーライルの身体と〝胃弱〟の発見」という論文でヴィクトリア朝の流行病とも言える「胃弱＝ディスペプシア」に注目し、この病をもっとも典型的な形で具現したカーライルに焦点を絞る。ディスペプシアとは言ってみれば消化不良のことであり、内臓的な症状と見なすこともできるが、実はそこには心気症＝ヒポコンデリアとも通ずるような、半ばメンタルの病のような要素もある。

カーライルはこの身体的とも精神的とも言えない中間的な症状を示していた。もともと頑健な身体を持っていたにもかかわらず頭を使いすぎ、健康オタクとも呼べるほどの慎重さで生活習慣を守り、極端に神経質な性格も災いして始終、消化不良や胃弱に苦しんでいた。病気が先なのか、神経が先なのかはよくわからない、おそらく両者がからみあっていたのである。たとえば彼は、強迫神経症的なこだわりをもって、食事に関する以下のようなルールを自分に課していたという。

・食餌を自分の管理下におく。
・遅いディナーはとらない。
・外での食餌は週に一回が限度。月に一回が理想。
・メニューとしては、ディナーは消化の良いマトン・チョップか肉汁（broth）が主、子牛の肉（veal）とビーフは要注意。野菜と果物も要注意。
・就寝前のサパーに特製のスコッチ粥を必ず食べる（カーライルにとって、これが一種の睡眠薬がわりとなる）。[*8]

このようなルールを決めること自体が胃弱を引き起こしたのではないかと思わせるほどの徹底ぶりである。

カーライルの神経質さは食べ物についてだけ発揮されたわけではない。音についても同じようなことが起きていた。彼は騒音ゆえに不眠症に陥ることが多かったため、ついには「手で耳を塞いで眠る方法」を編み出したと言われる。[*9] このようなカーライルの性格は有名で、漱石の「カーライル博物館」にも記述がある。カーライルはチェルシーに住居を定めるまで非常に苦労してあちこちの物件を探してまわり、妻の手を借りてやっとのことで決断を下すのだが、それでも騒音に対する不満は残り、新しい家でも騒音対策のために屋根裏部屋を書斎に定めたりする。この屋根裏部屋は冬寒いし夏は暑いというたいへん居心地の悪い場所だったが、それでも街の喧騒から遠ざかりたいという気持ちの方が強かった。ところが皮肉なことにいざ屋根裏部屋で生活を送り出すと、こんどは今までは聞こえなかったような「寺の鐘」や「汽車の笛」「下界の声」などの騒音がカーライルの耳に入ってきたのである。*10

漱石はこの皮肉をやや物語めかして書いているが、この四角四面の堅牢な建物にそれでも漏れ入ってくる騒音は、カーライルにとってたいへん意味深いものであったと思われる。漱石もそれがわかっていたのだろう。『吾輩は猫である』の中では胃弱の主人公苦沙弥先生が胃弱のカーライルに重ねて描かれているほどだから、たとえ戯画的であるにせよ、自分とカーライルとをダブらせるような視線があった。「なるほど。よくわかるよ」という態度をとりうる程度に、彼の苦境を我がことのように理解していたのである。

胃病が頭の救い

カーライルや漱石にとっての騒音の意味を私たちはどのように理解したらいいのだろう。これは「四角四面」のシンボリズムと合わせて考えるべきものかもしれない。四角四面とはカーライルにとっても漱石にとっても、自らを守るための砦のイメージだったのではないか。彼らの知の方法はそのような堅牢な枠組みのイメージを土台にしていた。だからそこに侵入してくる雑音は、たとえば漱石が終生嫌悪していた探偵と同じで、邪悪な侵入者であり、自らの築こうとする理想の世界に亀裂を走らせる忌まわしい敵であった。前章で言及した‘GENERAL PLAN’の中で、学校の教室の壁が薄くて外からの騒音がうるさく聞こえ授業にならない、改善すべきだ、と漱石が力説していたことをここで関係づけるのもあながちひねくれた見方ではないだろう。

しかし、そのような構えをとることには限界があった。「四角四面」とは、本来、外敵から身を守るための防衛手段である。ところが、その「四角四面」が本人の病を昂進させた。カーライルの場合でいうと、神経質に食事をコントロールしたり騒音をシャットアウトしたりしようとすればするほど、神経も肉体も弱っていったのである。まさにヒポコンデリーである。気に病むと言うが、メンタルな部分を発生源として全身的な病が悪化していく。漱石の場合も似ていた。漱石も神経と胃腸の両方を患ったが、両者はたいへん密接な関係にあった。肉体を頭から切り離すことはできなかったのである。漱石の妻・鏡子は、頻繁だった夫婦喧嘩のパターンをふりかえり、次のようなコメントを残している。

　こうなって来ると、いつもの式で、またも別れ話です。しかし今おまえに出て行けといっても行く家もないだろうから、別居をしろ、おまえが別居するのがいやなら、おれのほうから出て行くとこうです。で、別居なんかいやです、どこへでもあなたのいらしたところへついて行きますからと、てんで取り上げませんのでそれなりになるのですが、いつもきまって小うるさくこれをいうのでした。そうしてしまいに胃を悪くして床につくと、自然そんなこんなの黒雲も家から消えてしまうのでした。いわば胃の病気がこのあたまの病気の救いのようなものでございました。[*11]

鏡子夫人はここで「いわば胃の病気がこのあたまの病気の救いのようなものでございました」と言っている。この「救い」という見方もたいへんおもしろいが、ちょっと角度をかえてみれば、頭の病気が胃の病気を引き起こしていたとも見える。少なくとも両者の間には相関関係があった。カーライル同様、漱石もまた神経の病と胃腸の病との連結に苦しめられていたのである。それらの病と「四角四面」を中心にした四のシンボリズムとがつながっていると考えることもできる。

雑音を必要とする人

樋口は雑音を徹底的に排除しようとするカーライルに、近代人の一つの典型を見る。それは事務にまみれ、事務に狂う人々の姿と重なる。雑音をシャットアウトすることでこそ自我を守り、自己同一性を保つタイプとしての近代人だ。「カーライル博物館」を書いた漱石もカーライルのそのような側面に注目していたわけだから、その宿痾には深い共感をおぼえていただろう。

しかし、近代人のタイプはそのような〝雑音シャットアウト型〟だけではない。樋口は同時に、近代人のもうひとつのタイプにも言及している。むしろ雑音を必要とするタイプである。

近代都市に群衆が蝟集し、殺到するかぎり、また、近代社会の機構と仕組みが複雑になればなるほど、雑音の数は増えこそすれ減ることはない。世の中には、ボードレールやカフカのように自然の大沈黙や静寂に耐えられない近代人がいて、むしろ雑音を必要とする人間だっているのである。[*12]

樋口のこのような構図を助けにすると、近代という時代に対するひとつのおもしろい視座が提供される。近代とは一方で人が沈黙をおそれ、進んで雑沓（ざっとう）の中に紛れこんでいこうとした時代だった。そうした傾向を代表したのがボードレールでありカフカだった。進んで雑音をとりいれ、流れに身を任せ、群衆の中に溺れてみせる。しかし、他方には、正反対の性質をもった人たちもいた――沈黙を恐れるどころか、それとは反対に徹底的に雑音を排除し、四角四面の理想的な沈黙の中で世界を構築し、理念に到達し、また自分のアイデンティティを保とうとした人たち。カーライルや漱石はおそらく後者の代表なのだろう。この四角四面さを土台にして、漱石は明治のエリートとして官僚的な立場から学校制度を見回し、その充実を考え、また英文学を科学の一分野であるかのような観念の枠組みとともに研究しようとした。漱石は教室でも、そうした彼なりの理念に基づいた「英文学」を、律儀に四角四面に説こうとする。そこには官僚的で、事務的なものに徹底的にこだわろうとする漱石の一面が浮かび上がってくる。

しかし、漱石はこのような四角四面の事務能力信奉者として終わったわけではない。「カーライル博物館」にもすでに、四角四面なカーライルに対して自己戯画とないまぜになったような皮肉な視点をとる語り手がいるが、やがて四角四面さに対する距離はより明確になる。

そうした漱石の意識の変化は、伝記的な事実としては大学の教員を辞め、小説家に転身するという経歴にあらわれた。たとえば亀井俊介の『英文学者　夏目漱石』ではその推移を、「科学主義」から「文学」への変化とか、授業において作家や作品の「講評」に重心がうつったといったあたりにとらえている。*13 以前は実例を出すだけだったのが「エクスプリカシオン・ド・テキスト」（本文の詳細な分析による説明的文学批評）という方法へと移り、こまかな読みや解釈を示したり、作家や作品についてコメントを加えたりするようになった。亀井は漱石のそのような変化を、「知」から「情」への変化という構図でとらえようとした。今の私たちの文脈にひきこんでいえば、漱石において四角四面で事務的な約束事や枠組みによって構築されていた文学が、情という雑音の混入によって別種のものにかわっていったと理解することもできる。

近代の注意散漫

雑音というのは、可能性に富んだ概念である。ジョナサン・クレーリーは近代における視線の変容をあつかった『知覚の宙吊り』の中で、絵画作品を材料にしながら一九世紀末から二〇世紀にかけて近代人の視線がより散逸的になったことを示す。クレーリーが扱うのはあくまで視線だが、雑音と似たものが関与しているのは明らかである。雑音にしても、逸れていく視線にしても、広い意味での注意の散漫さを連想させる。

近代という時代は対象を徹底的に深く見つめ、分析し、解釈するといういわば凝視の文化によって支えられてきた。そこでは深さと洞察力とが尊ばれ、知性もしばしば鋭い眼差しによって象徴された。啓蒙主義が英語では enlightenment という語で示されることに表れているように、近代の知は光の隠喩とともに理解されている。その背後には、よりよく見ることが善であるという考え方があった。

しかし、クレーリーは一九世紀の終わり近くになって、そうした視線と知の方法に大きな変化が生じたと言っている。絵画面に描かれた人々の視線に変化が生まれたのである。端的に言うと、画面の中の人物がこちらを見返さなくなった、そして見る方向もばらばらになった、というのだ。

ここには主体性のあり方の変化が読み取れる。それまで主体というものは凝視する主体であった。主体は世界のさまざまな情報を統御することでこそ主体という地位を得ていた。主体の力と安定感とは、その鋭い射貫くような眼差しに体現されていた。しかし、一九世紀の後半ともなると、視線はもはや主体の統御を越えてしまう。人々の視線というものは、外界からの刺戟に大きく左右されるような、注意と注意散漫とのせめぎ合いとして生ずるようになる。*14

クレーリーも触れているが、一九世紀の後半から二〇世紀にかけては、工場で働く労働者により多くの「注意」が求められるようになった時代でもあった。これは安全のためでもあり、また効率のためでもあったが、そこでは事務能力を重視するような文化が一段と力を持ってきたのである。機械を使って働く人に要求される最大の能力が、すでにやり方のきまっているルーティンの作業をまちがいなくなしとげる注意深さなのだとしたら、要求されているのはきちんと形式を守って空欄を埋めることのできる事務処理能力以外の何ものでもない。

このような注意の全盛期を迎えるにおよんで、近代的な個人がたどってきた道は曲がり角に来た。近代的個人のモデルのひとつは、集中力を極限まで高めた人物像である。ロダンの「考える人」に表れたように、意識の鋭さと深さとはその人の人間としての深みを保証した。このような状況では、深みを見つめる悩めるメランコリックな個人こそが、知を体現することになる。おそらく今でもそのモデルはある程度は生きているだろう。凝視の力と、意識の高さと、思想の深さとはつながっている。そこには啓蒙主義以来の、視覚と意識の偏重が見られる。しかし、近代的個人を支えてきたそのような凝視の力は、やや奥行きを欠いた注意の力に置き換えられつつもある。と同時に、注意力は外界からの侵入に頻繁におびやかされる。自分自身の力による視線の統御が以前よりも難しくなっているからだ。

クレーリーの『知覚の宙吊り』は、一八八〇年前後のほんの一〇年か二〇年という短い期間に近代人の視線が大きな変容をとげたという劇的な構図を描こうとするが、私は凝視と注意散漫との拮抗はもう少し長いスパンでとらえられると思っている。近代は凝視のモデルが知のヘゲモニーをとった時代だが、そこではつねに注意散漫に根ざした「無意識の知」が併存してきた。抑圧されつつも、生き延びてきた。そしてここへきて、あらためてその注意散漫の知が注目されるようになっている。

漱石は近代的な個人になることを目指した人だった。その小説に書かれるのは、メランコリックに深々と奥を見つめ凝視するような、典型的な近代人の姿と重なることが多く、そういう人物に重ねて自分を語ろうとした漱石が、四角四面の事務能力信奉者であったというのもそれほど矛盾のないことのように思える。何しろ漱石は明治維新以来の教育制度のまっただ中を生き、その学校制度や試験制度の中心にあった英語や、さらには英文学の教育についても実に四角四面に考え続けた人だったのだから。

ただ、漱石はそんな近代的個人を小説の中に描くにあたり、雑音の力にも関心を向けるようになった。外からの闖入者（ちんにゅうしゃ）は人間漱石がかならずしも好んだものではないが（たとえば典型的なのは『明暗』の小林だろう。実によく描かれた嫌な人物である）、実際には小説家漱石の作品はそうした他者による不意の侵入によって動かされる。むろん、小説というものは雑音を聞きつける能力なくしては書けない。

四角四面さの中に雑音を導き込むには、決して容易ではない転換が必要だったろうが、漱石は凝視する人間像に潜在する注意散漫を開拓した。凝視と意識に支えられた知と無意識的な知という対立は、一九世紀から二〇世紀にかけ事務的な知と非事務的な知という対立に置き換えられつつあるのかもしれないが、事務の文化もまた凝視の文化と同じように、根底に散漫なものを潜ませかつ飼い慣らしてきた。事務の深層をきちんととらえるには、まだまだ見ておかねばならないものがありそうだ。

※前章と同じく、本稿も「英文学と事務能力──夏目漱石の『四角四面』を考える」(「れにくさ 柴田元幸教授退官記念号」五・二〈二〇一四〉)として発表された拙論の一部を、大幅な改稿を施した上で取り入れている。

【参考文献】

◆阿部公彦『文学を〈凝視する〉』岩波書店、二〇一二年。
◆阿部公彦『善意と悪意の英文学史──語り手は読者をどのように愛してきたか』東京大学出版会、二〇一五年。
◆石塚久郎「バイオグラフィア・ディスペプシア──カーライルの身体と〝胃弱〟の発見」鈴木晃仁・石塚久郎編『食餌の技法 身体医文化論Ⅳ』慶應義塾大学出版会、二〇〇五年、一一七～一四六頁。
◆梅棹忠夫『日本語と事務革命』講談社学術文庫、二〇一五年。
◆金子健二『人間漱石』いちろ社、一九四八年。
◆亀井俊介『英文学者 夏目漱石』松柏社、二〇一一年。
◆川島幸希『英語教師 夏目漱石』新潮社 二〇〇〇年。
◆クレーリー、ジョナサン、岡田温司監訳、石谷治寛・大木美智子・橋本梓訳『知覚の宙吊り──注意、スペクタクル、近代文化』平凡社、二〇〇五年。
◆高山宏『アリス狩り』青土社、一九八一年。
◆夏目鏡子述・松岡譲筆録『漱石の思い出』文春文庫、一九九四年。
◆夏目金之助『漱石全集』岩波書店、一九九三～一九九九、二〇〇四年(漱石作品からの引用は当全集に拠り、巻数と頁を記した。なお、旧字旧かな等、適宜あらためている)。
◆樋口覚『雑音考──思想としての転居』人文書院、二〇〇一年。

*1 川島、一九八頁。

＊2　金子、五三〜五五頁。

＊3　梅棹、八四〜八五頁。

＊4　著者のルイス・キャロル自身、規則マニアの典型例として知られる。高山宏はキャロルの「規則狂（ルール・マニア）」に注目した上で、その根が父親の厳格なピューリタニズムにあったのではないかと推測する。そこに一種の「悪魔祓い」があったというのが高山の考えである。

> 分裂した内面を抱えこまされたキャロルのような人間が何か行為する場合、自分のどこかを傷つけずにおかぬ自虐的なところがでてくるのは当然である。後にオックスフォード大学の数学講師、聖職者となったキャロルは、「グランディ夫人」なる告発者（世間のこと）の視線に脅やかされつつ、年端もいかぬ少女たちのヌード写真撮影に陰気な熱を上げて、スキャンダルを起こした。表面的な潔癖と、抑圧されどろどろした内面的なつまずき、これはある意味ではキャロル一人のみか、彼の生きたヴィクトリア朝そのものの病理でもあった。（高山、一二〜一三頁）

　キャロルは私生活でもさまざまなこだわりに取り憑かれていたことが知られているが、そうした「規則狂（ルール・マニア）」が「悪魔祓い」の役を果たしたとも言えるし、逆にそれが、ゆがみを生み出す魔物であった可能性もある。阿部『善意と悪意の英文学史』第四章も参照。

＊5　樋口、一九頁。

＊6　『漱石全集』、二巻、三五頁。

＊7　樋口、三八頁。

＊8　石塚、一三七頁。

＊9　同、一三六頁。

＊10　「成程洋琴（ピアノ）の音もやみ、犬の声もやみ、鶏の声鸚鵡の声も案の如く聞えなくなったが下層に居るときは考だに及ばなかった寺の鐘、汽車の笛偖（さて）は何とも知れず遠きより来る下界の声が呪の如く彼を追いかけて旧の如くに彼の神経を苦しめた。」（『漱石全集』、二巻、四二頁）

＊11　夏目鏡子述、三三四〜三三五頁。傍点は原文ママ。

*12 樋口、七二頁。
*13 亀井、一四六頁、一五三〜一五四頁。
*14 このあたりの問題意識は拙著『文学を〈凝視する〉』で詳しく扱った。

第3章

事務処理時代の「注意の規範」

注意力の時代

空前の「うっかりミス」が起きたのは二〇〇五年一二月八日のことだった。東証マザーズ市場に新規上場したジェイコム株。ジェイコムと言えばケーブルテレビなどを運営するJ：COMも思い浮かぶが、問題になったのは総合人材サービス事業などを手がける別の会社である。

東京証券取引所が開いてまもなくの九時二七分のことだった。それまで買い気配中心だったジェイコム株に突然、大量の売り注文が出る。それが「一円で六一万株の売り」というあり得ない設定だった。そもそもジェイコムの発行済み株式数は一万四五〇〇株。その四〇倍を超える売り注文だった。

この「一円で六一万株」という売り注文を受け、新規上場後九〇万円前後で推移していたジェイコムの株価は急落、三分後には値幅制限の下限五七・二万円に到達したが、その後、こんどは買いが入って急騰。値幅制限の上限に達する。すさまじい乱高下だった。この動きは翌朝の「日経金融新聞」の紙面で次のようにまとめられている。

「売り注文を出した証券会社があわてて買い戻した」「誤発注だと気づいた個人のネット投資家が飛びついて買った」といった憶測が次第に広がり、まずは誤発注を出した証券会社探しが始まった。「誤発注した証券会社は多額の損失を被る」との読みから証券会社の株式や、系列に証券会社を持つ銀行株に売りが膨らんだ。[*1]

発端となったのは、みずほ証券の担当者の誤発注だったらしい。「六一万円で一株の売り」とするところを株数と値をひっくり返し、「一円で六一万株の売り」と誤って入力してしまった。入力画面に警告が出たが、「よくあること」と無視して実行。すぐにミスに気づき取り消しを試みたが、東証のシステムに問題があり受けつけられなかった。結果として、売り注文は市場を大混乱に陥れる。

誤発注によるみずほ証券の損失は四〇七億円。保有していない株を売りに出したことから、売り分を自ら買い戻すことにもなった。当然ながら、みずほが負った損失分で儲けを得た証券会社や個人もいた。システムの不具合がからんでいたこともあり、みずほ証券は東京証券取引所に対し訴訟を起こす。また、みずほ証券がすぐに事実を公表しなかったために証券会社全般に疑いの目が向けられ関連株の下落につながった上、日経平均全体に対しても押し下げの負荷をかけた。

こうして「六一万円で一株の売り」と「一円で六一万株の売り」を取り違えるというごく小さなミスがさざ波どころか大波を生み、憶測が憶測を呼び、人々は対応に追われ、多額のお金が動き、ついには大きな経済や、株式取引をめぐるルールづくりにまで波紋を及ぼした。この事件を受けて東証では「地震などの天変地異によって取引記録が喪失した場合や証券会社の誤発注」の際は注文を取り消せるというルールも作られることになる。

意識の経済

たったこれだけのミスで……と誰もが考えるだろう。これは現代社会における事務処理と注意力の関係を鮮烈に示す事例である。産業革命の後、人間の活動の多くは器具や機械の使用を伴うようになり複雑化、大型化、高速化した。そのため、道具をコントロールするための細かい処理が必要となるとともに、スケールが拡大した分、それまで問題にならなかったようなちょっとしたミスでも思いもかけぬ重大な結果が引き起こされるようになった。上にあげたのは金融関係の事例だが、わずかな整備ミスのために航空機が墜落して多くの人命が失われるといった事故もある。そんな環境の中、人間はこれまでにないほど細部の管理を迫られるようになり、それを助ける注意力がクローズアップされる。

このような環境に人間が上手に対応するのを助けるのが、私たちが「事務的」と呼んで疎んじるものである。事務処理とか事務仕事というと、とかく形式ばかりが優先され、ちょっとしたミスでもいちいち修正を求められるとの印象がある。どうしてそこまで形式にこだわるのか。無駄で、非人間的で、やっていてもおよそ充実感がない！　と言いたくなる。しかし、形式主義には大きな利点がある。形式主義を通して作業を「事務化」すれば、私たちは全体を見渡した上でゼロから手順を踏んで事にあたる必要がなくなり、ルーティンの反復に集中することができる。いちいち仕事の全容を把握した上で、毎回異なる状況への対応を迫られるのは大きな負担である。もし、そうしたプレッシャーから解放されれば、ごく一部の要点に注意を向けることができる。その結果、ミスも減るだろう。

ここには「意識の経済」が働いている。人間が機械に外注する作業はたいへん高度なものになった。元々デザインしたのが人間だとしても、それが蓄積して組み合わさり多層化すれば、当初は想定しなかった複雑さが生じる。ましてや人間のさまざまな活動がそうして外注されたシステムに依存する今、私たちにとってすべての活動領域を自ら統括し、管理するのはほぼ不可能となった。そんな状況を乗り切るために事務の枠組みが役に立つ。事務とは実に有効な隠喩なのだ。ペーパーワークと呼ばれるような文字通りの書類処理をモデルにし、キャビネットを利用して行われる整理になぞらえてさまざまな作業を行えば、私たちは「いかにルーティンを繰り返すか」「いかに細部の逸脱を防ぐか」に集中することで、意識のリソースを他に振り向けることができる。その結果、自由に使える意識の領域はむしろ増えるだろう。状況の変化に応じた判断にもより多くのエネルギーを使える。

とはいえ、作業のルーティン化と形式化には罠もある。みずほの担当者にとっては、どういう株をどういうふうに買うかといったより高度な判断とは違い、株式注文の手続きそのものは非常に単純な事務作業と感じられた。一日に何度となく繰り返されるであろうこの作業は完全なルーティンであり、この単純作業化のおかげで、彼は（どうやら男性担当者だったらしい）より高度な判断に意識を振り向けることができた。しかし、一見、単純なルーティン作業に見えるものの背後には、非常に複雑かつ巨大なシステムが控えてもいる。従って、数字一つ、文字一つ打ち間違えるだけで、思ってもみない恐ろしい事態が引き起こされる。事務が隠喩にすぎないということの別の意味がこうして明らかになる。書類整理は、書類整理に終わらない意味を持つ。ちょうどフランス革命の際、書類処理の遅延が人命救助につながったように。ここには言葉と現実との宿命的なずれと重なりのドラマが垣間見えもする。

現代社会ではさまざまな活動が事務の仮面をかぶるようになった。金融はもちろん、商行為や農業・工業などの生産活動、教育、スポーツ、ひいては軍事行動に至るまで、書類整理のモデルが生かされる。そんな社会では偉業や創造よりもミスばかりが取り沙汰される。実に卑小な世界である。目立つのはルールを守った成功例よりも守らなかった失敗例で、私たちの精神活動は注意／不注意という地味で些末な対立軸でとらえられがちになる。しかし、実際には注意／不注意は、壮大かつ壮絶なレベルの事象にも直結しうる。事務的という語から連想される、狭く小さい日常世界と、事務からは想像もつかないような巨大な世界とが隣り合わせになったのが現代なのである。そこでは「注意」という語により大きな社会的な意味が担わされる。人間の精神のあり方を話題にする際、たとえば倫理性や想像力、思考の手順といった従来重きを置かれてきた切り口よりも、「注意／不注意」という軸が重要度を増し、それとパラレルになる形で明瞭な「注意の規範」が共有されるようになった。そして、そんな流れを象徴するのが、二〇世紀以降の発達障害への注目なのである。

精神の不調の潮流

病は時代を映し、時代の意味を担う。かつてスーザン・ソンタグが『隠喩としての病い／エイズとその隠喩』で指摘したように、時代の病は結核、癌、エイズと移り変わった。言うまでもなく、ここ数年、私たちが直面してきたのは新型コロナウイルス禍での新しい社会のあり方であり、もはやコロナ前の常識は遠い昔に去ってしまった。コロナはまさに時代の病。病は社会を変えるが、社会もまた病を育む。

精神の不具合にも時代ごとの潮流があった。ルネッサンス期にとりわけ目立ったのは古典古代のメランコリー信仰の復活だった。メランコリックな沈滞はルネッサンス期には、天才ならではの病と考えられた。それを代表したのが、シェイクスピアの『ハムレット』である。作品の主人公ハムレットは戸惑い悩む人として描かれる。王である父の急死。そのショックもさめやらぬ中、母は父の弟のクローディアスと結婚。ところがハムレット本人は、こうして自らをとりまく状況が動けば動くほど行動不能に陥る。彼のただならぬ様子を周囲は狂気の兆候ととらえた。やがてハムレットは行動する人となるものの――そしてそこに彼の本性を見る人は多いが――他方で、内向し思弁にふけるハムレットの懊悩もとても印象的で、精神の深さを証す「高貴な鬱屈(メランコリー)」の具現とも見られた。

一八世紀にはメランコリーはすっかり文学化され、さまざまな著述の題材ともなるが、一九世紀になると関心は神経器官に移り、以前ならメランコリーに分類されていたであろう情緒の不安定さや強迫的な衝動などは神経の問題として語られるようになる。一九世紀初頭に刊行されたジェイン・オースティンの『高慢と偏見』では、およそ深い精神性とは縁がなさそうな人物（たとえば主人公エリザベスの母親ベネット夫人など）が、しきりに「神経の調子の悪さ」を口にしたりする。心の不調はすっかり通俗化し、もはや天才性や深遠さと直結しなくなる。カーライルの示した心身症のような症状も、この神経をめぐる意識の高まりの中で顕在化していた。その後、フロイトの登場をへて神経症やヒステリーといった症状に注目が集まり、さらに二〇世紀になると、こうした症状の現れとしての不安や感情の揺れに関心が広がっていく。

このように心の不調の診断は時代によって変化する。そんな中、二〇世紀に注目されたのは自閉症だった。認知の発端となったのは、第二次世界大戦中、オーストリア人のハンス・アスペルガーとアメリカ人のレオ・カナーがそれぞれ書いた論文だった。二人は戦争で敵対する二つの国でまったくばらばらに、意思の疎通がうまくいかない子どもの傾向に注目して探究を進めていた。[*2] もちろん、意思の疎通に障害がある子どもがそれ以前に存在しなかったわけではないだろうが、少なくともその症状が言語化・概念化され、社会の中で医学的知識として共有されるようになったのはほんの数十年前なのである。日本でも今では書店の棚に「自閉症」「自閉スペクトラム症」「発達障害」といった語を含む書籍が多数ならぶようになった。しかし、それを障害として扱うべきか、どこからどこまでを自閉症と認定するかといった議論は依然、進行中である。

診断の社会的背景

なぜ、この時期に発達障害が注目を集めるようになったのだろう。そもそもアスペルガーとカナーという二人の研究者がほぼ同時期にかなり似た関心の方向に基づいた報告を発表したというのも不思議な偶然と思える。これはほんとうに偶然なのか。こうした症状が認知されるまでには、社会の中でそうした認知を可能にする「文脈」が醸成されたのではないかと思える。では、発達障害の背後にはどのような「文脈」が想定されうるだろう。

このことを考える助けになるのが、近年の日本で話題になっている発達障害の「過剰診断」である。香山リカの『「発達障害」と言いたがる人たち』では、そのタイトルの通り、自身や他者を「発達障害」と診断したがる人々が取り上げられている。過剰診断のきっかけにはサリ・ソルデンの『片づけられない女たち』といった、人々の耳目を引くベストセラーの存在もあったようだが、発達障害という概念の一種融通無碍（むげ）な境界のあいまいさも原因として考えられる。重篤な症状で困り果てて医者を訪れる患者家族が確実にいる一方で、性格にすぎないと思われてきた行動や性癖に明確な診断名をつけてもらうことで安心しようとする人もいる。そうした患者と、その要求に応えようとする精神科医との間の「阿吽（あうん）の呼吸」で過剰診断が起きているというのが香山の一つの見方である。しかもそこに製薬会社の利害もからむ[*3]。

もちろん、香山も指摘するように人とうまくコミュニケーションがとれない意思疎通の障害が以前より目立つようになったのもまた事実である。原因としてはインターネット空間の広がりの影響があるとも言われる。香山が小此木啓吾や宮台真司を引用しながら説明しているように、生身の他者を介在させず、半人間（機械）との付き合いで事足りるネットの世界では、「アスペルガー症候群と正常心理とのグレーゾーン」や「コミュ障」と呼ばれるようなあり方が助長されてしまう。*4 つまり、社会のモードの変化が、個人により自閉的なライフスタイルをうながしたり、ときにはコミュニケーションの遮断を強制しさえするということである。しかし、そうした傾向が助長される一方で、自閉的な傾向のある人の直面する難しさをやわらげる社会的な仕組みは十分に整備されていない。ここに発達障害が過度に注目されたり、そうした傾向を持った人が軋轢（あつれき）を感じやすくなる土壌があるとも考えられる。

とはいえ、生身の他者が介在しないという状況は決してインターネットの普及で初めて生じたものではない。産業革命以降の機械化は多かれ少なかれ、そうした働き方や生活を私たちに強いてきたし、好んでそうしたスタイルを選ぶ人もいる。その究極が、定まった形式への徹底的な依拠に基づく「事務化」だとも言える。事務化とコミュニケーション様式の変容は、一言では説明しつくせない複雑な相互関係を持っているのである。近代とは奇妙な時代だ。個人主義の名の下に、個人の思想信条や心境、欲求が尊重される一方、労働や生活の基盤として共有される〝枠組み〟はより強固なものとなる。その結果、他者とのやり取りに左右されたり、逸脱や偶然に支配されたりといったことが減り、ひたすらルーティンをこなすというライフスタイルが浸透しやすくなる。人々はそうやって制度に身を託すことで、一方では個人であることを手放しているとも言えるが、そのおかげでより楽に個人的な欲求を満たすようになってもいる。

「配慮」という抑圧

私たちがうとましい「事務」から自由になれない理由の一つはまさにここにあるだろう。事務には避難所としての機能がある。私たちは他者の顔色をうかがうことに負担を感じているのだ。事務という枠組みは、私たちを不確定性に満ちた他者から解放してくれるかに思える。しかし、そうやって他者を乗り越えても、それと引き換えに私たちは事務的な枠組みには注意を払わざるをえない。「拘束」そのものからは自由になれないのである。しかもこの拘束を強いてくるのは社会であり、最終的には他者なのである。

事務処理化した社会は「注意の規範」に支配され、以前にも増して「空気を読むこと」を求める。そこでは配慮やケアが倫理的な要請としてさまざまな場で拘束力を持つ。ハラスメントが認定される場合にも、決定的な意味を持つのは「配慮の欠如」である。こうした理念は弱者やマイノリティの保護を進めることで成熟してきた現代社会の貴重な行動原理となったが、忘れてはならないのはその副作用として、何らかの事情で「配慮せよ」との要求にうまく応じられない層の排除につながる危険があるということである。

本田秀夫は、一見、個性を重視しているかのように見える現代社会で、実際には多数派からはみ出す人たちを差別し、排除しようとする心理的メカニズムが強まっていると指摘した上で、次のように言う。

中でも、「空気を読めない人」に対する風当たりがとても強まっています。以前なら、「他人が何と言おうが自分の信念を曲げない」というのはプラスの評価だったのに、最近は、そのような個性が「空気を読めない」というマイナスのニュアンスを帯びた評価に変化しつつあり、差別や排除の対象となる場面が多くなっています。

臨機応変な対人関係の調整が苦手で、こだわりを持ちやすい自閉症スペクトラムの人たちは、そのような差別や排除の対象となるリスクが高くなります。[*5]

「配慮」こそが発達障害の過剰診断の要因かもしれないのである。そこには二重の意味がある。一つは、発達障害という診断名のおかげで、これまでは「変な人」と言われたり、いじめられたりしてきた人が「配慮」の対象とされ、保護されるようになったということである。診断名ができたおかげで、他者や自分自身の症状に対し、以前よりも寛容になれる。しかし、診断名の存在は諸刃の剣でもある。この後でより詳しく説明するが、皮肉なことに発達障害は「空気を読めない」とされがちな個性を伴っている。上手に注意を向けることが苦手なのである。そうした個性の持ち主は社会がこのように配慮重視型になればなるほど目立ち、逸脱者という烙印を押されがちだ。そんな中で以前ならとくに注目を浴びなかった個性まで、「発達障害ではないか？」という勝手な過剰診断の対象となる。香山リカは「タレント／発達障害」で検索すると大量のホームページやブログがヒットし、中には憶測でタレントに発達障害という〝診断〟をくだそうとするものも少なくないことを報告しているが、これはまさにプライベートな過剰診断の横行だと言える。[*6] 加えて、こうした配慮の要請の高まりの中で、それに対応できない自分の至らなさにストレスを感じ、自身の傾向を過剰に気に病んで自己診断を下すという例もある。

発達障害と注意のコントロール

このように発達障害が過剰に注目されるようになった背景には、現代社会特有の注意や配慮をめぐる環境がある。とりわけ重要なのは「注意の規範」が大きな意味を持つようになった現代社会の中で、発達障害が「注意のコントロール」をめぐる障害として認定されていることである。発達障害の中心的なものにはASD（自閉スペクトラム症）とADHD（注意欠如多動性障害）というグループがあるが、いずれにも共通してこの注意の障害が見られるとされる。

一つ目のASDは、一九四〇年代から自閉症というカテゴリーで注目されるようになり、その後、ローナ・ウィングが自閉スペクトラム症というより幅の広い枠組みを提起したことで、関連する諸症状を連続的にスペクトラムとしてとらえることが一般的になった。症状としては、相手の意図を読み取るのが苦手、という形をとる。アメリカ精神医学会によるマニュアルの最新版（DSM-5）では、言葉が遅れたり、会話の理解ができない、表情や身振りによる意思疎通ができない、相手に興味を持ったり感情を共有したり、あるいは意見を言ったりといったことができないなどの障害があげられるとともに、常同的、反復的な行動が見られ、極度に習慣にこだわり変化に抵抗する、といった点も診断材料とされている。*7

対人的な反応をめぐる障害については、本田がさらに踏み込んで「言葉のベクトルがわからない」という言い方で説明している。

帰宅という場面では、「帰る人」と「迎える人」がいて、「帰る人」→「迎える人」のベクトルで「ただいま」、その逆のベクトルで「おかえり」と言います。ところが、自閉症スペクトラムの子どもたちの場合、人が2人いて、「ただいま」と「おかえり」という2種類の言葉が発せられる、というところまでしかわかりません。人と人との関係がわからず、言葉のベクトルがわからないのです。*8

ここでは「言葉のベクトル」という表現を通して、注意という行為の根本にある力学のようなものに光が当たっている。問題になるのは「何」に注意を向けるかだけではない。「どの方向」に注意を向けるか。また相手との関わり合いの中で方向をどう調整したり、共有したりするかが意味を持つ。私たちはふだん、こうした注意のメカニズムに目を向けることはあまりないが、ふとしたはずみにそこに「規範」があることに気がつく。たとえば『こちらあみ子』のような作品と出会ったときに。

あみ子はどのように主人公なのか

今村夏子の『こちらあみ子』の主人公あみ子は、一見、いかにも主人公らしい人物として登場する。主人公らしい、とはどういうことか。主人公たるもの、繊細でなければならない。誰よりも世界の肌触りに敏感で、その刺激をたっぷりと受け止める。そしてそのセンサーを通して読者に作品世界の存在感を伝え、中へと連れ込むのである。たとえばあみ子にとって特別な存在となる「のり君」とあみ子が出会う場面は次のように描かれる。母が自宅で教える習字教室にこっそり潜り込んだあみ子の目の前で、のり君が自分の作品を、どうだ、とばかりにこちらにかざすのである。

するとと男の子は筆に墨汁をしみこませすぎたのか、『こ』の下の棒の終わりから、ゆっくりとしずくが垂れ始めた。まるでにっこり笑った口の端から垂れる黒いよだれのようだった。見とれているうちに手の中のとうもろこしがみるみる熱を帯びてきた。伸びた爪が粒に食いこみ、皮を破った。甘い汁が滲み出て、汗と混ざってべたべたになった。[*9]

まさに『こちらあみ子』の小説世界が立ち上がる瞬間である。あみ子の世界をつくるのはこのスケール感なのである。あみ子の視線はやさしく繊細で、その目がとらえる世界は水気にあふれ、やわらかく、あふれたり崩れたりぼうっと輪郭が曖昧だったりする。

しかし、『こちらあみ子』の世界は、あみ子の視界だけで完結するわけではない。あみ子の周囲には、あみ子が上手に理解できない「注意の規範」に則った世界が広がっている。あみ子は実にデリケートな目を持った主人公で、小説世界で起きていることはほぼ何でも見てはいるのだが、決定的に欠けているのが「注意の規範」の理解なのである。たとえば母の出産がうまくいかず、生まれるはずだった弟が生まれなかったことはわかっている。弟の死は認識している。しかし、母や父や兄がその死を見やる視線と、あみ子がその死を見やる視線とは何かがずれている。その死をどのような方向から見て、そこにどのような意味を付与するかという点で、あみ子は家族とスタンスを共有できないのである。だから、手作りの『弟の墓』をつくって金魚やカブトムシを埋めたプランタのわきに立て、満足げに母親に教えてやるといったことをしてしまう。この『弟の墓』を見て、母親が受ける意味は、あみ子の頭にあったものとはまったく違うものである。

中腰になって背を丸めている母の後ろで、シューシューと吹けない口笛を吹きながら、あみ子は母の反応を待った。だがなにも返ってこなかった。冷凍されて固められたかのように、中腰になったままの母はぴくりとも動かない。[*10]

まったく同じものを見ているはずなのに、まったく受け取る意味が違う。「注意の規範」で大事なのは「何に注意を向けるか」だけではない、注意の視線を成り立たせる力学や磁場を共有してこそ注意は適切に機能するのだ、ということをこれほど鮮烈に示す場面はない。

注意の共有の困難

『こちらあみ子』という小説が不思議なのは、あみ子が小説世界の質感を伝えるのにこれだけ貢献しているのに、物語の意味をおよそ理解していないことである。つまり、あみ子は誰よりも繊細かつ豊穣な生命力とともに生きているのに、生きている中で生ずるさまざまな出来事の意味がわかっていないように見える。父親が後妻をもらったことも、その新しい母が子どもを死産して苦しんでいることも、兄がどのような気持ちで非行に走ったかも、あみ子がまとわりつくのり君がどういう気分でいるかもわからない。むろん、わからないのではない。意味を共有していないだけなのである。

「気がつく」という言い方は配慮の繊細さを指し示す。それは注意の力が鋭いか鈍いか、大きいか小さいかという度合いを表す。しかし、注意はそうした度合いに限らず、どのように注意を方向付けるか、そもそもどこにセンサーが働くか、という相でも問題になる。自閉症と呼ばれる、他者との意思の疎通が難しいとされるケースでコミュニケーション障害の原因となるのは、注意力の大きい小さいよりも、社会の多数派が要請するような規範に則った注意の向け方ができないということである。

私たちは日常生活の中で何気なく共同注意（joint attention）と呼ばれる注意の使い方を実践している。誰かが指を差して「これだよ」と言ったときに、その指そのものを見つめるのではなく、指が差した先を見るという行為である。こうして私たちは他者と注意の方向と、さらには注意の対象を共有することができる。これこそが配慮や共感の出発点なのであり、注意の力の大きさや小ささはあくまでその次の段階である。自閉スペクトラム症の早期の特徴には、まさにこの共同注意の障害があり、結果として、配慮や共感が難しくなる。[*11] あみ子は母親に「ほら」と『弟の墓』を指し示して見せたが、そこから母親が受け取ったのはまったく違う意味だった。そのことをあみ子は知らない。そして母親もまたあみ子がそこにどんな意味を与えようとしたかを知らない。

今回取り上げる発達障害のもう一つのグループであるADHDの特徴は、不注意症状と衝動性、多動性である。同じくアメリカ精神医学会のマニュアルからいくつかの診断基準をあげれば、「不注意な間違いをする」「注意を持続することが困難である」といった不注意症状と、「しばしば手足をそわそわ動かしたりトントン叩いたりする」「しばしばしゃべりすぎる」といった衝動、多動の症状があげられている。[*12] 本来向けられるべきものに注意が向かないという意味では、こちらも注意の方向付けがその症状と密接にからんでいる。ADHDは自閉症のような構造上の特性はなく対人関係も比較的円滑だとされるが、近年、異なる症状として区別されてきた発達障害の二つのグループに、多くの共通点があることも明らかになってきた。[*13] 少なくともどちらのグループも、その「診断」に際して社会の「注意の規範」が大きな意味を持つことは明白だろう。

清兵衛の注意のゆがみ

社会活動の「事務化」が注意規範の強化を生む中、小説というジャンルは注意の行方を精密に描き出すのに大きな役割を果たしてきた。小説中には過剰な注意、過小な注意から、注意ベクトルの迷走まで、とにかく注意があふれている。注意を発端にして視線、意識、欲求などを執拗に追うことで、作家たちは人間の心の「向き」を丁寧にとらえてきた。「ほら、ここにこんな世界がある」とばかりに、語り手や視点人物や主人公の目を介して読者の目を誘導しつつ、その過程で生ずるさまざまな逸脱をもとらえる。『こちらあみ子』もまたそんな作品の一つだが、この作品の主人公は自分の生きる世界の感触――「垂れ」や「熱」や「べたべた」――をこれ以上ないほど鮮烈にとらえながら、同時にその社会的・物語的な意味を理解できずにいる。この小説が独特なのは、あみ子が小説の主人公としての役割をおよそ引き受けていないかのように思えることである。自分の置かれている位置も、一家を襲う運命も理解できない。そうした展開を受容するためには、あみ子は小説ならではの注意の文法を把握する必要があるのだが、彼女にとってそれは見知らぬ枠組みにすぎない。あみ子の「生のリズム」と小説の「注意の文法」とがかみ合わないまま物語は進み、終わる。

ここで『こちらあみ子』とどこか通ずるところのある、もう少し前の時代の小説を見てみよう。志賀直哉の「清兵衛と瓢簞」が「読売新聞」紙上に発表されたのは一九一三年（大正二年）だった。主人公の清兵衛はどこか原始的なエネルギーを蓄えているようにも見える少年で、志賀自身と重なるところもありそうだが、作品は私小説として書かれているわけではない。語り手が清兵衛を「ちょっと変わった少年」として距離を置いて描いているところがこの小説の特徴である。

清兵衛の変わりぶりが何よりも表れているのは「こだわり」である。清兵衛は瓢簞集めの趣味が高じて、他のことが目に入らない。冒頭近くにはこんな叙述がある。

全く清兵衛の凝りようは烈しかった。ある日彼はやはり瓢簞のことを考え考え浜通りを歩いていると、ふと、眼に入った物がある。彼ははッとした。それは路端に浜を背にしてズラリと並んだ屋台店の一つから飛び出してきた爺さんの禿頭（はげあたま）であった。清兵衛はそれを瓢簞だと思ったのである。「立派な瓢じゃ」こう思いながら彼はしばらく気がつかずにいた。*14

瓢簞のことばかり考えていて、「爺さんの禿頭」まで瓢簞に見えてしまう。今なら、場合によっては「注意欠陥」などと見なされるかもしれない。当時はまだこのような清兵衛の傾向を症状としてとらえようとする文脈は希薄だったが、このような小説が生まれえたのは、社会の中でこうした性癖が多少なりと認知されていた証しでもある。

語り手と清兵衛

作品中での清兵衛の瓢簞への執着の描かれ方には、アイロニーが含まれている。語り手から見ても、清兵衛のこだわりはかなり特殊なのである。それは微笑ましいものとして描かれつつも、「困ったものです」と言わんばかりのネガティブな含みがある。その一方で、清兵衛の趣味は周囲の大人たちに強く否定されることで、逆に凡人にはわからない大人びたものとして際だってもいる。そのおかげで清兵衛のある種超俗的で気高くさえある傾向が強調され、そういう意味では彼はこのような形で描かれることで社会化されていると言える。たとえば清兵衛に対し、彼の父親や学校の教師は「子どものくせに」と言いながらその趣味を抑圧する。彼らは社会が共有する注意の規範にどっぷりつかる典型的な俗人であり、「子どもは瓢簞などに凝るものではない」といった規範を清兵衛に押しつける。ここには、注意をめぐる共同体の抑圧の構造が如実に出る一方、それに対する清兵衛の抵抗が自我の表れとして表現されてもいる。

とはいえ清兵衛の注意には、説明不能な過剰さが伴っている。彼の「瓢簞管理」のパターンは明らかに独特なものである。

夜は茶の間の隅にあぐらをかいて瓢箪の手入れをしていた。手入れがすむと酒を入れて、手拭（てぬぐい）で巻いて、缶にしまって、それごと炬燵（こたつ）へ入れて、そして寝た。翌朝は起きると直ぐ彼は缶を開けてみる。瓢箪の肌はすっかり汗をかいている。彼は厭かずそれを眺めた。[*15]

彼は瓢箪にたっぷりと注意を向けるだけではなく、ルーティンへのこだわりを持っている。これもまた彼と興味を共有しない人から見れば、過剰なる注意やゆがみと見なされる特徴だろう。

そんな清兵衛をただ一人受け止めるのは語り手である。冒頭は以下のように書かれている。

これは清兵衛という子供と瓢箪との話である。この出来事以来清兵衛と瓢箪とは縁が断（き）れてしまったが、間もなく清兵衛には瓢箪に代わる物ができた。それは絵を描くことで、彼はかつて瓢箪に熱中したように今はそれに熱中している……[*16]

ここに挿入される「……」という省略記号には語り手の言いよどむような姿勢が表現され、それを通して言葉で明示している以上に少年を理解していることを示唆する包容的なスタンスが見て取れる。メタレベルから主人公を見守るような、慈愛に満ちた構えがそこにはある。清兵衛の個性をいわゆる多数派の傾向から峻別しつつ、排除には加担しないのである。

「清兵衛と瓢箪」の注意の構造

小説というジャンルは、このように共同体から逸脱する個性を受け止め、保護するというジェスチャーをことさら示してきた。ただ、この作品で興味深いのは、描き出されるのが清兵衛だけの「注意」ではないということである。物語の発端では、たしかに清兵衛のことが集中的に描かれている。「ある日彼はやはり瓢箪のことを考え考え浜通りを歩いていると、ふと、眼に入った物がある。彼ははッとした」。この一節の「ふと」や「はッとした」といった語には物語の発火点のようなものが凝縮されている。小説は、まさにこうした気づきの瞬間から展開していくものだ。そこには他者との出会いの刹那が濃厚に刻印される。すでに触れたように、清兵衛は必ずしも決定的な発見をしたわけではない。瓢箪かと思ったら爺さんのはげ頭だったというだけの話だ。しかし、このような清兵衛の注意や気づきの実践を一つの兆候としつつ、この作品は「人が何かに気づく小説」として構成されてもいく。

実際、このあと清兵衛はより重要な発見をする。まさにこれだ、という瓢箪を見つけて手に入れる。ところが、清兵衛がそうやって発見した瓢箪は学校の先生にとりあげられてしまう。先生には瓢箪の価値はわからず、ただで学校の小使いに渡すが、小使いはそれをちょっとした交渉術を駆使して骨董屋に売りつける。すると、この骨董屋はそれを買った値段よりもはるかに高く金持ちに売りつける。瓢箪はこうして注意の対象として独り歩きした上、どんどん価値を増していくが、その過程で清兵衛とは別世界の存在ともなっていく。

ここにあるのは二つのストーリーである。一つは注意の対象としての瓢簞のストーリーである。清兵衛の超俗的な注意によって発見された瓢簞は、清兵衛によって特別な価値を付与されるものの、次第に小使いや骨董屋の欲望と消費の対象となり、通俗化されていく。瓢簞はこうしてまさに株式市場的な、そして事務処理的な注意の枠組みに取りこまれてしまうのである。

これに対し、もう一つのストーリーがある。清兵衛のストーリーである。清兵衛は瓢簞を発見し、その価値を自ら生み出したものの、すぐに興味を無くしてしまった。彼にとっては社会の中で価値を付与され、その注意規範に従属する瓢簞など、さしておもしろいものではないのかもしれない。彼の注意は社会の枠組みには従わないのである。彼は瓢簞という注意の対象に向けて心の中で指を差しベクトルを生み出すことはあっても、既存のベクトルには同化せず、他者が指さす方向を見ることはない。あみ子と違って清兵衛は他者の注意の構造を理解するし、ある程度付き合うこともできるようだが、その規範に飲み込まれることはない。

二〇世紀以降、まさにこうした個性のあり方が文学作品の中でも盛んに描かれるようになった。共同体によって欲望が抑圧されることを描く小説よりも、そもそも欲望の方向が既存のそれとはちがっているような人物たちが登場する。一九世紀には、個人の心理を共感を通して理解することが小説の達成とされることも多かったが、二〇世紀になると重心は、個人の心理の理解不可能さそのものを描くことにじわりと移った。そんな中で、人が何を見、何を聞き、どこに心を向けるか、という部分をいちいち小さな驚きや新鮮さとして描くことが、小説の醍醐味ともなる。そうしたダイナミズムも、注意・不注意という対立軸があればこそだった。世界の事務処理化はすでに始まっていたのである。

【参考文献】

◆American Psychiatric Association 編、髙橋三郎・大野裕監訳、染矢俊幸ほか訳『DSM-5 精神疾患の診断・統計マニュアル』医学書院、二〇一四年。
◆今村夏子『こちらあみ子』ちくま文庫、二〇一四年。
◆岩波明『発達障害』文春新書、二〇一七年。
◆香山リカ『「発達障害」と言いたがる人たち』SB新書、二〇一八年。
◆志賀直哉「清兵衛と瓢箪」『志賀直哉全集　第二巻』岩波書店、一九九九年（引用の際、旧字旧かな等、適宜あらためている）。
◆本田秀夫『自閉症スペクトラム　10人に1人が抱える「生きづらさ」の正体』SB新書、二〇一三年。

＊1　「日経金融新聞」二〇〇五年一二月九日。
＊2　本田、一〇三～一〇四頁。
＊3　香山、一七七頁。
＊4　同、三四～四〇頁。
＊5　本田、九四頁。
＊6　香山、一一九頁。
＊7　DSM-5では、ASDの診断基準の一つの柱として「社会的コミュニケーションおよび対人的相互反応における持続的な欠陥」があげられる。具体的には「興味、情動、または感情を共有することの少なさ」、「統合のよくない言語的と非言語的コミュニケーションから、視線を合わせることと身振りの異

常」、「顔の表情や非言語的コミュニケーションの完全な欠陥」、「想像上の遊びを他者と一緒にしたり友人を作ることの困難さ」などが症状の判断材料とされる。

また今一つの大きな柱としては「反復」的な行動もあげられ、たとえば「常同的または反復的な身体の運動、物の使用、または会話」や「同一性への固執、習慣への頑なこだわり、または言語的、非言語的な儀式的行動様式」などが観察されるという。『DSM-5 精神疾患の診断・統計マニュアル』、四九〜五〇頁参照。

*8 本田、六四頁。

*9 今村、一八〜一九頁。

*10 同、五六頁。

*11 『DSM-5 精神疾患の診断・統計マニュアル』には次のような記述がある。「自閉スペクトラム症の早期の特徴は、他者と関心を共有するために対象を指さしたり、見せたり、持ってきたりすることの欠如、あるいは他者の指さしや注視の先を追うことの欠陥などで示される共同注意の障害である」(五二頁)。

*12 同、五八〜五九頁。

*13 ADHDの対人関係については岩波、五四〜八〇頁を、二つのグループの共通点と相違点については、同、八一〜一〇三頁参照。

*14 志賀、二四四頁。

*15 同、二四五頁。

*16 同、二四四頁。

第4章

『ガリヴァー旅行記』の情報処理能力

飼い慣らされる「目」

海外の都市を訪れ、公共交通機関を利用した人がしばしば漏らす感想がある。「みんな、目が強い……」下手に車内を見回したりすると、ビンッと音を立てるようにして誰かの視線とぶつかる。たしかに日本の地下鉄では、スマホや本のページを見つめる以外は、目はぼんやりとあいまいに宙を泳いでいたりする。目をそらすのでもなく、合わせるのでもなく、あいまいに相手と目の交流をする。一対一で会話をするときにも、相手の目をじっと見つめるということは——とくに何か意図がある場合をのぞけば——あまりしない。もちろん日本でも大都市圏と、人口密度の比較的低い地域とでは人の視線の向け方がちがうだろう。牧草地の一本道で面識のない人とすれちがったとき、何となく相手と会釈するということがイギリスなどではよくあるが、日本でも田舎道ならありうる。ロンドンのピカデリーや渋谷のセンター街でそういうことをする人は——とくに意図がある場合をのぞけば——あまりいない。

このように目の向け方には方法や程度があり、その背後には文化がある。もともと人は他の動物と同じで他者の「侵入」には敏感だと言われる。他者による空間的な侵入にはすぐに気がつく。ソマーが『人間の空間』で示したように、それは一種の防衛本能に発したものでもあるだろう。防衛ラインを越えて「パーソナルスペース」に入ってきたものには身体が反応する。身体的な侵入でなくとも、視線による侵犯にはセンサーが働く。誰かと目が合うと「あ、目が合った」とわかるし、誰かがこちらを見ていれば「はい？　何か？」と反応する。

しかし、今や目の本能は、社会によって大きく制御されるようになった。私たちは本能にまかせて見たり、あるいは警戒したりするのではなく、社会の規範に沿う形で「見る／見ない」を調整する。見る行為は注意や意識として理解され、もとにある心の構えまで遡ってコントロールされる。そこで重視されるのは動物的で無意識的な〝ナマの目〟ではなく、意志や目的、意味である。人間の目はこうして精神的な裏付けを持った行為に変換されることで、社会化されてきた。

視線の規範化が大きく進んだ現代の社会では、「適切な注意」を向けることが要請される。たとえば他者への配慮や共感は善きものとして尊重され、ときには責務としても課されるが、逆に必要もないのに過剰な注意を向けたり、執着的な関心を持ったりすることは不適切な行為として戒められる。規範から外れた注意の向け方をする人は、「天然」「無意識過剰」などと緩やかなからかいの対象となったり、「不注意」「注意散漫」といった教育的なコメントを受けたり、ときには「神経に障る」「空気が読めない」「こだわる」「しつこい」「頑固」「いやらしい」といったレッテルを貼られ、社会の主流から排除される。注意・不注意という対立軸は些末で軽いものと見えるかもしれないが、注意の向け方をめぐる細かい規範は社会の基盤に食い込み、私たちの常識に浸透している。

こうした「注意の規範化」は、人間活動の事務処理化を支えてきた。適切な事務処理を可能にするのは、世界を整理するための枠である。この枠は整理棚、書類、罫線、セルといった具体的な形式を持ちながら、私たちにルールの遵守や、処理の速さ・正確さを尊ぶ価値観を植え付ける。鍵になるのは、枠をしっかりと見極め守るための注意の力である。「注意深さ」という心のあり方があればこそ、事務の精神も生きる。矮小であることをいとわず、細かいものをあえてとらえる辛抱強い注意の目が、事務の文化を育んできた。

『ガリヴァー旅行記』の「目の寓話」

事務の黎明期はどのくらいまで遡ることができるのだろう。第1章でも見たように、事務が権力としてヨーロッパ史の前面に躍り出てくるのは一八世紀から一九世紀にかけてである。しかし、それ以前から事務の精神は醸成されていた。その顕著な現れが〝目の変化〟である。一七世紀から一八世紀にかけての初期近代は、人間の目の「機能」が飛躍的に高まった時期だった。さまざまな装置の開発や知識の深まりで目がカバーする領域は広がり、世界はより視覚的に把握され始めた。目は元々の機能をはるかに超えた潜在力を持つようになる。もはや目であって、目ではない。対象をとらえるのも直接的にではなく間接的に、たとえば羅針盤、望遠鏡、眼鏡、顕微鏡といった媒介物（メディア）を通す。船上から地図をたよりに陸地の位置を把握したり、遠い山地をレンズ越しに見やったりするのは、いずれも視覚の延長上にある行為だが、そこでは目をいかに凝らすかより、道具をどう管理し活用するかが大事になる。直感や本能より、器具の調整や数値が優先されるのである。

この時代の文学作品にも、しばしばそんな新しい目の境地が描き出された。ジョナサン・スウィフトの『ガリヴァー旅行記』（一七二六年）は時代を代表する作品の一つだが、そこではたっぷりと目の寓話が語られる。物語には目の機能を拡張させるのに寄与した装置やメディアが登場し、現地の人々との交流の中で、「注意の規範」もおおいに意識される。

『ガリヴァー旅行記』といえば誰もがまず思い浮かべるのは、主人公が小人の国に迷い込んで囚われの身になる場面だろう。船が難破し命からがら陸地にたどり着いたガリヴァーは疲労困憊して眠りに落ちるが、目が覚めると手足から髪の毛に至るまで身体中が紐で地面に縛りつけられている。そして、ふと見ると六インチのサイズの小さな人間たちが自分の身体をよじ登ってくる。ガリヴァーが仰天して声をあげると、驚いた小人たちは転げ落ちて怪我をしたりする。このファンタジックで滑稽な場面は、作品の表紙や挿絵にも頻繁に使われてきた。

しかし、出だしこそ囚われの身となるガリヴァーだが、この小人国リリパットの君主に歓待を受けてからは、たちまち土地と文化になじんでいく。言語を習得するのも早い。宮廷のしきたりも学んだ。そのガリヴァーが大きな活躍をするのは、宮殿で火事が起きたときだった。火事の報を受けたガリヴァーは上着を着ておらずそれで火を消し止めることはかなわなかったが、たまたま豊富な尿意を催していた。そこで、火に向けてたっぷりと放尿することで、見事火を消し止めたのである。それ以前にもガリヴァーは、敵対関係にある隣国の艦隊を一網打尽とばかりにまとめて引っ張っていくなど巨人ならではの活躍をしている。放尿シーンは似たような場面がフランソワ・ラブレーの『パンタグリュエル物語』にもあり、以前から存在するロマンスや物語群の影響を感じさせる。そういう意味ではこの作品には伝統的な奇譚の要素がおおいにあると言える。[*1]

『ガリヴァー旅行記』はこのリリパット国への旅だけで終わるものではない。ガリヴァーはいったんは帰還するものの、その後も航海に出てはトラブルに遭遇して奇妙な国に逢着し、珍奇な体験をして戻ってくるというパターンを繰り返す。ただし、小人国につづいて迷いこむ巨人国や、その次に訪れる空中の島ラピュータ、さらには馬が支配者として君臨し、人間そっくりの獣ヤフーを支配するフイヌム国での体験をへるに及んで、次第に作品世界は暗いムードに覆われる。当初は奇想天外な冒険譚が主軸だったのが、現実の政治や、著者スウィフトの人間関係、とくに私怨や厭世的な人間観などが垣間見えるようになり、作品に毒気が吹きこまれる。

そんな中、「目の寓話」がはっきり立ち上がってくるのは第三篇である。空飛ぶ島ラピュータには、この時代の新しい目の扱いが感じられる。この国の支配的な住人たちには、たとえば第一篇のリリパット国の小人たちや、第二篇のブロブディンナグ国の巨人たちのようなわかりやすい怪異さはない。しかし、彼らもどこか異様なのである。頭を傾け、上の空で、目がどこを向いているのかよくわからない。どうやら深い思索にふけっている。その服には太陽や月などがデザインされ、横笛や竪琴などさまざまな楽器があしらわれる。ガリヴァーたち訪問者が会いに来ても考え事にふけっていて気がつかない。どうやらこの上の空ぶりはいつものことのようで、こうした状態に陥ったときは、お付きの者たちがふくらませた豚の膀胱を先につけた竿で彼らの顔を叩くことになっている。ぼうっとしていた人は叩かれるとはっと目覚めたようになり、慌てて眼前の仕事に立ち戻るのである。

ラピュータの住人の振る舞いは実に奇妙で、呆けているようにも見える。しかし、彼らは頭脳の活動が停滞しているのではない。むしろ逆で、彼らは非常に高い知的能力を有している。彼らの服にあしらわれた天体と楽器のイメージの組み合わせは当時の天文学をあらわしていた。こうして見るとラピュータの住人たちは、王立協会の科学者たちと類似しているのだ。たとえば定規と分度器を使う作業は得意でも実生活のことはまるでだめ、数学と音楽以外のことには頭がまるでまわらないといった人も出てくる。この篇では抽象的な思弁に没頭しがちな、浮世離れした科学者たちが揶揄されていると言える。

実在した注意散漫の人たち

スウィフトの周辺にはこうした奇妙な人物たちが実在したらしい。科学者としては高い能力を発揮するものの、実生活ではおよそ無能。文章を書けば、鋭い風刺で人を楽しませることができるけれど、ときにぼうっとして注意散漫の極みに至る。そもそもスウィフトの風刺は、王立協会の主導した「新科学」の路線に向けられていた。科学中心主義が迷走すれば、およそ非現実的な発想をするようになる。科学者たちは、言葉と物とが一致するような理想の境地があると考え、この理念に沿う形で英語を改良しようとさえした。たとえば言葉を単純化し、表す物の数と言葉の数とを同じにすれば、言葉と物のずれはなくなると考えたりしたのである。[*2]

スウィフトは言葉を無理矢理に物に従属させようとするこのような思考の愚かさを徹底的に風刺した。ラピュータ島の言語学者の次のような珍奇な提案は、まさにこの愚かさを具現したものである。

「言葉を使えば使うほど肺が疲弊し、私たちの寿命は縮む」

⬇

「言葉など所詮、物を指し示す名前にすぎない」

⬇

「いっそ言葉を廃止し、話題の内容を示す物そのものを携帯すれば便利だ[*3]」

しかし、言葉を使うかわりに物を携帯することにしたラピュータ島の人々は荷物が増えて腰に負担がかかり、荷物を運ぶための召し使いが別途必要になってしまう。あまりに極端なカリカチュアなので、そのバカバカしさばかりが目につくかもしれないが、実はこの「言葉＝物」という発想には事務的思考も見て取れる。第2章でも触れたように、事務とは「現場におけるモノあるいはコトのながれを管理するために、それに対応するところのシンボルのながれをつくりだし、それを操作すること」（梅棹忠夫）なのである。事務的思考の背後には、言葉を道具として何かに従属させようとする姿勢がある。この従属関係を足がかりにして現実世界をコントロールするのである。言うまでもなくこれは科学者たちの世界像と重なる。物と言葉とを一致させれば、世界を科学的に説明する言葉が得られる。それに加えて科学が主に物質界の現象を扱うのに対し、事務の世界ではそれに加えて人間が取り組むさまざまな事象をも、同一平面に載せようとする。つまり、「物の世界」だけではなく、人間が生み出す「事の世界」も言葉＝物と同じ平面に載せるのである。事務が書類や磁気媒体などの物質的な記録装置に特有のこだわりを示すのもこのことと関係するだろう。言葉を介することで、「事の世界」が「物の世界」に生まれ変わっていく。事務ならではの「物」信奉がそこには見て取れる。

スウィフトはこうした思考の危うさを敏感にとらえ、ときには徹底的にあげつらってみせる。しかし、『ガリヴァー旅行記』の主人公ガリヴァーは必ずしもスウィフトと重なるわけではなく、ときには事務的な視線や注意の規範に飲み込まれもする。さらに言えば、スウィフト自身の立ち位置もそれほど明確だったわけではなく、科学者たちとの間柄も単純な敵味方関係では説明できない。たとえばジョン・アーバスノット（一六六七～一七三五年）は数学者・医者であるとともに風刺家で、スウィフトとは政治的な考え方が近いこともあり親しくしていたが、同時にスウィフトに'king of inattention'（「不注意の王様」）と呼ばれるほどの注意散漫ぶりだった。まさにラピュータの「上の空」の住人そのままである。[*4] ほかにもスウィフトの主治医だったリチャード・ヘルシャム（一六八三～一七三八年）やトマス・シェリダン（一六八七～一七三八年）など、当時を代表する科学者でスウィフトが好意を持っていた人も多くいたが、シェリダンなどは「上の空の人」の典型でもあり、およそ実務能力には欠けていたようである。*5

こうした人物たちの中でスウィフトとくに因縁が深かったのはアイザック・ニュートンである。ニュートンも学問への没頭加減が度を超していたことで知られ、奇行の噂もあったが、スウィフトとはより現実的な接点があった。ちょうど『ガリヴァー旅行記』を刊行する二年ほど前、スウィフトはイングランドの貨幣政策を批判する文書を匿名で出版し、批判運動を展開していた。スウィフトが問題にしたのは、イングランド政府がウィリアム・ウッドという悪質な貨幣鋳造業者の貨幣をアイルランドに押しつけようとした事件だった。この政策にはニュートンがからんでいた。業者の貨幣が認可を受けるにあたり、専門家として鑑定を行ったのがニュートンだったのである。第三篇の風刺対象の中心が、ニュートンだとされる所以でもある。*6

文学史上、はじめて眼鏡をかけた人

このように『ガリヴァー旅行記』にはスウィフト自身のきわめて卑近な現実が反映され、彼の政治的な不満や人間関係の痕跡があちこちに見て取れる。そこにあらわれるのは単なる対立関係ではない。むしろ彼らは新しい文化を共有していたと言えるだろう。ニュートンをはじめとした当時の科学の推進者たちとガリヴァーとの間には重なるところが多々あった。象徴的なのは、ガリヴァーが携行していた眼鏡である。ロジャーズはガリヴァーを「文学史上はじめて眼鏡をかけた主人公」だとし、これは彼が〝見ることに取り憑かれた人〟であることを示すと分析した。[*7] 眼鏡がガリヴァーの視力の弱さを強調するというW・B・クーチャンの見方に対し、ロジャーズは眼鏡が彼の視覚の強化をあらわし、その観察欲が強調されているとした。[*8]『ガリヴァー旅行記』がそもそも「知覚のドラマ」として始まるというロジャーズの指摘は妥当なものだろう。[*9] 冒頭部の拘束シーンからして、地面に縛り付けられたガリヴァーは一生懸命「見る」という行為に専心することで、生きるための活路を開く。そこで重要なのは、当然ながら「目」である。太陽の光で目を痛めたり、視界が限定された中、目に見えたものを手がかりに自分の置かれた環境を推測したり、ちらっと目にした小人の姿に度肝を抜かれたりという展開は、この作品が「目の物語」として構成されていることを示す。

ガリヴァーは何度遭難してひどい目にあっても懲りずに航海に乗り出していくだけでなく、漂着した先でも屈託なく対象を観察し、住人の性癖や制度を細かく記述する。たとえばリリパットの住人の身長はだいたい六インチ以下で、馬や牛は四〜五インチ、羊は一・五インチとされる。教育のシステム、筆記法、死者の埋葬の仕方から、法律の運用などもガリヴァーによって報告され、兵器の建造についても「九フィートにも達する最大級の軍艦を木材のたっぷりある森で建造させ、車輪のついた台車で三〇〇〜四〇〇ヤードほどの距離を海まで運ばせた」と記述される。[*10] 彼が寝泊まりする古い寺院の門は「高さが四フィート」「幅は二フィートにも達」し、「その両脇には地面から六インチ足らずのところに小さな窓」があったとされる。[*11]

このようにガリヴァーは目の人であり観察と記録の人だった。スウィフト自身は王立協会の迷走ぶりが許せなかったようだが、彼の手になる作中人物のガリヴァーの方は、時代の「知の姿勢」をしっかり反映していた。『ガリヴァー旅行記』には全体として、スタフォードの言葉を借りれば、「観察的凝視」の姿勢があふれているのである。それは「現象の個々をじっくり見ることで相手の真相に迫ろうとする熟達の科学的研究者」の態度だと言える。[*12]

見ることの魔術

しかし、そこであらためて問題になるのは、小人や巨人が出てきたり、島が空を飛んだり、馬が人間を支配したりするファンタジックな「ありえない世界」と、こうした正確な観察の身振りとがどのように折り合いをつけるかである。すでに引用したスタフォードは『ボディ・クリティシズム――啓蒙時代のアートと医学における見えざるもののイメージ化』の中ではある重要な点を掘り下げる。たしかに一八世紀人は見ることに取り憑かれていたが、その原動力は「生命の秘密の多くが肉眼不可視（subvisible）な世界に潜んでいる」という確信だった。[*13]「生命の秘密」とはたとえば「種子、胚子、精子」。いずれも、これまで見えなかったのに器具の助けを借りれば見えるようになったものである。[*14]

スタフォードの叙述にはややロマンチックな傾きもあるが、この時代の視覚装置の発達にはたしかに目を見張るものがあり、人間の視界は驚くほどの広がりを見せた。ただし、そこで一つ注意しておいた方がいいのは、そうした装置が真理から私たちを遠ざける〝怪しい魔術〟としても見られるようになったことである。そこでもニュートンがからむ。スタフォードはニュートンのプリズム実験がもたらした視界を、次のように描く。

ニュートンの有名なプリズム実験（一七〇四）は、輝く光線が小さな開口部から暗い部屋の中へ入ることを許した。ニュートンの実演は不可視、不可触界と接しようとする、映像的きわまる雛形（ひながた）となった。結果生じた重さのない、炎のような幽体が英国科学をフランスで流行（はや）らせることになる。[*15]

ニュートンの実験もまた、これまで見えなかったものを可視化したが、そこに浮かび上がったのはきわめて妖しい光景だった。そのため、中にはこうした光学装置の離れ業を科学ではなく魔術だと呼び、ニュートンを詐欺師と見なす人も出てくる。反ニュートン主義の旗頭となったルイ・ベルトラン・カステル（一六八八～一七五七年）は、ニュートンの実験が科学であるどころか「客観的な物体の何とも関係ない全くの現象、幻想の事物」だとし、「事物が存在すること、事物の実在、延長よりも、事物の非在なる世界である」と批判している。[*16]

このように一八世紀には経験主義的な観察志向を土台にして、さまざまな光学装置が発達し、視覚偏重型の知の探求が進んだものの、上記のカステルの発言が示すように、よりよく見ようとすることが必ずしもよく見ることにはつながらない、との懸念も生じつつあった。ラピュータの住人の思弁が白昼夢のように描かれるのも、科学的な探究が必ずしも世界をより鮮明にわかりやすく見せることにつながらないとスウィフトが考えていたためである。むしろそれは、「客観的な物体の何とも関係ない全くの現象、幻想の事物」となってしまう危険があった。

ガリヴァーの視界のゆがみ

　では、ガリヴァーはどうなのだろう。見ることに取り憑かれた「目の人」として描かれるガリヴァーは、果たして最終的に世界をより見えやすくしたのか。そんな視点であらためて『ガリヴァー旅行記』のファンタジックな設定を見直してみると、そこに視線をめぐる興味深いゆがみが見て取れることに気づく。漂着した島で眠りに落ち、目が覚めると地面に縛り付けられていたガリヴァーは縛り付けられている自身の身体の周囲に、小さな人間がむらがっているのを知って驚嘆する。そこにはサイズの違いがある。と同時に、それはスケール感の違いでもある。つまり、ガリヴァーにとってこれらの人々が小さかったのは、彼らが単に小さかっただけではなく、彼のスケール感の中で小さく見えたということでもある。しかし、まさにそこにゆがみの原因がある。

　人間の注意力の度合いはさまざまだ。ときに対象を詳しく細かく見ることもあれば、条件次第ではごく大雑把にしか見なかったり、そもそも気づかないということもある。注意の度合いは、認知力にも影響する。では、周囲の人間が小さく見えるというのはどういうことだろう。どうでもいいと思っているから遠く小さく見えるということもある。あるいは自分のことに取りまぎれているから、自分の巨大さに比して相手が小さく見えてしまうということもある。いずれにしてもそこでは、注意の強さ深さが状況の中で生ずる〝意味〟と連動している。状況の中で対象がどのような意味を持つかによって、払われる注意の大きさも変わる。対象の大きさは、意味のオーラを反映するのである。

こうしたオーラはもともとは神的なものから発していた。ヨーロッパの初期近代を支えたのは驚くべき見知らぬ世界への希求だったと言われるが、「発見」の欲望そのものはそれ以前から見られた。また、それはヨーロッパ世界に限定された衝動でもない。驚くべきものと遭遇しようとする「驚異」の想像力が旺盛に発揮された「黄金時代」は、ヨーロッパでもイスラム世界でも、一一世紀から一三世紀に訪れたと言われる。[*17] そこに見られたのは、一神教という要素だった。神の存在があればこそ「驚異」という感覚も生まれたのである。「神の存在を示す証である奇跡は驚嘆すべきものであり、その驚嘆は神の業に対する畏敬の念につながる」とされた。[*18]

しかし、宗教と芸術的な喜びとをつないでいた「驚異」の感受性は、近代科学的な「知」の勢いが増すとともに分裂。「驚異」を支えてきた「超常現象」などには、「オカルト」とのレッテルが貼られてしまう。

近代的な理性の発展とともに、科学的に証明がされていない「超常現象」や「未確認生物」はオカルトの範疇に閉じ込められ、古代から中世にかけて驚異と深く結びついていた「知」と「快」は乖離の途を辿った。そして科学によって追放された驚異譚は、娯楽の世界に活路を見いだしたのである。[19]

以前は「驚異」の中で結びついていた「知」と「快」とが分かたれることになったのである。

小さいのに小さくない

『ガリヴァー旅行記』はこうした歴史的な文脈の中で読まれるべきだろう。たしかにそこには奇譚という要素がある。しかし、ニュートンに代表される科学者たちがもたらした「知」と「快」の乖離も、明確に刻印されている。それがもっとも現れていたのが、ガリヴァーの「目」だった。彼の目がとらえるのは意味のオーラを欠いた、奇妙にサイズだけが小さい人間なのである。彼らはたしかに小さいが、〝小ささの存在性〟を欠いている。小さいのに小さくないのである。彼らとはじめて遭遇したときのガリヴァーの目は、本人の驚嘆にもかかわらず、奇妙なほど落ちついても見える。

しばらくして、左足の上を生き物が動いているのを感じた。胸の上をそっと通り過ぎて、ほとんど喉のところまで来た。何とか視線を下に向けて確認すると、六インチにも満たない人間だということがわかった。手には弓と矢を持ち、矢筒を背負っている。[20]

ここにはいわゆる「驚異」につきものの感動も畏怖もない。あるのはせいぜい「驚き」だけなのである。ガリヴァーはこの小さい人間の小ささに驚きはするものの、彼らを等身大の人間のようにしっかりと見つめる。その観察はあまりにこともなげで、だから、これらの人間には「小ささの実感」が欠落している。ここにガリヴァーの世界の独特さがある。

ガリヴァーは対象となる小さな人間や、それを言えばブロブディンナグの巨人についても、その極小さや巨大さを実感として感じる前に、つぶさにその対象を見てしまう。その結果わかるのは、ちょうどリリパットの小さい人が本質的にはサイズが小さいだけの人間だということであり、ブロブディンナグにもまた、サイズが大きいだけの人間がいる。彼が巨大な肉体を目の当たりにしたときに disgusted（気持ち悪くなった）とか、nauseous（吐き気がするような）といった表現に訴えるのも、まさにそのためだろう。ブロブディンナグの巨人は、巨人としてのオーラを欠いたまま、ふつうの人間として、ただ大きい。つまり、本来のサイズでない、というスケールの過大さだけが独り歩きしている。

正直言って、この巨大な胸の光景ほど吐き気を催させるものはなかった。読者としても知りたいだろうから、その大きさや形や色を伝えたいのだが、比べようにもちょうどいいものがない。それは六フィートほどもそそり立ち、外縁は少なくとも一六インチに及んでいた。[*21]

異様なものに遭遇したときに私たちがそれを受け入れられるのは、それが広い意味でのオーラや感動を伴うからである。何らかの存在の震えのようなもの——祝祭と言ってもいい何か——を体感することで、私たちは異物感たっぷりの他者を受け入れる準備が整う。ところが、ガリヴァーの世界では驚くほどの小ささや大きさに遭遇したにもかかわらず、それらが畏怖や感動を伴わないため、異様なものが異様なものとして遇されい損なう。無感動な観察の中で、異様なものの異様さは対象に向けられることもなく行き場をなくし、自身の内側でくすぶり、身体の中心部で「気持ち悪さ」や「吐き気」といった内部的・内臓的な感覚として把握される。これがガリヴァーの居心地の悪さの原因である。

違和感の欠落することの違和感

小さい人間にしても大きい人間にしても、その細部に至るまでガリヴァーが知っているとおりの人間なのに、ただ小さい。あるいはただ大きい。縮小や拡大といった変貌のプロセスもない。ガリヴァーはいきなりそうした対象と面と向かい、あくまで数値的に、そして究極的には事務的に、それらを把握する。この世界では、異なるスケールが滑らかな起伏とともに接続するのではなく、そうした起伏のそもそも存在しない平面で同居させられる。そこでは緩衝的な役割を担うはずのエキゾティックな奥行きは消滅しており、異物感が直接的に神経に訴えてくる。そもそもスウィフトが描きたかったのは、小ささでも巨大さでもなく、この異物感だったのかもしれない。

ガリヴァーの生きる世界では、知覚は徹底的に平準化されている。神話性を呼び覚ますような、霞がかかったあいまいさはない。しかし、平準化され規格化されているがゆえの違和感がそこにはあった。それは違和感を畏怖や驚異という形に変換しきれないがゆえに彼の中に残存してしまう違和感なのである。すでに第3章でも触れたように知覚や注意の規範化は、規範に従えない人に違和感を強いてもきたが、ガリヴァーが節目々々で感じる——そして第四篇のフイヌム国でとくに強烈に体感される——違和感は少々異なる。ガリヴァーの場合、過度に規範に適応したがゆえに居心地の悪さが生じる。フイヌム国では、あまりに馬に適応してしまったガリヴァーが、ヤフーと呼ばれる人間そっくりの獣に強烈な違和感を抱く。本当は後者の方がはるかに自分に近いのに。

この時期のヨーロッパでは、日常生活の振る舞いのコードが大いに意識されるようになった。人生をいかに生きるか、いかに善をなすか、といったことだけではなく、食卓でどのような話題を選ぶか、それをどのように話すか、部屋の中でどのように歩くか、どのように相手に話しかけるか、といった細々とした行動の「方法」が意識されるようになる。適切なマナーを指南する本も盛んに出版された。

このような振る舞いルールの確立の背後に、視線をめぐる規範の浸透があったのはまちがいない。マナーの規範を学び守るためには、相応の注意力とともに他者や自分の行動を監督する必要がある。実際、当時流行した作法書には、しばしば注意の向け方についての記述もある。部屋の中の会話を盗み聞いたり、他人が手紙を書いているときに内容をのぞき見たりすることは、不適切な振る舞いとして戒められる。前章でも触れた『高慢と偏見』は、そうした視線のマナーが人物の品格の指標になるような小説であるが、そんな品定めを熱心に行う位置にある主人公のエリザベス自身が、ときにこっそり他人の会話を聞き取ったりするのもおもしろい。

このように一八世紀から一九世紀にかけ視線を規範化する傾向は強まり、世界はきれいに整理された棚の中にきっちりと収められるようになっていく。もちろん、枠からはみ出す事例も生じたし、それらが小説的ドラマを生み出すこともあったが、しばしばそれらは軽微な逸脱にすぎない。軽微な逸脱にすぎないのに注目される、というところにむしろ規範化の強さが感じられる。[*22] ガリヴァーはそんな時代にあって、新しい「視線の規範」をしっかりと背負ったままかつての「驚異」と面と向かうことで、独特なゆがみと違和感をとらえたのである。

水と夢の世界から

もちろん視線拘束の時代を迎えても、誰もがそれに従えるわけではない。配慮や注意をめぐる約束事にうまく適応できない人の——ガリヴァーとは違う意味での——居心地の悪さは以前よりも深刻化しているのかもしれない。第3章では現代社会で発達障害に注目が集まっていることに触れたが、現在、当事者研究の一環として、発達障害者自身による症状の語りが公になることも多くなった。その一つ、横道誠の『みんな水の中』〔医学書院〕では、自閉スペクトラム症（ASD）や注意欠如多動性障害（ADHD）の傾向を持つ人にどのように世界が映っているかが説明されている。いくつか抜粋してみる。

私は、現実がつねに夢に浸されているような体感でいる。現実と夢の区別はつけられるが、完全に覚醒するのが困難なのだ。*[23]

私は、自分のいる時空もまさしく一水四見〔引用者注――水の見え方のように物事の見え方はいろいろだと示す道元の概念〕だと感じている。刻々と濃度が変転していく水溶液のようなものだ。その水溶液のなかで浸透圧を受けながら揺らめいている物体として、私は存在する。*[24]

私も少年時代には、庵野秀明のアニメ『新世紀エヴァンゲリオン』に登場する巨大な人造人間に乗りこんで、羊水のような液体で満たされた操縦室で「動け、動け、動け！　動け、動いてよ！」と操縦桿(かん)をガシャガシャ動かしているような気がしたものだ。そのくらい、体がうまく動いてくれない。毎日のようにどこかにぶつかり、転んでしまう。*[25]

私と仲間たち〔引用者注――発達障害者のこと〕が生きる異文化とは、「魔法」がつぎつぎに発生する、しかも自分では魔法を制御も運用もできない世界だ。この魔法の世界という表現は、パワン・シンハらが、ＡＳＤ児は出来事の予測がしづらく、彼らには物事がデタラメに起きているように体感されるため、世界が秩序だった場所ではなく魔法のように現れてくると説明したことにもとづいている。*26

横道は「夢」「水」といったイメージや、「体がうまく動いてくれない」「出来事の予測がしづら（い）」「物事がデタラメに起きているように体感される」といった感覚を通して発達障害者ならではの体感世界を記述している。今、これらを参照したのは、ここに示される違和感が、まさに『ガリヴァー旅行記』では徹底的に排除、もしくは抑圧されるものだと思えたからである。より正確に言えば、ガリヴァーの世界はとんでもない事ばかりの起きる驚異譚であるにもかかわらず「驚異」の感受性そのものを欠落させている。その世界はラディカルなほどに事務処理的な「注意の規範」に順応し、それゆえ、「注意の規範から外れる自由」が排除されている。そして、この逸脱することの自由の排除は、どこかでガリヴァーに負荷をかけているようなのだ。そこには「違和感を感じられないことの違和感」が発生しているのである。

水から陸へ

このプロセスは「水」と「陸」という対立に注目すると、よりはっきり確認できる。船が難破して陸にたどり着いたガリヴァーは、深い眠りに落ちた後に覚醒。自身が紐で縛り付けられているのを知るが、まもなく解放される。そして当地の言語をたちまち習得、習慣を見聞し法律も学ぶことで、見事に新しい秩序に順応する。つまり、ガリヴァーは水と夢の世界から陸地にあがることで、白々とした陸地の秩序を得たのである。象徴的なのは、宮殿火災を自身の小便で消し止めたあの事件である。ガリヴァーは身体機能をしっかりコントロールすることで「水」を制御し、世界のドライな秩序を回復させた。そこには水的なものや生理的なもの、化学的なものを徹底的に制御しようとする近代人の姿が浮かび上がる。横道が言語化した発達障害者特有の「違和感」は、「水」的で「夢」的なものであり、そこは「魔法」がつぎつぎに発生する」ような奇妙な世界だが、ガリヴァーは陸地にあがることで、そうした魔法の世界から解放されたのである。

　こうして『ガリヴァー旅行記』には、水から陸へ、夢から覚醒へ、身体緊縛から自由の身へ、「デタラメ」から秩序や法へといった展開が仕組まれ、その果てに魔法でも幻想でもない、畏怖や驚異ぬきの日常世界が生み出されている。ガリヴァー自身の巨大だったり、極小だったり、あるいは獣のようだったりする身体がまったくこの環境にそぐわないはずだからこそ、この順応ぶりの滑らかさはかえって際立つ。横道が示した発達障害者の世界感覚と対照させると、ガリヴァーの世界がいかに平準化＝事務化されているかがよくわかる。発達障害者が訴えるのは、世界をうまく把握できない、世界の運動をうまく受け止められないという弱さと欠如の感覚だったが、これに対しガリヴァーの体験には、世界はうまく把握できるはずだ、世界の運動はうまく受け止められるはずだ、という楽天的な全能感が見え隠れする。

ガリヴァーの異物感が示すもの

しかし、ここであらためて考えてみたい。ほんとうに両者は対照的なのだろうか。むしろ世界の違和感を徹底的に排除しようとする志向、すなわち世界はうまく把握できるはずだ、世界の運動はうまく受け止められるはずだ、という全能感を前提にすることこそが、逆に世界をうまく把握できない、世界の運動をうまく受け止められないという自覚を発生させ際立たせているとは言えないのか。横道が國分功一郎を引用しながら言うように、もしすべての人間が多かれ少なかれ「中動態」を生きており、思うように能動的にはなれない、しかし「病者や障害者は、弱さによってそれを感じやすい」だけなのだとしたらどうだろう。[*27] もしそうだとしたら、『ガリヴァー旅行記』のグロテスクな鮮明さが示すのは、何事につけ等身大の視点を押しつけ、日常感覚ですべてを飲み込もうとした結果、世界の持つ豊穣な異物感を喪失していく人類の戯画だとも言える。注意し観察する目の波及力は、科学の領域を超える。世界は窮屈な形にゆがめられて整理棚に押し込められてしまうのである。

『ガリヴァー旅行記』は極小さや巨大さからはじまって、空間感覚（島が空を飛ぶラピュータ）や支配関係（馬が人間を支配するフイヌム）の異様さを描きつつも、そこから意味のオーラをはぎとることで違和感を封じるが、そこには違和感が封じられることの違和感が残った。

違和感が欠落するからこそののっぺりした違和感は、現代の小説で示されるようになるある種の視線にも見て取れる。細部を過剰なほど鮮明化しつつ、その過剰さから畏怖や熱気を取り除き、対象のクローズアップを追求する視線は、二〇世紀以降のさまざまな領域の文章やメディア全般が獲得した冷たく乾いたリアリズムを予告するものである。そういう意味では『ガリヴァー旅行記』は、時代の平準化＝事務化の圧力を感知しそれに表現を与えたものの、他方でそうした平準化＝事務化そのものを異物感とともに距離をおいて描く感性をも備えていたと言える。

『ガリヴァー旅行記』に描かれる珍奇な世界は、実は当時のロンドンで現実に目にされていた見世物のイメージとそっくりだったとも言われる。[*28] ロンドンでは人々がミニチュアや小人、あるいは巨人などを見物できる見世物小屋がエンタテイメントの場となっていた。とりわけ目立ったのは、人間のような猿、動物のような人間、毛むくじゃら人間など、境界領域にいる存在だったという。見世物小屋はそうした曖昧な存在の「驚異」を、四角い檻の中に整理しようとしたのである。スウィフトは否応なくこうした見世物小屋へ向けられる視線を共有していただろう。しかし、『ガリヴァー旅行記』でときにスウィフトが示す、説明の難しい異様なこだわり——たとえば女性嫌悪（ミソジニー）や糞尿愛好（スカトロジー）——には、世界を整理棚に分類するだけでは安寧を得られない、きわめて不安定な精神の状態が見て取れる。これはいったいどこからくるのだろう。トッドも指摘するように、『ガリヴァー旅行記』中ではしばしばガリヴァー自身が見世物にされる場面がある。ガリヴァーもスウィフトもそして『ガリヴァー旅行記』を読む読者も、いつ自分が見世物にされるかわからない境地を体験し、その結果、単に見世物小屋という整理棚で提供されるスペクタクルを見物して終わることができない、というのがトッドの論点である。めざましい（spectacular）はずの対象からは、そのめざましさを保証する違和感が剝ぎ取られ、そのせいで私たちも含めて珍奇なものを食い入るように見つめる視線に浸ることができず、どっちつかずの不安定な位置にとどまるというのである。これもまた、〝事務の亀裂〟へと目をやる読み方だと言えよう。

ガリヴァーならではの「目の振る舞い」は時代の変化の中で生じた微妙なバランスが生み出したものだった。「驚異」の黄金時代が過ぎ去り、その置き土産のようにして自然をつぶさに観察し記述する「目」だけが残った。その目はやがて細かく仕切られた空欄へと世界を整理分類する正確無比な事務処理の視線をも生み出す一方、そうした枠組みから排除される魔術的な世界をも横目でとらえる。忘れてはならないのは、そのように除去された魔界に、事務処理そのものの魔的な深みをとらえる感受性が芽生えていたことである。

※『ガリヴァー旅行記』からの引用は、Swift, Jonathan. *Gulliver's Travels.* Oxford: Oxford University Press, 2005 に基づき、拙訳を付した。

【参考文献】

◆スタフォード、バーバラ・M、高山宏訳『ボディ・クリティシズム——啓蒙時代のアートと医学における見えざるもののイメージ化』国書刊行会、二〇〇六年。

◆スタフォード、バーバラ・M、高山宏訳『実体への旅――1760年―1840年における美術、科学、自然と絵入り旅行記』産業図書、二〇〇八年。
◆ソマー、ロバート、穐山貞登訳『人間の空間――デザインの行動的研究』鹿島出版会、一九七二年。
◆原田範行、服部典之、武田将明『『ガリヴァー旅行記』徹底注釈　注釈篇』岩波書店、二〇一三年。
◆山中由里子編『〈驚異〉の文化史――中東とヨーロッパを中心に』名古屋大学出版会、二〇一五年。
◆横道誠『みんな水の中』医学書院、二〇二一年。
◆ラブレー、フランソワ、渡辺一夫訳『第二之書　パンタグリュエル物語』岩波文庫、一九七三年。
◆Lynall, Gregory. *Swift and Science: The Satire, Politics and Theology of Natural Knowledge, 1690-1730*. London: Palgrave Macmillan, 2012.
◆Rogers, Pat. 'Gulliver's Glasses.' in Clive T. Probyn(ed.), *The Art of Jonathan Swift*. London: Vision Press, 1978, pp.179-188.
◆Sprat, Thomas. *The history of the Royal-Society of London for the improving of natural knowledge*. London: J. Martyn and J. Allestry, 1667.
◆Todd, Dennis. 'The Hairy Maid at the Harpsichord: Some Speculations on the Meaning cf *Gulliver's Travels*.' *Texas Studies in Literature and Language*. 34-2 (Summer 1992), pp.239-283.

＊1　『パンタグリュエル物語』の放尿シーンは第二之書の二八章（二〇二～二〇三頁）にある。巨人のイメージについてはシラノ・ド・ベルジュラック『月世界旅行記』（一六五七年）などの影響も指摘される。原田他、二五二頁参照。

＊2　トマス・スプラットは、王立協会の科学者たちがいかに言葉から余計なもの、過剰なものを取り除こうと腐心したかを記録している。Sprat, p.113 参照。

＊3　Swift, pp.172-173.

＊4　他方で、ラピュータの住人は天体現象に不吉な予兆を読みこんで騒ぐのが常で、太陽が近づいてきて自分たちを飲み込んでしまうのではないかとか、逆に、表面の噴火のために太陽の光がそのうちに地球に届かなくなるのではないかなどと心配しているが、これはまさにアーバスノットの風刺にも描かれているもの

で、王立協会の見解を揶揄したものと考えられている。

＊5　Lynall, pp.90-92.

＊6　ibid., pp.94-119.

＊7　Rogers, p.320.

＊8　ibid., p.324. ただし、眼鏡は携行されて大事にされているものの、実際に物を見るときに使われた形跡はなく、あくまで観察は肉眼による。原田他の指摘（一一九頁）など参照。

目の物語という文脈では、目潰しの刑をめぐる事件も意味深い。ガリヴァーが最後にリリパットからの脱出を決意したのは、彼の目を潰すという計画がリリパット国の権力者の間で浮上していたからだった。リリパットの人々にとってガリヴァーの目は脅威でもあったが、他方で「目の人」であるガリヴァーにとっては、これほど恐ろしい計画はなかった。

＊9　ibid., p.326.

＊10　Swift, p.21.

＊11　ibid., p.63.

＊12　スタフォード（二〇〇八年）、三一頁。

＊13　スタフォード（二〇〇六年）、四四七頁。

＊14　「精度のある映像は情報を伝えてき、皮膚の下のどこかに漂う謎多い生命構造を文字通り表面化させた。器具類は、知られざる美の次元から非言語的・映像的メッセージの洪水を光速で送り届けてきた」。こうして「新形式の旅」が可能になり、「不透明な深みが開示され、暴力的手段抜きで透明化された」。同、四四七頁。

＊15　同、四六九～四七〇頁。

＊16　同、四七〇頁。

＊17　山中編、三頁。

＊18　同、一〇頁。

＊19　同、二頁。

＊20　Swift, p.17.

＊21　ibid., p.82.

＊22　従来の「驚異の世界」を近現代文学で引き継いだのは、ゴシック小説や、その後のディストピア小説、SF、ファンタジーといったジャンルだが、これらのジャンルとserious literatureと呼ばれるリアリズム系の作品とのギャップは明確になっていく。ジェイン・オースティンが『ノーサンガー・アビー』でゴシック小説を揶揄し、この対立を浮き彫りにしたのは有名で、その後のオースティンの作品もゴシック小説への対抗ジャンルという姿勢をとり、「注意の規範」にしっかり寄り添った、穏やかで限定的な日常世界を描くようになっていく。

＊23　横道、五〇頁。

＊24　同、五五頁。

＊25　同、五六頁。

＊26　同、五八頁。

＊27　同、五七頁。「中動態とはインド・ヨーロッパ語族の文法なのだが、多くの言語で廃れてしまった。現在は能動と受動が一対をなすと位置づけられているが、古くは能動と中動が一対をなしていたと考えられている」。こうした文法範疇の変化にヒントを得て展開されたのが、國分功一郎の『中動態の世界——意志と責任の考古学』の議論でもあった。

＊28　この点に関してはトッド（Todd）の論考参照。

第5章

「失敗」から考える事務処理

人間と「過ち」の構造

「事務の憂鬱」の引き金となるのはミスである。空欄が埋まっていない。判子を押してない。締め切りに遅れた。「それぐらい、いいでしょ」と言いたくなることもあるが、そうはいかない。小さなミスが命取りになる。事務の裏側には巨大で複雑なシステムがひかえているのだ。ちょっとした誤作動で、たいへんな事態が引き起こされるかもしれない。

では、理想の世界は、こうした約束事をすべてクリアした先の至福の状態にあるのだろうか。そこにはエデンの園ならぬ、清々しい「事務の楽園」があるのか。うららかな日差しの下、「事務の子羊たち」が青々と茂る草を食み、「事務の子どもたち」が笛を吹きながら輪になって踊る。すべてが有機的に調和し、汚れも雑音もなく、美しく統合された事務システムが世界の秩序を守っている世界……。

残念ながら、現実にはそのような「事務の楽園」は存在しない。むしろ事務が事務たる所以は、形式が守られず、締め切りが破られ、違反や逸脱が発生するところにある。もちろん、それらが奨励されるわけではない。違反や逸脱やミスを受け入れるようになったら、その先は混沌としたアナーキズムしかない。事務はそうした無秩序を許さない。しかし、現実問題としてミスは起こり、そのミスが指摘されたり、叱られたり、ミスを悔やむ人がいたり、ミスの被害を受ける人がいたり、尻拭いをする人、怒る人、絶望する人がいるのである。これが事務処理時代の現実であり、つきつめれば事務の本質はこうしたトラブルとの付き合いにあるとさえ言える。

事務とミスはワンセットなのである。両者はともに私たちの生の現実に組み込まれている。別の言い方をすると、私たちの生は「事務的なミスを犯す」というシナリオに組み込まれることで現実化する。してはいけないと思いながらも、ミスを犯してしまう。ミスは暴かれる。あるいは気がつかない。そこにこそ、人生の事務的リアリズムがある。作家たちは早くからこのことに気づいていた。

「過ち」の人類史

遡れば、事務処理時代の到来以前も人類の物語には「過ち」がつきものだった。過ちは事件を引き起こし、禍根を残す。しかし、かつては——たとえば聖書の時代でも——そうした禍根は何らかのメッセージとともに受け入れられた。過ちとはいえ、そこからは人間的・宗教的意味が立ち上がってきた。『聖書』に描かれる最初の過ちは、言うまでもなくアダムが神の教えに背いて禁断の木の実を食べてしまった事件である。結果、彼らはエデンの園を追われた。西洋の世界認識は長らく「禁断の木の実を食べてしまった」という「原罪」の意識をよりどころにして築かれることになる。その後も、「過ち」は繰り返される。アダムとイブから生まれたカインとアベルの間では、嫉妬から来る諍(いさか)いが起き、カインが弟のアベルを殺してしまう。この過ちを神は見逃さない。「主は言われた。「何ということをしたのか。お前の弟の血が土の中からわたしに向かって叫んでいる。」」こうしてアダムと同じように、カインも報いを受けることになる。

「今、お前は呪われる者となった。お前が流した弟の血を、口を開けて飲み込んだ土よりもなお、呪われる。土を耕しても、土はもはやお前のために作物を産み出すことはない。お前は地上をさまよい、さすらう者となる。*1」

しかし、これまたアダムと同じように、カインも断罪されて終わりではない。彼らは「過ちを犯してしまった祖先」として子孫を残し、後の世とつながる。そして彼らの「その後」を通し、「人間は過ちを犯すものだ」という世界観の形成に与る。旧約から新約の世界へと移っても、こうした過ちの構造は引き継がれた。イエス・キリストを裏切ったユダを典型に、過ちを犯した人間がいかに赦されるかがキリスト教の教義の柱となっていくのである。ペトロの台詞はこの構造を象徴する。

「悔い改めなさい。めいめい、イエス・キリストの名によって洗礼を受け、罪を赦していただきなさい。そうすれば、賜物として聖霊を受けます。この約束は、あなたがたにも、あなたがたの子供にも、遠くにいるすべての人にも、つまり、わたしたちの神である主が招いてくださる者ならだれにでも、与えられているものなのです。[*2]」

宗教的権威は、このように人間の過ちの上に君臨してきた。過ちを人間の内面や自由意志と関係づけることは人間の心の管理にもつながる。政治権力も同じである。宗教的な戒律や国家レベルの法は、逸脱や失敗に対する制御という形をとる。法の遵守が強制される一方、法が守られなかった場合の物語がふんだんに語られることで、警告が発せられたりアフターケアが提供されたりして、〝過ちを犯す人間〟へのより包括的な支配が行われてきた。

「過ち」から「偶然」へ

そんな中、一九世紀から二〇世紀にかけ、大きな変化が起きる。「過ち」が「事故」によって置き換えられるようになったのである。その背後にあるのは、「偶然」への感受性の変化である。パスカーは二〇世紀のアメリカで労働災害や交通事故が「過ち」よりも「偶然」(chance) としてとらえられるようになったことに注目し、大きなパラダイムの転換を見ている。かつてアリストテレスは偶然を本質的ではないものとして考察の対象から外した。これに対し初期近代のプロテスタントの神学では、偶然は神による介入と見なされ、その後も偶然には神聖な空気がついてまわる。ところが一八世紀から一九世紀にかけ確率の理論などが洗練され、偶然をめぐる合理的な理解が進む一方、思想家たちは物事の偶然性を、さまざまな科学的法則の不十分さからくる見かけ上のものと考えるようにもなる。そこからはもはや神聖さが剝落しつつあった。*3

もともと事務処理は、偶然への依存を排除するところに大きな目的がある。事務の最大の機能は、さまざまな事象への安定した対処法の提供である。しかし、現実問題として逸脱や事故は起きる。そんな中、かつて濃厚な宗教臭を漂わせていた「過ち」は、注意力の欠如に由来する「ミス」と見なされ、より軽い扱いを受けたり、場合によっては「偶然」の産物と見なされる。むろんミスや偶然ならば厳しい宗教的な断罪もされにくくなる。しかし、これは宗教的な救いがもはや期待できないということも意味する。ミス、偶然、事故という視点は、悔やむことすらできない虚無への入り口ともなるのである。

「過ち」の中でも特別な扱いを受けるようになったのは「交通事故」だ。近代社会の中で人間が移動する機会は格段に増え、移動手段の機械化とともに、大がかりな大量輸送の時代が訪れる。そんな中、交通事故は注意力の欠如や偶然が引き起こす典型的な事例となった。一九一二年に発生した豪華客船タイタニック号の沈没も、さまざまな人間の判断ミスや偶然の複合的な結果と考えられてきた。

タイタニック号は四月一〇日にニューヨークに向けサウスハンプトン港を出発した。世界最大の客船の、最初の航海だった。一四日夜には、暖冬のためグリーンランド方面からの氷山が洋上を覆う海域に到達。しかし、多数の氷山が目撃されていたにもかかわらずスピードを落とすことなく航行を継続、そのあげくに氷山を見逃して激突し、船体に大きな被害を受けた。船は瞬く間に浸水、避難もままならないうちに二時間四〇分後に沈没してしまう。乗員乗客二二〇八人のうち、死者は実に一四九六人にのぼった。[*4] 当時、タイタニック規模の船なら氷山との衝突は問題ないとも考えられていたようで、船体への過信も事故の背後にあったのは間違いないが、直接的な引き金となったのは、氷山を見逃し衝突したことである。「注意一秒怪我一生」という標語が言い当てているように、この事故が何より示すのは事務処理化された世界ならではの、ごく小さなミスから生ずる不釣り合いに大きな破綻である。

タイタニック号の事故は現代の読者に強く訴えかける「悲劇」としてさまざまな形で作品化され、現在では上記の注で示したような「タイタニック百科」と呼ばれるウェブサイトまで作られているが、タイタニック号の事故に限らず小説中には数多くの交通事故が描かれてきた。交通事故は等身大のレベルで私たちを巻きこむ。そこには個人レベルの悲劇や苦痛が生じ、それだけに小説内現実を方向付けるのに決定的な威力を持つのである。交通事故に巻きこまれた人物たちは、生と死という究極の現実と向き合うことで自らの内面や世界観を外に晒し、より実存的に世界と向き合わざるをえなくなる。J・G・バラードの『クラッシュ』で扱われるような倒錯的なものも含めて、小説家たちが〝交通事故の心理〟に注目するのも、もっともだと言えよう。

トマス・ハーディの事務仕事

こうした事故に繊細な反応を示した作家の一人として、一九世紀から二〇世紀にかけて活躍したイギリス人作家トマス・ハーディ（一八四〇〜一九二八年）を取り上げてみよう。彼の小説の舞台は一九世紀初頭や半ばなど、執筆時より前の時代に設定されることが多く、そこには回顧的な視点も混じる。時代の変わり目を生きたハーディは近代産業社会がどのように変貌を遂げ、その経済の仕組みがどう変わり、個々の人間が時代の波にどのように影響されたかに関心を持っていたのである。そんなハーディが描く人物たちはしばしば偶然に翻弄され、ミスを犯してはその取り返しのつかなさに苦しめられる。それらは不注意や節度の欠落だけでなく、いわゆる「運命のいたずら」と呼ばれるような偶然から生じることも多く、必ずしも深い宗教的意味を担ってはいない。そういう意味では、ハーディのプロットは甚だ残酷である。彼の描く人物たちは歴史に翻弄され、その過ちもいかにも近代的な「事務処理の失敗」として発生するのである。

ハーディにはもともと「事務」との強い親和性があった。建築事務所で建築家として働き始めたハーディは文筆活動にも関心を持ち続け、詩を書き溜めたりした後、小説を発表する機会を得るようになる。そんなハーディの文筆活動を支えたのは、新聞等の定期刊行物から長きにわたって収集されたメモだった。ハーディはかなりマメに雑記帳への記録を続けていたのである。建築関係のノート、美術関係のノートなど分野ごとにまとめられたものもある。[5] もちろん、ヴィクトリア朝の作家や詩人にはこうした記録癖がよく見られ、ハーディだけが特殊だったわけではないが、徹底した情報収集と記録とが執筆に結びついたという点では注目に値する。

ハーディの情報収集の中でもとくに丁寧に行われたものがある。一八八三年、ロンドンでの生活に見切りをつけ、故郷のドーセットへの移住を決断したハーディは、「新聞、歴史書、伝記、その他資料からの事例（主に地域情報）」（'Facts From Newspapers,Histories,Biographies& other chronicles— (mainly Local)'）と題されたノートをつけ始めたのである。ノートの冒頭部の情報はかなり不規則な羅列になっているが、その後、おそらく妻エマの手になると思われる本格的なメモが始まる。情報元は数年前から収集していた切り抜きなどで、J・F・ペニーの『現代のある天才の話』といった書籍や『デイリー・ニュース』、『タイムズ』、『サタデー・レビュー』、『ポール・モール・ガゼット』などの定期刊行物が含まれていた。

しかし、一八八四年になると、このノートはさらに新しい段階に入る。翌年にはドーセットへの移住を果たすことになるハーディはこの地の歴史と文化を背景に執筆活動を行う覚悟を決め、期間を限定した上でこの土地の歴史を再構築しようと試みるのである。そのため『ドーセット郡新聞』（*Dorset County Chronicle*）に的をしぼり、一八二六年から一八三〇年の五年間に起きた出来事を徹底的に記録する。この新聞はドーセット郡資料館（Dorset County Museum）でも閲覧可能だったが、彼はわざわざ発行元の事務所からバックナンバーを借り出し、自宅でメモをとったらしい。[*6]

『ドーセット郡新聞』は一八二〇年代から一八三〇年代頃は週一回木曜の発行で、四頁の紙面からなり、現在のいわゆる「ブロードシート」（タブロイドとは異なる高級紙）のサイズだった。地元情報の他、ロンドンや海外の便り、イングランド西部の広域情報、事故・犯罪のニュース、法廷情報、市場情報、編集後記などを掲載している。ハーディはエマの手も借りながらかなり満遍なくこうした欄から記事を収集した。[*7]

後に触れるように、その中のいくつかは小説中に描かれる出来事の材料として利用されるが、この記録を編集刊行したグリーンスレイドも指摘するように、ハーディにとっては六〇年近く前の社会を総体として把握することにも意味があった。[*8]細かい情報の集積を通しての、時代の空気の「体感」が重要だったのである。ただ、情報収集は事務的な作業として淡々と行われたものの、このドライな方法意識には記録蓄積へのただならぬこだわりも感じられる。そこには情報を事務的に集めることに没頭する人ならではの、事務愛のようなものが滲み出ていた。

文学史に残る『テス』の交通事故

ハーディの記録癖は具体的な成果に結実した。その一つが、ハーディの代表作『テス』に描かれた、英文学史上有名な「交通事故」である。

『テス』は、ミスが決定的な意味を持ってしまう小説である。主人公テスの父親は行商を生業とする人物だったが、ある日、自分の家の先祖が由緒正しい家系に属するという情報を耳にし、すっかり有頂天になって飲み屋に繰り出し、飲めない酒を飲んで酔っ払ってしまう。運命の偶然がネガティブな連鎖を始めるのはここからだ。テスは酔っ払った父親を深夜に迎えに行く羽目になっただけでなく、翌朝早く、その父親の代わりに家で所有する馬プリンスにひかせた荷馬車でミツバチの巣箱を納めに出かけることになる。

ところが深夜に父親の介抱をし寝不足だったテスは、馬車を運転している最中、眠気に襲われる。同乗していた弟はすでに眠りに落ちていた。テスは夢うつつの中で未来の夫のことに想像をふくらませ、いつしか完全に眠りに落ちていた。すると、突然、激しい揺れに襲われる。馬車は止まっていた。いったい何が起きたのかわからない。

まもなくテスは、事態の全貌を知ることになる。ひどいことになっていた。衝突事故を起こしてしまったのだ。街道を矢のように行き交う郵便馬車と、テスたちの荷馬車とが激突したのである。郵便馬車の尖った軸が、一家の大切な馬の胸部に突き刺さっていた。傷口からは激しく血があふれ、音を立てて道路に流れ出している。

テスは無我夢中で飛び出し、傷口に手を当てたが、顔からスカートまで真っ赤な血潮を浴びてしまう。彼女は呆然と見つめるしかなかった。プリンスは何とか持ちこたえ身動きせずにいたが、まもなく、どさりと崩れ落ちた。[*9]

凄惨な場面だ。馬の血飛沫を全身に浴びるテスのイメージが、読者の脳裏に刻み込まれる。作品を最後まで読んだ人ならわかるように、血は――そして赤の色も――小説の重要場面にからむ。[*10]

ハーディが『ドーセット郡新聞』から書き写した記事には、この事故のモデルと思われる事例が二つほど含まれている。見出し番号117fには「荷馬車の運転手が居眠り――夜のブリッドポート・ロード――大型四輪馬車と衝突――荷馬車の軸が先導馬の胸に刺さる」とある。[*11] 見出し番号162gの方には、「月のない夜。荷馬車の軸が人の乗った馬の胸に刺さる。ちょうど馬が、荷馬車と、それとすれ違おうとする二輪馬車の間を抜けようとしたときだった」とある。[*12] 二つとも似たような事故だったが、なぜか前者はペンで消された。

ハーディの事務狂いをうかがわせる記録癖が、このような形で『テス』の重要な場面に使われたのは意味深い。ハーディの記録はきわめて自己目的的でマニアックな性格を備える一方、事務処理化されつつある社会の相貌をもしっかりとらえていた。ハーディのノートに多数含まれた事件や事故のメモは、現代なら三面記事と呼ばれるような種類の、必ずしも重大な社会的な意味を持たないような、ミスを犯しがちな人間ならではの失敗の記録である。夫婦喧嘩の最中に過って止めに入った娘を撲殺してしまった父、過って娘の婚約者を刺殺してしまった老人、馬とともに川に落ちた女性……。

併せて確認するとおもしろいのは、ハーディがドーチェスターに居を定めた一八八五年からの一〇年間、この地の判事を務め、さらに九四年からは郡の判事職を引き受けているということである。[*13] 一八九一年に『テス』を発表したハーディはすでに文壇に確固たる地位を築いており多忙を極めていたはずだが、判事の職は嬉々として引き受けたらしい。[*14] ノートに法廷事案のメモも含まれていたことからもわかるように、ハーディの事件への興味は法廷への関心とパラレルになっていた。

眠りの魔力

テスの交通事故を引き起こしたのは「居眠り運転」だった。第4章で『ガリヴァー旅行記』を取り上げた際にも確認したが、異国に迷いこんだガリヴァーは、海から陸へ、液体から固体へ、そして眠りから覚醒へ、というステップをたどった。「眠り」はこうして排除されたのである。事務処理化しつつある世界では、いかにうっかりミスをなくし注意の欠如や散漫さを抑えるかが最大の課題となる。眠りや酩酊は注意力の喪失を引き起こすもっとも大きな原因である。ガリヴァーが目覚めによって観察者の地位を確保したのはそのためだ。眠りとの決別は「魔法の世界」との決別なのである。[*15]

しかし、テスはガリヴァーとは逆の方向に進む。近代的な学校教育を受け、母親の世代の知らない教養を身につけたはずのテスだったが、眠りに落ちたがために魔界に引きずり込まれてしまう。この交通事故だけではない。この先、より重大な事件が起きたときにもテスは眠っている。自分の居眠り運転が事故の原因だったこともあり、責任を感じてダーバヴィル家に奉公に出る決断をしたテスは奉公先でうっかり眠りに落ちたタイミングを狙われ、長男アレックによって性的な暴行を受けてしまうのである。その後、意図せぬ妊娠。テスはこうして未婚の母として当時の典型的なスティグマを背負わされ、転落の一途を辿る。男の誘惑を退けきれなかった女が「堕ちた女」として、過ちの物語の主人公となっていくのは当時の一つの定型だった。テスはその後も冷酷な偶然に翻弄されつづけ、小さなミスや失敗もからんで目の前にした幸せを手に入れ損ねる。*16

一九世紀も終わり近くの一八九一年という年に出版された『テス』では、テスの交通事故や暴行被害は宗教的な「罪」や「過ち」として描かれることはなかった。作品の語り手のスタンスから読み取れるのは、テスに対する共感であり、断罪ではない。とりわけ発端となった交通事故は、きわめて単純なミスである。しかし、他方で、事故の暴力性と凄惨さは事務処理のミスという枠に入れるのがはばかられるような重い何かを感じさせる。構造的には事務の失敗であるにもかかわらず、何かそれを超えるただならぬもの、得体の知れない脅威のようなものの気配がある。ここにはきわめて現代的な「事務の脅威」、もしくは「驚異としての事務」が出現しているように思える。事務思考に覆われ、注意／不注意という対立軸に支配されつつある社会にあって、交通事故はその現実の一つの極として君臨し、ほとんど神的と言ってもいいオーラを放ちうる。

事務に敗れるカスターブリッジの市長

ハーディの事務的なものへの意識は、『テス』の五年前、一八八六年に刊行された『カスターブリッジの市長』で、よりストレートに表現されている。作品の発端はかなり異様だ。旅の親子連れがある村に差し掛かる。町では市が立ち、簡易食堂などが設けられていた。親子連れの父親はそこで飲んだ酒で酔っ払ってしまい、その勢いであまり折り合いのよくなかった妻を競売にかけ、売り飛ばしてしまうのである。

実は、このエピソードも先述の「新聞、歴史書、伝記、その他資料からの事例（主に地域情報）」に記録された実話に基づいたものである。場所はブライトンの市場。ある男が妻に首輪をかけ、まるで家畜のようにして売り物として提供した。まもなく実際に買い手がつき、二ポンドでこの女性を落札する。子どもは二人いたが、一人は男の元にとどまり、もう一人が妻と行動をともにする。競売にかかる手数料も、代行業者に実際に支払われたという。[*17]

『カスターブリッジの市長』は新聞記事から得た、この驚くべきエピソードから出発するが、その後はカスターブリッジという町（モデルはドーチェスター）の政治、経済、社会の現状に寄り添いながら展開する。妻を競りにかけて売ってしまった件の男マイケル・ヘンチャードは、その後、自らの愚行を深く反省して断酒。勤勉に働いて、ついに町の市長にまで上り詰める。行政の中心にいる彼はまた実業家でもあり、穀物と干し草の取引で財を築いていた。まさに地方都市の有力者である。

ところがそんな彼のところに、過去の亡霊のように妻と娘が舞い戻ってくる。妻は自分を競売で落札した水夫と結婚し暮らしていたが、夫が海で消息不明となり困窮。娘を連れて元の夫を探し始めたのである。

こうしてみるとヘンチャードには明らかに「過去の過ちから逃れられない男」という像が見える。「過去の過ち」は多くの小説でプロットの柱をつくり、キャラクターに深みを生んできた。聖書以来の「過ちを犯す人間」という枠組みがここにも生きている。ただ、『カスターブリッジの市長』のヘンチャードの「過ち」が興味深いのは、その「罪」の匂いに近代的な事務処理のロジックが紛れ込むからである。

事務能力が分ける運命

この作品の鍵を握るのは、見事なまでに事務能力の高さを体現する一人の人物である。主人公のヘンチャードと好対照を成すドナルド・ファーフレイである。スコットランド出身のファーフレイは歌が好きで歌唱力もあるという設定だが、同時に情報処理も得意とし、冷静な状況判断もできる。市場の分析もうまい。このファーフレイと対比されると、ヘンチャードは気まぐれで思い込みが強く、感情や気分に流されやすい、いかにも前近代的な人間と見えてしまう。

ファーフレイの才能を見出したのは他ならぬヘンチャードだった。ファーフレイが彼に示した小麦管理の方法を一目見て、ヘンチャードは彼の才能を直感する。ファーフレイはアメリカ行きを予定していたこともあり始めは固辞するものの、結局、ヘンチャードの下で働くことになる。しかし、ビジネスでも人間関係でもことごとく安定した力を発揮するファーフレイの活躍ぶりがヘンチャードにはおもしろくない。次第に彼は不快感を溜めこむ。そして、いくつかの衝突をへて、ついにファーフレイと決裂してしまうのである。別々の道を歩み始めた二人は商売敵ともなるが、ファーフレイの躍進ぶりはめざましかった。ヘンチャードの方は占い頼みの投機に失敗するなど、前時代的なやり方がたたり、ついには無一文同然となってしまう。ファーフレイが市長に上り詰める傍らで、ヘンチャードは住む家さえなくなる。*[18]

ファーフレイはぎらぎらした野心などとは縁のない穏やかな人物である。その成功は野心や競争心から来るものではなく、淡々とした冷静な状況への対応がもたらしたものだ。まさに事務処理能力の勝利である。他方でヘンチャードの没落の原因はさまざまなミスであり、その中の多くはきちんとした手続きを踏めば防げるものだった。中には彼の従業員が犯した交通事故もある。*[19] ヘンチャードはこれまで「過去の過ち」をバネにした禁欲的な精進のおかげで多大のエネルギーを事業に注ぎ込み成功したが、すでに努力や勤勉だけが報われる時代は終わっていたのかもしれない。作品の記述から冒頭部は一八三〇年代と推定されるが、その後の作品内の時間経過を考えれば主な出来事の設定は一八四〇年代と考えられる。*[20] ハーディは一八四〇年生まれ。つまり、彼が少年時代を過ごしたドーチェスターが作品の舞台となっている。作品が書かれた一八八〇年代になると努力だけでなく事務的な管理が重要だという認識は共有されていたが、そうした社会観は一八四〇年代の社会を振り返って理解する助けにもなった。

しかし、『カスターブリッジの市長』という作品の魅力を生み出すのは、卓越した事務能力を発揮するいかにも好青年のファーフレイではなく、そのファーフレイの能力に敗北するヘンチャードの方である。まさにミスと逸脱ゆえに彼は主人公たり得た。肉体的にはファーフレイに勝り、女たちが雄牛に襲われて危険な目にあっているときに救出したり、ファーフレイに決闘をしかけて絶体絶命のところまで追いこんだりとその圧倒的な力を見せつける。しかし、ヘンチャードは自身の身体を制御することができない。彼の横溢する身体は古代人のようなエネルギーを備えつつも脆弱な面も持ち、事務的な枠組みには収まらない。近代的な「統御された身体」とは好対照なのだ。ちょうどテスが眠りを通して魔界に足を踏み入れてしまったように、ヘンチャードも身体制御の失敗ゆえに敗北するのである。

文書の危険

ヘンチャードの敗北を映し出すのに大きな役割を果たしたのはメモや手紙だった。この作品では要所々々で、書面による情報伝達が行われる。たとえば冒頭部で小麦の管理に苦労するヘンチャードにファーフレイが渡すメモ。このメモを見て、ヘンチャードは大きく心を動かされる。ファーフレイの卓越した能力がそこには示されていたのである。おそらくこの場面では、メモによる伝達こそが大事だった。メモという密やかで匿名的な伝言の形で渡されたからこそ、ヘンチャードはその意味をしっかりと受け取りえた。メモの非人間性こそが、ヘンチャードの理解を助けたわけだが、それは同時に手書きでもあった。[*21]

その後、ヘンチャードは妻スーザンの到来を知ることになる。「過去の過ち」との対面である。必ずしも妻に対する愛情に突き動かされていたわけではないが、ヘンチャードが責任を痛感していたのはたしかだった。そこで短い手紙を書いて彼女を円形競技場での密会に呼び出すことになる。ヘンチャードとしてはかつて売り飛ばした妻をこうして可能な限りコントロールするつもりだった。しかし、実際には、彼の思惑を超えた未来が待つことになる。ヘンチャードは妻の愚鈍さを信じて疑わなかったが、結果的に彼女の方が一枚上手だったのである。

このように予想外の展開や計算の失敗が発生するとき、この作品では必ずと言っていいほどメモや手紙がかかわっている。情報共有は事務のエッセンスであり、手書きの文書による言伝はこの時代、そのもっとも一般的な手段だった。しかし、そうした文書はシンプルで事務的であったとしても、まさにそれゆえに、さまざまな隠れた思惑がこめられうるし、当初の意図を超えた波及力を持つこともある。[*22] こうしてみるとメモや手紙はたとえそれが手書きであったとしても、物理的な形を持ったメディアとして機能することで、差し出し人や受取人の意図や管理領域を越えていくのである。そこに読み取れるのは「メッセージはそのまま意図通りに伝わるとは限らない」という鉄則に加え、いったん文書化されたメッセージが特有の力を備えるということでもある。

近代初期に紙の流通が一般化してくると、手紙のやり取りが大幅に増えた。イギリス小説の起源が書簡体にあったことはよく知られているが、そこにしばしば登場したのは、手紙で近況を報告したり、心理を吐露したりする女性だった。手紙は「女性のメディア」とされるようになる。「文学」は男性によるもので、レトリックを駆使した堅牢なメディア。これに対し手紙は流動的で不安定だが、本心をさらけ出すことのできる自然なメディアとされる。しかし、こうしたステレオタイプが女性の言説の可能性を縛り、抑圧してきたのもたしかだ。[*23] そうした圧迫的な状況への反応かもしれないが、現代小説の手紙にはステレオタイプからの逸脱や転覆の事例が多く読み取れる。[*24]

いずれにせよ確実に言えるのは、書簡体小説で語りのベースになる手紙とは違い、三人称小説で一種の小道具として登場するメモなどには、小説中に生きる人々の生を超越する、死の領域に一歩近いような、荘厳と言ってもいい気配が漂いうるということだ。また、文書は移動する。人手を次々に渡るのが、文書化されたメッセージの宿命である。まさに交通的なのである。テスの荷馬車が衝突したのが、手紙を積んだ郵便馬車だったのも意味深いだろう。

一八世紀の本格的な郵便馬車（mail coach）の導入は、郵便の制度を大きく変えたと言われる。郵便馬車は乗客を乗せられるもので、テスが衝突事故を起こした二輪の馬車よりはサイズが大きいが、そのスピードがもたらす身体への危険という意味では、共通するところがある。またそうした物理的な危険とあわせ、もう一つの危険も意識されていた。手紙の配送スピードがあまりに速いことが危険とされたのである。[*25] これは今、ネット上で言葉が拡散するスピードに人が恐怖に近いものを感じるのと近いかもしれない。いずれにせよ郵便制度の近代化にともなって、書簡が精神的な意味でも身体的な意味でも波乱含みの装置となったのは特筆すべきことだろう。どちらの「波乱」も広い意味での事務の脅威につながる。文書扱いのミスは、交通事故に近いような作用を持ちえるのである。

ギャツビーの事故

自動車の普及とともに、小説中では一段と多くの事故が描かれるようになる。リン・ピアースは「移動」にフォーカスをあてた『移動、記憶、人生行路と二〇世紀の文学と文化』の中で、移動の現象学とでも呼ぶべき興味深い議論を展開しているが、その中で「住む」ということは単にその土地に動かずにいることを示唆するだけでなく、通り過ぎることや移動することも含まれると言っている。そこには移動に伴うルーティンやリズムもかかわってくる。[*26] 現代の移動――とくに車や交通機関によるもの――は非常にルーティンやリズム化され反復的であることで、人生の一部に安定的に組み込まれているのである。[*27]

小説中の交通事故で『テス』のそれに勝るとも劣らず有名なのは『華麗なるギャツビー』（一九二五年）で発生するものだ。主人公のギャツビーはかつての恋人デイジーと再会し、現在の夫である富豪のトム・ブキャナンから彼女を取り戻そうとする。デイジーはどっちつかずの態度をとっているが、トムがギャツビーの財産形成の怪しい背景を指摘すると、デイジーの心は揺れる。こうしてデイジー、トム、ギャッツビーという三角関係を中心に、そのほかにもトムと愛人マートルの関係などもからみ、物語内の人間関係は煮詰まっていく。

そんな状況でギャッツビーとデイジーは車に同乗し帰宅することになる。気分を落ちつけたいから、とハンドルを握ったのはデイジーだった。折しもトムの愛人マートルは、夫のジョージと激しい諍いを起こしていた。そして感情にまかせて、表の道に飛び出してしまう。そこへちょうど通りかかったのがデイジーが運転する車だった。

小説の中で事故は複数回描写される。はじめは被害者の視点で瞬間的に起きた出来事の暴力性が、即死状態のマートルの様子とともに描かれる。その描写の最後の一節は、この交通事故の特質をよく示している。「まるで長いこと蓄えていた巨大な生命の力を放出するにあたり、口が小さすぎて喘いだ痕のようだった[28]」との比喩に示されるのは、「巨大な生命の力」が口を引き裂くような強引さでマートルから奪い去られた、それで口が裂けてしまったということである。そこには精神的な事柄が肉体や物質の現実に影響を及ぼすという感覚がある。精神と肉体とは決して隔たった二つの異世界ではなく、お互いに連絡しあっている。

この後、読者は視点人物のニックを通して事故の状況についてギャッツビーの証言を聞くことになる。人を轢いたのは自分たちが乗った車だった。ギャッツビーははじめ言葉を濁していたが、どうやら運転していたのはデイジーだった。もめ事でぴりぴりした神経をなだめたくて、デイジーがあえてハンドルを握ったことがわかる[29]。

いろいろなつじつまやアイロニーの符合が感じられるところだ。事故はたしかに偶然の暴力がなしえたもので、「一瞬の判断ミス」から来ている。しかし、その裏には人間関係の綾がからんでおり、あらためてそうした付置を見渡してみると事故は必然とさえ思える。しかも、事故の後、ギャツビーはデイジーに代わって罪を引き受けた上、マートルの夫ジョージが誤った情報をトムに吹き込まれていたこともあって、ジョージに射殺されてしまう。

このように『華麗なるギャツビー』では人間たちの精神の絡み合いが一種飽和点に達したところで、まさにその飽和点を物理的に表現するような事故が起きるのである。そういう意味では、この作品の展開はシェイクスピアのたとえば『ロミオとジュリエット』や『マクベス』にもあるような、解釈を誘う「暴力」を見せつける。「意味深い交通事故」では、しばしばこのような形で物語の精神的な意味を、物理的な事故が表象する。交通事故は事務処理ミスとはいえ、現代社会においてもこのように絶対的な精神的意味（もしくは絶対的な無意味）を担いうるのである。反論不可の、有無を言わせぬ〝驚異〟がそこには表現される。

交通事故の二つの系譜

交通事故の描き方はいくつかに分けて整理することができる。第一のグループは『テス』や『華麗なるギャツビー』のそれに代表されるような「意味深い事故」の系譜である。しばしば人の死につながる交通事故は、小説中でも重大事件として扱われる。物語展開を左右し、運命の重さを感じさせ、ときには寓話的な意味づけにもつながる。しかし、少なくとも表面上は、運命を司るのは神ではない。あくまで事務処理の成否なのである。つまり、事故が人間のごく些末なミスの産物であるという点にこそ、私たちは戦慄を覚え、出来事の重さを感じる。そこでは交通事故は事務ならではの「驚異」へとつながる回路を持っている。

一見、交通事故が主要な出来事とも思えないような物語でも、ターニング・ポイントで事故が重要な役割を果たすことは多い。たとえばジョージ・エリオットの『サイラス・マーナー』（一八六一年）の事故にも運命の響きが感じられる。領主の息子ゴートフリー・カスは、親に黙ってモリーという低い階級の女性と秘密結婚していたが、そのことを放蕩者の弟に知られ強請（ゆす）られていた。

しかし、その後、さまざまな偶然が重なる。問題の女性は行き倒れになり死亡。他方で彼女が連れていた女の子はサイラス・マーナーという織工に拾われて奇跡的に助かる。彼女の父親が誰であるかは知られることはなかった。そして一六年が過ぎる。エピーと名付けられた女の子は青春期を迎えたが、そんなある日、大きな事件が起きた。採石場の立て坑からゴートフリーの弟ダンスタンの死体が発見されたのである。どうやらダンスタンは濃霧の日、兄から強請り取った馬とともにこの立て坑に落ち死んだらしい。彼がサイラスから盗んだ金貨も見つかる。一つの知られざる交通事故が、長い年月をへてついに明らかになったのである。この交通事故の露見をきっかけにして、ゴートフリーは自身の過去をすべて現在の妻に告白することになる。

この事故は必ずしも虚無的なものではない。事故はあくまで偶然によるものだが、この過去の真実が明らかになることで、それを起点に善悪や過ちをめぐる人々の倫理観が露呈する。一九世紀半ばといえば、すでに事務的な「ミス」が小説世界を覆い始めていた時代だが、どことなく反時代的な古風さをたたえた『サイラス・マーナー』の世界は、「事務的ミス」としての転落事故に限りなく濃い宗教色を与えた作品と見える。

馬車や車だけでなく、鉄道事故の例もある。エリザベス・ギャスケルの『クランフォード』や夏目漱石の『三四郎』では鉄道の事故で人が亡くなる。ただ、これらの作品の特徴は事故に遭うのが主要人物ではないことで、事故の状況も間接的に語られるだけである。しかし、そうした間接性が事故のショックを増幅してもいる。伝聞的に伝わることで、かえって事故の起きた世界のエキゾチックな遠さが印象づけられる。そこには日常性を超えた事務世界の広がりのようなものが感じられる。鉄道というシステムは、あらかじめ敷かれたレールを列車が走ることもあり、移動手段としてもきわめてルーティン的な反復性の高いものである。事故はそのルーティンを乱すようにして起きるので、事務処理ミスとしての交通事故という面が強調される。いずれの作品でも事故は、登場人物たちの心に大きな衝撃を与え、たとえば『三四郎』では生死をめぐる思弁へと主人公三四郎を誘う。

小説中の多くの交通事故はこのように「意味」を担う。これが第一のグループである。これに対し、こうした「意味」の重さや深さを持たず、逆に軽さや浅さが強調されることもある。これは第二のグループとして分類できる。たとえばイーヴリン・ウォーの『一握の塵』（一九三四年）では、主人公のトニー・ラストの息子ジョン・アンドリューが路上で落馬事故に遭う。

ほぼ即死だった。ちょうどこのとき、かねてからジョン・ビーバーという息子と同じ名前の男と浮気していた妻ブレンダは不在で、やっと連絡がとれたときも、自分の愛人が死亡したのかと勘違いしてうろたえるほどだった。このようにジョン・アンドリューの死は、悲劇的扱いを受けるかわりに意味をずらされ、小説全体の風刺的な雰囲気を助長する。この後、トニーとブレンダの決裂は決定的になるものの、事故そのものは重みを欠いたまま、後景に退いていく。

不条理な笑いが支配するこの小説では、象徴性を持たない事故が次から次へと連鎖するようにして主人公に襲いかかる。こうした事故の多発は日常性の喪失と、ひいては事務処理的な世界秩序の崩壊をも示唆する。『一握の塵』は秩序崩壊そのものが基調となった作品なのである。

逸脱の連鎖と秩序解体の予感は、E・M・フォースターの『ハワーズ・エンド』(一九一〇年)にも見られる。この作品では、対照的な文化的背景を持つ二つの家族が、ひょんなことから交流を深めてしまう。シュレーゲル家とウィルコックス家の接近は、本来そうあるべきものとは思えない運命のいたずらであり、広い意味での事故なのである。小説には傘の取り違えや、誤解、偶然の遭遇などさまざまな事故が上手に埋め込まれ、本来なら交わらない人々が階級の違いを乗り越えて接近するという、いかにも二〇世紀初頭のイギリスらしい状況を生み出していく。終焉を迎えつつあった大英帝国では、これまでとは違う秩序が待望されつつあったが、それはまずは既存の枠組みからの逸脱という形をとらざるをえなかった。

『ハワーズ・エンド』の交通事故はそんな逸脱の連鎖の一つとして起きる。ウィルコックス家の娘イーヴィーの結婚式へ向かう車が何か動物を轢いてしまうのである(はじめは犬とされるが、後に猫だとわかる)。事件はあくまでコミックなものとして描かれるものの、ミスに発するこうした事故は、小説の最終場面で発生する、元事務員レナード・バストの死亡事故と遠く響き合っている。

このバストはひょんなことからウィルコックス家とシュレーゲル家の交流に巻き込まれた人物で、この偶然の交流があだとなって誤情報をつかまされ、事務員の職を失ってしまう。彼は英国の事務職が属するとされる中下層階級から抜け出したくてしょうがなかったのだが、さまざまな偶然に翻弄された上、最終的には不審死をとげる。まさに「事務の悲劇」を生きた人物だと言える。『ハワーズ・エンド』ではこのように大英帝国が近代的な事務帝国へと変貌しようとする二〇世紀はじめの時代が活写され、かつて文学の主役だった中上流階級が、これから主役になろうとする中下層以下の〈事務の階級〉と出会うことで生ずる悲喜劇が巧妙に描き出されている。そこで事務的な事故がつぎつぎと発生するのは必然だとも言えよう。

これらふたつのグループに対し、第三の位置に置かれるべき作品もある。次の章ではひき続きこの第三のグループについて扱ってみよう。

※小説作品からの引用は既存の訳を参照した上で、拙訳を付した。

【参考文献】

◆ウィリアムズ、レイモンド、木村茂雄・山田雄三訳『テレビジョン――テクノロジーと文化の形成』ミネルヴァ書房、二〇二〇年。

◆坂田薫子「『ダーバヴィル家のテス』と「レイプ神話」」日本ハーディ協会編『トマス・ハーディ全貌』音羽書房鶴見書店、二〇〇七年、二八八～三〇五頁。
◆『聖書　新共同訳』日本聖書協会、二〇一一年。
◆山田雄三「可動式プライベート時代のコメディ・オヴ・マナーズ――ノーエル・カワードからハロルド・ピンターへ」玉井暲ほか編著『コメディ・オヴ・マナーズの系譜――王政復古期から現代イギリス文学まで』音羽書房鶴見書店、二〇二二年、二二二～二四三頁。
◆横道誠『みんな水の中』医学書院、二〇二一年。
◆Favret, Mary A. *Romantic Correspondence: Women, Politics and the Fiction of Letters.* Cambridge University Press, 2008.
◆Ferguson, Trish. *Thomas Hardy's Legal Fictions.* Edinburgh: Edinburgh University Press, 2013.
◆Fitzgerald, F. Scott. *The Great Gatsby.* Ed. by Matthew J. Bruccoli. Cambridge: Cambridge University Press, 1925/1991.
◆Greenslade, William. 'Degenerate Spaces.' from *Degeneration, Culture and the Novel 1880-1940.* Cambridge: Cambridge University Press, 1994, pp.54-64.
◆Greenslade, William(ed.). *Thomas Hardy's 'Facts' Notebook: A Critical Edition.* London: Routledge, 2004.
◆Hardy, Thomas. *The Mayor of Casterbridge.* Ed. by James K. Robinson. New York: W.W. Norton, 1867/1977.
◆Hardy, Thomas. *Tess of the D'urbervilles.* Ed. by Tim Dolin. London: Penguin, 1991/2003.
◆Keen, Suzanne. *Victorian Renovations of the Novel: Narrative Annexes and the Boundaries of Representation.* Cambridge: Cambridge University Press, 1998.
◆Miller, J. Hillis. 'Modernist Hardy: Hand-Writing in The Mayor of Casterbridge.' in Keith Wilson(ed.), *A Companion to Thomas Hardy.* Oxford: Wiley-Blackwell, 2009, pp.431-449.
◆Pearce, Lynne. *Mobility, Memory and the Lifecourse in Twentieth–Century Literature and Culture.* London: Palgrave Macmillan, 2019.
◆Puskar, Jason. *Accident Society: Fiction, Collectivity and the Production of Chance.* Redwood City: Stanford University Press, 2012.

◆Simon, Sunka. *Mail-orders: the fiction of letters in postmodern culture.* Albany: State University of New York Press, 2002.
◆Tanner, Tony. 'Colour and Movement in Hardy's *Tess of the d'urbervilles*.' *Critical Quarterly*. 10 (1968), pp.219-239.

＊1　『聖書』「創世記」四章、一〇～一二節。
＊2　『聖書』「使徒言行録」二章、三八～三九節。
＊3　Puskar, p.4.
＊4　https://www.encyclopedia-titanica.org/titanic/
＊5　Greenslade(ed.), p.xv.
＊6　ibid., p.xv.
＊7　ibid., p.xvi.（正式名称は'*The Dorset County Chronicle*(ed.), *Somersetshire Gazette, And General Advertizer for the South and South-West of England*'という長いもの）
＊8　ibid., p.xxvi.
＊9　Hardy (1991/2003), p.33.
＊10　『テス』の赤の色に注目した古典的な批評にはトニー・タナー（Tony Tanner）のものがある。
＊11　Greenslade(ed.), p.336.
＊12　ibid., pp.237-238.
＊13　Ferguson, p.2.
＊14　ibid.
＊15　「魔法の世界」は発達障害者の体験をパワン・シンハが「魔法のように現れてくる」と説明したのをもとに横道がつかった表現。横道、五八頁と本書の第4章を参照。
＊16　小説本文では、アレックとテスの性行為は明確には描かれておらず、それが「暴行」であったかどうかは解釈の余地がある。ちなみに当初の一八九一年版ではテスは酒に酔っていたことになっていたが、九二年版では単に疲れから眠りに落ちたことになっている。当時の考え方では、酔っている女性は行為に同意し

たかどうかが証明できないため、性行為が「レイプ」とみなされたという。ということは、ハーディはアレックとテスの関係を明確なレイプではなく、同意の可能性を残した描き方に変更したということになる。

この点以外にも、テスがこの事件のあとアレックの元にとどまったことなど、二人の関係が曖昧にされていると思われる要素がいくつかある。坂田薫子はそうした『テス』の描かれ方に注目し、この作品が一種の「レイプ神話」の醸成を手伝ったのではないかとの読みを行っている。「レイプ神話」とは、「女にその気がないのにレイプされることは有り得ない」など、レイピストが自己正当化を図るときの論法である。テスとアレックの間に一定の合意の余地を残すことでそうした「レイプ神話」が補強されうるというのが坂田の読みである。

本稿ではテスとアレックとの関係は、少なくともテスの側からすれば望まぬものであったという解釈を採用した上で、性行為がテスの眠りというミスによるものであったという読み方ではなく、眠りが不吉な展開を伴いがちだという点を強調しておく。

＊17 Greenslade(ed.), p.51.

＊18 キーンやグリーンスレイドなど、この小説における場所の象徴性に注目する批評家は多い。

＊19 Hardy (1867/1977), p.178.

＊20 ibid., p.5.

＊21 「手」の介在には、興味深い両義性がある。手は身体の一部であり、ヘンチャードの統御されざる身体ともつながるが、その一方で事務はまさに手作業でもあり、手こそが人間を枠組みに従属させる最大の装置だとも言える。J・ヒリス・ミラー（J.Hillis Miller）はこの作品の細部に頻出する手のイメージに注目しながら、それらが明確な象徴の体系に組み込まれないところに作品の持ち味があるとしている。

＊22 たとえばスーザンの娘のエリザベス゠ジェインをファーフレイと急速に接近させたのは、差し出し人不明の手紙だった。実は手紙の執筆者はスーザンで、狙いは二人を近づけることだった。ファーフレイはルセッタと結ばれてしまうので、この手紙の企みは一度は失敗するが、結末部では結局、エリザベス゠ジェインとファーフレイが結ばれることになる。

そのほか、スーザンがヘンチャードに残した遺言も大きな物語的意味を持つし、小説の終わり近くでの悲劇も文書管理の失敗に原因がある。ヘンチャードに宛てたルセッタの情熱のこもった手紙をたまたま目にした人物が、私怨があったこともありこの手紙を世にさらしてしまうのである。このスキャンダルのためにルセッタは体調を崩し、ついには絶命してしまう。ここでも事務処理の失敗が生み出す〝驚異〟を私たちは目の当たりにする。

*23 ジェンダー論の文脈ではこの点が頻繁に議論されてきた。Favret, p.10 参照。

*24 手紙のはらむ「転覆性」はポストモダニズムの定番の論点となってきた。Simon, p.15 など参照。

*25 Favret, p.16.

*26 Pearce, p.33.

*27 山田雄三はレイモンド・ウィリアムズの「可動式プライベート」という概念を引きながら、現代社会の中ではテレビの画面など枠で囲われた領域で人々がプライベートを確保してきたと説明する（二二五頁）。自家用車の車内は、そうしたプライベートな領域の先駆けとも言えるかもしれない。ウィリアムズは、オートバイ、自動車、箱型カメラとその後継機種、家庭用電化製品、ラジオといった機器をあげ、これらが近代の都市生活特有のテクノロジーを代表するようになったと言っている。

> 鉄道と街灯に代表される公的なテクノロジーの時代に替わって、適切な呼び名がいまだに見い出せないようなテクノロジーの時代がおとずれていたのだ。そのテクノロジーは、流動的であると同時に家庭中心の生活様式に奉仕するものであり、いわば流動的なプライベート化の様態をもつ。（ウィリアムズ、二七頁）

車外に流れる景色にしても、車内で交わされる会話や搭乗者がふける夢想にしても、それまでにはなかった体験である。このようにプライベートなものが流動的でもあるという状況は日常のあり方を変えていく。しかし、この新しい形態の移動社会にあっても、事故はやはり想定外である。ミスはあくまでミス。はじめから前提とされたものではない。しかし、事故は起きる。そして事故にどう対処するかで小説世界はまったく異なったものとなる。

*28 Fitzgerald, p.129.

*29 ibid., p.135.

第6章

身体儀式と事務の魔宮

『ブラフマンの埋葬』の快楽

物語の中の交通事故についてあらためてまとめてみよう。第一のグループでは、交通事故は事務処理のミスではあっても、それがミスとして認識され、悔やまれ、またそれなりの「意味」を担わされることで結果的には事務的な秩序の補強につながる。小さな亀裂がかえって既存の秩序を再認識させ、強化するのである。これに対し、第二のグループの事故は恒常化した逸脱の一部にすぎない。第3章でとりあげた志賀直哉の「清兵衛と瓢箪」に見られたように、人が「ふと」何かに気づいたり、頻繁に「はッ」としたり、「ひょんなこと」から事態が思わぬ方向に展開する作品世界というものがある。頻繁に逸脱が起きる世界である。それが極端になれば不条理性が際立つが、そこまでいかなくとも事故そのものが日常と化した世界では「注意の規範」はおおいに攪乱され、あたらしい無秩序の到来が予感される。先に触れたJ・G・バラードの『クラッシュ』のような、交通事故そのものへの倒錯的な執着が示される作品のファンタジックな設定もこの系譜にいれてもいいかもしれない。

これに対し、第三のグループというものがある。

小川洋子の『ブラフマンの埋葬』に登場するのは、素性や動機が不明の人物たちだ。読者は不審を抱く。この世界はいったい何なのだろう？　と。しかし、物語はそんなことにはおかまいなしに進んでいく。突然あらわれた得体の知れない動物を、主人公はただ飼う。大事にし、愛する。世界の仕組みが開示されないまま、いつの間にか情感が形成されていくその真ん中に、この不思議な動物、ブラフマンがいる。

このような作品で交通事故が起きたときにどうなるか。第5章の分類を引き継ぎつつ、私はこの作品を、意味深い交通事故を描くのでもない、かと言って交通事故が意味の重さを持たないのでもない、第三のグループに分類したいと思う。

ブラフマンは小説の終わりで車に轢かれて死んでしまう。しかし、その描かれ方は第5章で見たような交通事故のいずれとも異なる。『テス』や『華麗なるギャツビー』では交通事故は強烈な偶然性を示すとともに、その劇的な偶然性が――その「偶然の修辞学」が――さまざまな解釈を誘う。事故は「究極の無意味」。そこには現実の不安定さや虚無性、冷酷さが露出するとも見えるが、実は事故を虚無的で冷酷なものと受け取った段階で、私たちの意味の読み込みは始まっている。事故は豊饒な意味産出の場となるのである。他方で、『一握の塵』や『ハワーズ・エンド』では対照的に、そうした意味の産出がずらされ、事故は連鎖する偶然の一部として矮小化される。

『ブラフマンの埋葬』はいずれとも違う。この作品では事故は波乱でもなければ、些末事でもない。なぜなら、その向こうに別の秩序が見えてくるから。この作品に描かれる「交通事故」は、原初的な古い世界秩序への入り口のように見えるのである。

この作品を読む快楽は、得体の知れない動物への愛がふわふわと植物の茎や枝のようなやわらかい連続感でひろがっていくところにあるのではないだろうか。この連鎖は、動機や欲望のかわりにひたすらレールを辿るようなものであり、抽象的な「線」のようなものに沿って語りが連続する快楽を生み出す。一般的な小説では、動機や欲望を抱えた人は困難に遭遇し、葛藤に苛まれ、熱い情念に胸を焦がす。それに対しこの作品では、人々は葛藤から自由にすいすいとなめらかに、涼しげに生きているように見える。

引っかかりどころやほのかな緊張感がないわけではない。小さな発見はある。そしてそれは多くの場合、「やり方」をめぐるものとして生ずる。このことについて、以前、私は以下のような説明を試みた。

『ブラフマンの埋葬』には「やり方」があふれているのだ。突如あらわれたブラフマンとの付き合い方、しつけ方、ブラフマンの行動パターン……。たとえば次のような描写には、方法に対するほとんどフェティッシュなほどの作家のこだわりが見て取れる。

　哺乳瓶を入手するまでの間、ブラフマンにミルクを飲ませるためのさまざまな方法を編み出したが、ことごとく失敗した。例えば、マヨネーズの空き容器は、念入りに洗浄したにもかかわらず、匂いがミルクに移って彼のお気に召さなかった。顎をつかみ、口を開かせ、コップから喉の奥に注ぐ作戦は、ただ咳込ませるだけに終わった。
　結局行き着いたのは、ミルクを含ませた脱脂綿を口元に持ってゆく方法だった。そうしてやるとブラフマンは母親の乳房を思い出すらしく、大人しく抱かれたまま、前脚を脱脂綿にあてがい、音を立ててミルクを吸い込んだ。唇から漏れるその音を聞いているだけで、彼がようやく安心したのが分かった。前脚の指は乳房の柔らかさを求めるように脱脂綿の中に埋もれてゆき、目蓋は次第に閉じていった。[*1]

この引用箇所にもあらわれているように、『ブラフマンの埋葬』を構成するのは「やり方」の探究なのである。しかし、結末近く、素性も動機も不明のまま「おかまいなし」に進む物語世界に、じわりと意味の萌芽が見える箇所がある。ブラフマンが交通事故に遭い、死んでしまう場面である。

車から飛び降りた僕の目に映ったのは、地面に横たわるブラフマンだった。僕を探してひとり、泉から駈けてきたのだろう。体は水で濡れていた。首は不自然に折れ曲がり、後ろ脚は痙攣していた。それでもブラフマンは、ようやく見つけた僕の腕にもたれ掛かろうとした。

「ブラフマン」

僕は彼の名を呼び、体を抱き留めた。初めて彼に触れた時のあの温かさが、損なわれることなく、真っすぐ胸の奥に届いてきた。もう一度名前を呼ぼうとした時、彼は小さな悲鳴を上げた。

それが僕が耳にした、最初で最後の、たった一回きりの、ブラフマンの声だった。[*2]

この喪失感は痛切だ。とくに「それが僕が耳にした、最初で最後の、たった一回きりの、ブラフマンの声だった」という一節には、何とも言えない哀切感がある。この一文の「意味」のために『ブラフマンの埋葬』という作品は描かれたのか、と思いたくなるくらいである。

レールに沿うこと

しかし、それはどうだろう。このあと、作品では淡々と——タイトルの通り——ブラフマンの埋葬方法がごくフラットに描かれる。私たちは束の間の「意味の瞬間」の後、あらためて方法をめぐる探究に戻る。動機や欲望のような、波乱の呼び水となる要因にかき立てられるのではなく、ひたすらレールに沿っていく。以下の引用の「いつもと同じように」「元通り」といった表現は象徴的だろう。語りの土台となるのは「線」と「枠」なのだ。

1遺体の処置

濡れた毛を乾かす。専用のバスタオルで拭い、ドライヤーで乾かす手順はいつもと同じだった。そして毛はいつもと同じようにふんわりと乾いた。生きている時と何ら変わりなかった。出血はなかった。口元にわずかに赤いものを認めたが、よく見ればそれは半開きになった口から覗く舌だった。小指でそっと中へ押し戻し、口を閉じてやると、すぐに元通りになった。[3]

交通事故という束の間の波乱の後、物語は再び「やり方」の列挙に戻っていくのである。一般的にはこのような涼しげで距離を置いた書きぶりが、哀切感を増幅させる効果を持つこともあるが、この場合はどうか。むしろ、私たちは作品の基調にある方法へのこだわりに着地するのではないか。

手順や方法を尊重する姿勢から想起されるのは事務的なものである。事務は方法を重視する。形式にこだわる。ときに個別の内容などどうでもいいのではないかと思えるほど、クールに淡々と手順が繰り返される。そうやって秩序を守る。

ただ、『ブラフマンの埋葬』のこだわりは淡々とはしているものの、そこにはやさしさとほのかな愛も感じられる。この点について私は前掲の論で次のような解釈を行った。「やり方に没入するその静かな執念は、邪念を超克するための宗教的な修行を想起させるし、そのやり方を詳細にわたってまるで誰か
のために記述するような丁寧さと親切さは、超越者への畏怖に由来する「愛」の身振りを感じさせる」[4]。ブラフマンの到来、馴致から、その事故死、埋葬と進む『ブラフマンの埋葬』という作品には、宗教儀式のような気配が漂っているのである。この気配を生み出しているのは、超越者のあからさまな存在などではなく、手順にこだわり、方法を希求し、とにかく枠組みを尊重しようとする姿勢そのものである。つまり事務的な形式主義の背後には、宗教的な感性が見え隠れするということである。

『薬指の標本』と事務世界ならではの愛

小川の初期の代表作の一つ『薬指の標本』にも、こうした「やり方」へのこだわりが濃厚に表現されている。主人公は勤めていた清涼飲料水を作る工場で事故に遭い、薬指の先端を失ってしまう。これがきっかけで工場をやめた彼女が巡り合うのが「標本室」だった。その建物は「四階建て」で「すべてがくすんでいた」という。

> コンクリートの四階建てでどっしりはしているが、外壁も窓枠もアプローチのタイルもアンテナも、すべてがくすんでいた。どんなに目を凝らしても、真新しい部分を見つけることはできなかった。[*5]

漱石が目の当たりにしたカーライルの住居を思い起こさせる四階建て。「どんなに目を凝らしても、真新しい部分を見つけることはできなかった」というくすみ具合には、「標本」の蒐集を目的とする建物ならではの、表情のなさがあらわれている。しかし、漱石の世界との違いは、そこにやわらかさやさしさ、もっというと『ブラフマンの埋葬』にも見られた愛の萌芽のようなものが見て取れることである。

窓は分厚く頑丈そうで、どれも磨き込まれていた。ひさしは角が面取りしてあり、角度によっては一続きの波模様のように見えた。所々に、そういう丁寧さを隠し持った建物だった。[*6]

ここで彼女は「事務員」として雇われる。雇い主の弟子丸は「自分にまつわるあらゆるものを、見事なまでに排除」した人物だった。そして標本室はしんと静まりかえっている。ここを一日に何人か、自分の望む物の標本化を依頼する人が訪れる。標本には尿路結石もあれば音もあれば文鳥の骨もある。これに対し彼女は教えられた通り、ごく事務的な対応をする。以下のような具合である。

「じゃあ、手続きをしますので、しばらくお待ち下さい」

わたしは机の引き出しから記録簿を取り出し、必要事項を記入し、楽譜に通し番号をつけた。『26‐F30774』だった。それから和文タイプで、標本に貼るシールを作った。

「三日後のお昼までに完成します。完成品は必ず、ご自身で確認にいらして下さい。その時、お代金をいただいて、すべて完了です[*7]」

これは事務的な場面の典型のようだが、この作品ではこうした一コマこそが主役なのである。そこに流れる淡々とした時間や、事務的で無駄のない言葉遣いや、手続きへのこだわりが、物語のいわば土台を作る。しかも、事務手続きをへて行われるのは標本化なのだ。標本＝記録づくりが自己目的化したのがこの標本室だと言えよう。弟子丸がまったく無個性なのも、逸脱を排除する事務ならではだ。

靴を履かせる男

物語は彼女と弟子丸とが性的な関係を持つに及んで新たな展開を見せるかのように思えるが、実際には二人の関係は標本化という事務作業の延長の上に築かれる。その象徴となるのが弟子丸が彼女にプレゼントする靴である。彼女の古い靴を脱がせ、新しい靴を履かせる彼の手つきは淡々と静かだが、揺るぎない拘束力を持ってもいる。

それから彼は新しい靴を右足からはかせていった。かかとをつかみ、つま先を靴の奥まで一息に滑り込ませた。かかとに感じる彼の指は硬く冷たかったが、靴の中はなま温かくしっとりとしていた。あらかじめ定められた儀式を司るように、彼の手の動きにはすきがなかったので、わたしは小指の先さえ自由に動かすことはできなかった。*8

この場面はエロティシズムも目につくかもしれないが、「あらかじめ定められた儀式を司るように」という一節にもあらわれているようにその土台にあるのは儀式めいた手順へのこだわりである。そのすきのない拘束感ともあいまっていよいよ宗教性が感じられる。なめらかで冷たい手続きならではの形式連鎖の魅惑のようなものが、弟子丸の「儀式」と重なる。

物語の半ば近く、ある少女が標本室を訪れる。以前、彼女は火事で焼けた自宅の後に残った三本のきのこの標本化を依頼していた。そのきのこは、まるで焼死した両親と弟の代わりのようにして残っていたのだった。しかし、彼女は今、もうきのこには興味をなくしている。彼女がこんど希望したのは、自分の負った「火傷」の標本化だった。

火傷の標本化などいったいどのようにして可能なのか。しかし、弟子丸は淡々とこの業務も引き受ける。このあたりから標本化は象徴性を高めていく。自分にとって大切なものを標本という形で所有するとはどういうことなのだろう。主人公の女性が履かされた靴はあまりに足にぴったりすぎた。いずれ脱ぐことができなくなるかもしれない、と警告する人がいた。ただ、靴を標本にしてしまえば、その危険もなくなるという。しかし、彼女はあえて靴を脱がず履きつづけるという運命を引き受けることにした。そのかわりに彼女が標本化を望んだのは、怪我をしてその先端が削れた薬指だった。

ブラフマンとは何か。標本とは何か。靴や薬指にはどのような意味があるのか。小川洋子の作品では謎めいた設定や事物がまるで〝問い〟のようにして掲げられる。それらに答えを出すのはそれほど難しいことではなさそうだ。しかし、答えを出してしまったら台無しのようにも思える。答えが出せそうなのに出さない、その寸止めのような宙づりのような状態を保つことに、小川作品を読むということの意味はあるのではないか。そしてそのような宙づり状態を助けるのが、手続きや形式が生み出すやわらかい連続感をじっさいにそうあるままに受け止める穏やかな感性ではないかと思う。『薬指の標本』できのこが標本化されることにはある種の必然性がある。読むという行為は植物的なやわらかさの実践なのだ。建造物や抽象的なイデアや人生など、あらゆるものが植物の茎や枝のようなやわらかい連続感で構成されうることを私たちは想起する。

聖職者と事務

英語に clerk という語がある。事務員をあらわす一般的な表現だが、この単語がそうした意味を持つようになったのは、当然ながら「事務」という概念が生まれてからである。一六世紀頃から書類を管理したり、雑事を担う人が clerk と呼ばれるようになり、一八世紀終わりから一九世紀にかけてのアメリカ英語でも、店員やホテルなどで接客をする人が clerk と呼ばれるようになっていた。今では日本の事務職にあたる広範な領域の職種が clerical worker というカテゴリーでカバーされている。[*9]

しかし、この語の起源は古く、遡ればギリシャ語、ラテン語にもたどり着く。そして、重要なのはラテン語では元々これが「聖職者」という意味を持っていたことである。その後、英語でも clerk は聖職者という意味を持ったが、初期近代は読み書きの能力を持つ人の多くが教会関係者だったこともあり、そのまま読み書き能力を備えた人、教養のある人、記録係、書記といった語義も持つようになった。

ここに西洋的な「事務」の一つの起源が見えてくるだろう。つまり、元々は宗教の戒律を読み解き、解説し、また教え広める役を果たしたのがclerkだったのである。そこから、やり方や形式に注意を払うことの奥行きも見えてくる。文書を読み、書き、管理するという作業は単なる「読み書きの技能」ではない。その背後には理念がある。物事の形式を理解して遵守し、手順を踏んで作業を行ったり、ときには自ら決まり事を策定したりという行為は目先の操作・対応能力を超えて、より深い精神のあり方とつながる。物理的もしくは習慣的な作業ではあっても、認識を助け、情緒を醸成し、ひいては魂の救済をも助ける。形式の尊重は、宗教行為の入り口なのである。

しかし、ヨーロッパ初期近代の宗教改革の時代に至り、形式の尊重は惰性的な「形式主義」として批判されることが多くなる。意味と乖離した「形」の一人歩きが問題となり、儀式や手続きの精神的な価値に疑問符がつく。改革派が保守派の弱点として突いたのはまさにそこだった。第2章で「形式主義」(formalism)が事務と文学批評の文脈では異なったニュアンスを持ちうることに触れたが、さらに遡れば初期近代の英語でこの語は、英国国教会が主導したさまざまな決まり事(その中には典礼や法衣にかかわるものもあった)に対する改革派からの批判のキーワードとなっていた。[*10]

こうして初期近代には「形式の危機」が訪れることになる。ただ、そうした危機と並行する形で、心を「形」からとらえようとする著述も世に出ていた。そのあたりに注目したのがルイス・マーツだった。マーツはかねがね一七世紀の詩人ジョン・ダンらの詩に独特な形式へのこだわりがあると感じていた。まるで手続きを踏むようにして、ある枠組みを守っている。その枠組みを提供したのが、この頃大陸で力を持つようになった「瞑想の方法」の指南書だったのではないかとマーツは考えるようになった。[*11] 指南書を著したのはイグナチオ・デ・ロヨラのような宗教家である。[*12]

指南書では五感や身体をどう扱うかに目が向けられ、瞑想へと至るまでの過程も重視された。神に思いをはせるには一定の「準備」が必要なのである。たとえばロヨラは、次の日の瞑想に備えて、前の晩から心を整えておかねばならないとし、その手順を具体的につづっている。「床について寝ようとする前に、「アヴェ・マリアの祈り」を唱える程度の間、翌日、起きるときのことを想起し、行うつもりの瞑想の過程をあらためておさらいしながら、何を目指すのかを頭に描く」。[*13]

瞑想の最終目的は神がまるでそこにいるかのように、その「現実感」(reality)をとらえることだが、その段階に達する前にも準備段階がある。たとえば跪(ひざまず)いたり、歩いたり、座ったり、立っていたりといった身体的な体勢についての指示もある。[*14] 実際に瞑想に入ってからは、信者が特定の場所を想起し、自分がそこにいることをイメージするといったことも大事になる。ダンは詩の冒頭で、まさにそうした場所の想起を行った。その後、神との対話に進むわけだが、そこでは神と信者とはまるで「主人」と「召使い」のような関係となる。

ユダヤ教やキリスト教はもともとは文献読解に重きを置いた〝ブッキッシュ〟な傾向が強くあり、宗教的な実践といっても祈禱など言葉にかかわる行為が中心となっていたが、一六世紀から一七世紀にかけての瞑想の指南書では、心をより具体的な手続きを通してコントロールするようになる。神の存在や魂のあり方について、理念だけでなくどのような具体的な作業を行えば魂が望ましい方向に導かれるのかが説かれる。そこでは手続きや手順に目を向ける「形式主義」が、魂の領域にまで及んでいる。

身体操作から生まれる神の声

宗教には理屈がつきものだ。人が宗教に求めるのは精神の安寧であり、精神界に直結するような理念や言葉がまずは求められる。現世の富や装飾よりも、もっと奥の深いもの、先の長いもの、普遍性の高いものへと目が向けられる。姿形を持って表に現れるものではなく、目には見えないけれど確かに存在するような崇高なものを大切にしようとする価値観がそこにはあり、「形よりも中身」という思考法もそこから来る。聖書には「見ないのに信じる人は、幸いである」[*15]「金持ちが神の国に入るよりも、らくだが針の穴を通る方がまだ易しい」[*16]といった有名な金言があるが、これらも形よりも内容が大事、という価値の序列のあらわれである。

しかし、精神や魂の安寧は必ずしも精神や魂に注目するだけでは達成されないことも折に触れて確認されてきた。過度な装飾や奢侈(しゃし)、偶像崇拝などは悪しき形式主義としてキリスト教の歴史の中でも幾度も批判されてはきたが、理念や理想への到達が美術品や音楽など「形」の力を借りて行われてきたのも事実だ。形式主義が絶えず批判されつづけるのも、人間が「形」から自由になれないからである。つねに「形」や、ひいては「もの」の魅惑に抗っていなければ、私たちは物質的なものの虜になってしまう。

上記の瞑想の方法にも表れていたように、魂を手順や方法を通して「形」に従属させる試みも行われてきたが、人間にとってのよりわかりやすい「形」は身体である。一般的にヨーロッパのキリスト教では身体技法の活用はあまり見られないが、東洋的なものが流入した東方正教会では身体的な技法も開発された。久松英二の『祈りの心身技法——十四世紀ビザンツのアトス静寂主義』には一四世紀の東方正教会で起きた「類を見ない画期的な事件[*17]」の詳細が記述されている。

一四世紀のビザンツ帝国ではキリスト教が衰えを見せていた。その原因はまさに「形式」の跋扈(ばっこ)と理念の喪失だった。「修道院の富裕化、修道者たちの熱意喪失、形式主義化、生活の無秩序化など修道気運の停滞化は目に余るものがあった」という。そんな中、ヘシュカズムと呼ばれる神秘主義運動がギリシャのアトスで起きたのである。ヘシュカズムは通常「静寂主義」と訳されるもので、もともとはエジプトの修道生活の中で発生した修道精神をさすが、それが一四世紀のアトスで心身技法を伴う祈りの形を生み出し、今に至るまで残る宗教的な実践の基盤を築いたという。[*18]

「痛み」を指南する

そうした身体技法の具体例を見てみよう。以下にあげるのはアトス全域の霊的指導者となったシナイのグレゴリオス（一二五五〜一三四六年）の指南書の一節である。

> 朝から低い腰掛けに座り、ヌース〔引用者注――ギリシャ語で精神、魂〕を頭から心（臓）に押し込んでそこにしっかりととどめておけ。しぶとく身を屈したまま、かつ胸や肩や喉のあたりに激しい痛みを感じながらも、「主イエス・キリスト、われを憐れみたまえ」という唱句を心で称えよ。それから窮屈さと痛みとおそらく長時間やり続けることで気分が悪くなった場合は……おまえのヌースを祈りのもう一つ別の半句に向けなおし、「神の子、われを憐れみたまえ」と称えよ。この半句をいっきに何度も称えている間は、その句を軽々しく変更してはならない。何度も抜き取られてまた植えられる植物は根付かないからだ。[*19]

この指南書の注目すべき点は、単に身体の作法が説かれているだけでなく、体の実感についての指示があることである。より具体的に言えば、「痛み」をめぐる記述がある。「形」としての身体に意識を向けるためには、瞑想の方法でも言及されていた五感の活用が重要となるわけだが、そうした感覚を目覚めさせるために何らかの形で身体に負荷をかけるのである。
つづく箇所では呼吸法に話が進む。

気安く呼吸しないよう、吸い込む空気を抑制せよ。なぜなら、心（臓）から生じてくる霊どもの空気がヌースを晦まし、意識を混乱させ、ヌースを心（臓）から押し出して虜とし、忘却に引き渡すか、あるいは絶えず他の事柄にかかずらうよう強いるからだ。そうなれば、ヌースは気づかぬうちに許されないことに手を染めてしまう。[*20]

久松はこの指南書に付した考察で、先に見た座位での祈りがかなりの苦痛を伴うものであることを確認した上で――ギリシャ語の原語を基に推測すると、「低い腰掛け」は二〇～二五センチメートル程度の高さの腰掛けで、長時間座るのはきついという[*21]――、そこには「テクニカルな有用性」よりも「教訓的な意義」があったとする。重要なのは身体的な苦痛を通して擬似的に「罪人」としての自分を意識することだったというのが久松の解釈である。[*22]
むろん、こうした身体技法の効果はそれにとどまるものではない。一種の錯誤を通した特殊な知覚や、心（臓）の「熱」、さらには「喜悦」の体験などが期待される。こうした身体の操作を通し、魂にもかかわる作用が発生するというのである。久松によれば「グレゴリオスにとって問題は、神をどう理解するかではなく、神をどう体験しうるかであった」という。[*23]「理解」よりも「体験」という考え方には、内容から形式へという比重の移行が見て取れるだろう。神をいかに「形」として体験するかが焦点となったのである。

シナイのグレゴリオスの指南書で示された祈りの姿勢や呼吸法は、小川洋子の作品中に描かれた他者との関係性に伴う拘束感とどこかつながる。「かかとに感じる彼の指は硬く冷たかったが、靴の中はなま温かくしっとりとしていた。あらかじめ定められた儀式を司るように、彼の手の動きにはすきがなかったので、わたしは小指の先さえ自由に動かすことはできなかった」。あらかじめ規定された枠組みに身体を入れ込むことで生ずるきつさや苦痛、他者との間で生ずる静かな緊張感、しかし、それらを包み込むような否応のないシステムとしての連続感。それは一歩間違えれば呪わしい支配・被支配関係へと変ずるものであり、シナイのグレゴリオスの指南書でもそうした要素が勘案されてはいる。探究されるのは微妙な領域なのだ。身体圧迫の作用は複雑であり、あるいは悪魔の声を聞いてしまうことにもつながる。しかし、だからこそそれは神を体験する第一歩ともなる。身体操作が魂に及ぼす影響は決して小さなものではなかった。

マインドフルネスと事務的感性

中世から近代にかけて芽を出した宗教上の新しい形式主義と、近代以降の事務化の波とを単純にひとくくりにしてしまうことはできないだろう。しかし、古来存在する宗教儀式や身体技法が、中世から近代という時代をへて事務狂いとでも呼ぶべき現代的なこだわりに遠くつながるとの見方は奇異なものではない。フーコーは権力による「取締り」という視点を立てて一八世紀以降の身体へのアプローチを整理したが、こうした観点の土台となっているのも身体の形式化であり、ひいては事務化だった。フーコーによれば、従順な身体を作り出すポイントとなるのは「取締りの尺度」「取締りの客体」「取締りの様相」で、「尺度」としては「運動・動作・姿勢・速さ」の「細部」を管理する「微細な強制権」が、「客体」としては「〔身体の〕表徴であるよりも体力」が、そして「様相」としては「絶えまのない恒常的な強制権」と「最大限に詳細に時間・空間・運動を碁盤目状に区分する記号体系化」が柱となった。[*24] こうした形への執着が果たして二〇〇年、三〇〇年といったスパンの中にとどまるものなのか、より長いスパンで考えるべきなのか、あるいは時代を超えた普遍性のようなものがあるのか探ってみるのは意味があることだろう。『薬指の標本』の主人公が飲みこまれた事務の魔宮も宗教儀式めいた拘束力を発揮していた。形式は思いもかけぬ力で、理念や時代の枠を超えた呪縛を私たちの精神に及ぼしうるのかもしれない。

そんな中であらためて実感されるのは、形式と内容とがつねに拮抗してきたということだ。今でもその緊張関係は生きている。私たちが形式化の波に飲まれ、ほとんど抵抗なく有形無形の事務処理にあけくれる一方で、「取締り」の気配を感知し、権力の匂いを嗅ぎ取るのもそのためだろう。私たちは形式主義を呪う感性を失ったわけではない。しかし、対立の構図はつねに流動的で変化にさらされる。事務化が進むにつれ、理念の教示を旨とする従来の宗教よりも、マインドフルネスに代表されるような身体感覚に軸足を移したセルフコントロールの方法が注目を浴びるのも、私たちの形式や手順との付き合い方が新しい段階に入ったことを示す。形式と内容とを対立するものと見なすのではなく、形式を入り口にした内容との融和や、身体技法の洗練を通した精神の活性化を目指そうとする傾向は以前にも増して目につくようになった。

あらためて確認すれば、マインドフルネスは個人の「注意の向け方」そのものの意識的な操作を基軸にした瞑想の方法である。もちろん、一般的な解説書ではその目標や効果について「心を強く、やわらかくする」「ストレス、不安、迷いをなくし、「自分を変える」が実現できる」といった効用が掲げられ、従来の宗教的なアプローチと重なるような理念性も見える。*25 マインドフルネスの活用を通して心の障害が克服され、幸福が実感されるといったことも強調される。しかし、瞑想法の起源が東洋にあり数千年の歴史を持つにしても、一九七〇年代にアメリカの精神医療で活用されるようになった時点のマインドフルネスでは、現代の西洋人が少なからず抵抗感を持つ宗教性が捨象され、方法論に重点が移された。*26 その解説で強調されるのは、この瞑想法が科学的知見に基づいた合理的な方法だということである。スピリチュアルなものやオカルト的なものとは明確に区別され、まるでスポーツの練習プログラムのように「訓練」（training）や「技能」（skill）といった言葉が強調されている。

マインドフルネスは技術面・形式面の比重がきわめて高いのである。「あるがままを受け入れる」という考えそのものは仏教的な悟りともあるいはジョン・キーツのネガティブ・ケイパビリティともつながる理念性を感じさせるが、この境地に至るための方法はきわめて具体的である。第一歩となるのは、価値判断を加えずにただ対象に注意を向けること。この技術を習得するための「ボディ・スキャン」と呼ばれる練習では、参加者が横たわって目をつぶり、四五分という時間をかけて体の各部位に注意を向けていく。こうして各部位の感覚をそれぞれ受け止めるのである。座った姿勢で、自分の呼吸に意識を向ける練習や、歩いたり、立ったり、食べたりするときの「注意の向け方」を操作する練習もある。*27

心をわかりやすく操作する

注意を向けるという行為は、たとえば心を強く持つとか、超越者を愛するとか、何らかの思想を抱くといったものとは違い、シンプルで明晰だ。それは日常感覚の延長で行うことのできるきわめてベーシックな精神の操作なのである。マインドフルネスでは、このわかりやすさを足場とすることで、思考、感情、感覚などにも意識を向けていく。そこでも「価値判断をしない」ということが重要になる。価値判断をしないことで一種の宙づり状態を作り出すのである。このプロセスをへることを通し「あるがままを受け入れる」という対象との距離の取り方を習得でき、さらには世界との付き合い方を変え、安定した心の状態を実現することができる。最終的な到達点は宗教的な境地とも似るが、出発点はあくまで注意をめぐる技術なのである。そうした技術が身体感覚に根ざしていればこそ、訓練もシンプルなものとなる。*28

日本語による解説書の一節を以下に引用してみよう。ここでは痛みや不快感への対処法が示されている。

身体からの言い分に耳を澄まし、まずは身体が訴えてきていることをありのまま受けいれます。

そして、強い感覚を感じているところに注意を集中させていきます。痛みとか、かゆみとかの言葉ではなく、先入観を捨てて、その純粋な感覚を感じとりながら、その感覚と一緒に、呼吸します。

ある程度落ち着いてきたら、また集中の対象に注意を戻すようにします。[*29]

この記述からもわかるように、焦点はあくまで方法である。しかし、方法は方法には終わらない。方法の向こうには内容があり、価値がある。

このように不快感や騒音に対しても反応せず、観察することで、刺激と反応のあいだに「間」を置くことができます。

瞑想中に不快感に対する自分の反応を観ることで、日常生活においてストレスや痛みに直面したときにも、必要以上に反応的にならず、落ち着いて対処できるようになります。[*30]

理念は念頭に置かれてはいるものの一足飛びにそれには飛びつかず、あくまで方法という地点にとどまるのがマインドフルネスの特徴である。上記の解説にも表れているように経験を観察し、その音や色や匂いや振動といった「形」を意識することで、経験そのものを経験し、ひいては意識そのものを意識する。

形式の尊重は細部に対する「目」を育む。すると当然ながら「目」の感受性が高まる。しかし、重要なのはそうした感受性の高まりが、反応の停止をも引き起こすということである。形を強く意識すれば形が示す内容にも鋭敏に反応してしまいそうなものだが——つまり、痛みはより大きな痛みとして実感され、苦痛も増大しそうなものだが——やり方次第では形に対する意識は内容への没入を押しとどめ、相対化する。痛みに上手に注意を向けることで痛みは反応すべきもの、何らかの対策を取るべきものとしてとらえられなくなる。痛みをその「形」だけにおいてとらえられれば、形式と内容の間に「間」が生み出されるのである。こうした「訓練」は、痛みとの新しい向き合い方につながる。

事務処理という言葉にもあらわれているように、事務は私たちに即時の「処理」を突きつける。事務はつねに命令形で私たちに迫ってくる。私たちが世界の「形」をつい命令形でとらえて間髪入れぬ反応へと走ってしまうのも、事務処理化された世界ではつねにそうした即時処理が要請されるからだろう。この即時処理の姿勢は、心の構造として私たちに刷り込まれているようだ。しかし、事務は同時に私たちの目を養う。目の先鋭化は「形」への敏感さを生み出し、「形」と「内容」の間に一呼吸挟むことを可能にする。そうなれば「間髪を入れる」ことができる。息がつける。

マインドフルネスと注意操作型社会

マインドフルネスが活用されるのは、治療の現場とは限らない。より前向きに幸福や満足感を求めるスタンスもある。そこではマインドフルネスは強い宗教性を帯びる。以下にあげるのは禅の指導者の描くマインドフルネス像だが、そこには明らかに世界の事務処理化への抗いが見て取れる。彼は「自動運転」のように生きている人に対し、「そのあいだに通りかかった信号は青だったのか、それとも赤で止まったのか——。そのあいだ、あなたの意識は休暇を取って、楽しいところか苦悩に満ちたところかわかりませんが、どこか遠くに行っていたのです」と苦言を呈する。そして立ち止まってみることを提案する。[*31]

「……」体が何か1つのことをしているときに、意識がどこか遠くに行ってしまっている時間が多いというのは、寂しいことだと言わざるを得ません。**自分がそこに存在しないという状況で、人生の大半を生きていくからです。**こういう状態だと、常に漠然と満たされない気持ちになります。それは、身の周りのモノや人と、自分とのあいだに「埋められない溝」のようなものを感じるからで、幸せな人生を送ることの妨げとなります。[*32]

これはまさに事務仕事を「クソどうでもいい」と批判するときに拠り所となるような考え方

だろう。惰性化した事務処理が私たちの人生の時間を飲み込んでいく。私たちはそこから解放される必要がある。形の呪縛から解放され、内容を生きたい、というのである。むろん、正論である。そしてこの正論が必要とされるときはある。しかし、人間には別の正論もあるのではないか。

マインドフルネスの主導者のひとりジョン・カバット＝ジンは、今、「社会全体がひどい注意欠陥障害に陥っている」という言い方をする。[*33] この論法で言えば、マインドフルネスは「注意欠陥障害」を克服し、正しい「注意の規範」を導く技術ということになる。しかし、そのような絶対的な「注意の規範」は存在するのだろうか。マインドフルネスが行うのも、結局、今、ひとつの「注意の規範」の提唱にすぎないとも言える。マインドフルネスもまた、これまで確認してきたような〝注意操作型社会〟の申し子なのである。使われ方次第では枠組みを遵守する姿勢を植え付け、枠組みそのものへの批判を抑制し、現状肯定へと人の心を誘導することもできる。スラヴォイ・ジジェクはマインドフルネスが「資本主義の力学に巻きこまれながらも、表向き心の平静を保つことに人々を導く」という点で、まさにグローバル化した資本主義を支えるイデオロギーとなっていると言う。[*34]

とはいえ、同じ「注意の操作」を旨とするマインドフルネスでも、理念／内容に回帰するのか、理念／内容を宙づりにするのかという点で対照的な反応を示しうる。形式に目を向けつつ、そのまま内容へと吸いこまれずにすむ方法はある。私たちは形そのものを「あるがまま」としてとらえる潜在力を持っているからだ。形そのものを愛し、形そのものを生き、内容を忘れてただただ形に淫するという心のあり方がある。事務愛を支えるのはそのような心のあり方かもしれない。事務地獄に対する処方箋は、まさに事務の極みにある。そこでは事務ならではの細部に向けた「目」が、私たちの形式との付き合い方を助けてくれる。カバット＝ジンが「注意欠陥障害」と呼ぶような「注意の規範」からの逸脱や、注意そのものの暴走、いや疾走にこそ事務の奥深い本領があるのかもしれない。

【参考文献】

◆阿部公彦『病んだ言葉　癒やす言葉　生きる言葉』青土社、二〇二一年。
◆小川洋子『ブラフマンの埋葬』講談社文庫、二〇〇七年。
◆小川洋子『薬指の標本』新潮文庫、一九九八年。
◆『聖書　新共同訳』日本聖書協会、二〇一一年。
◆久松英二『祈りの心身技法――十四世紀ビザンツのアトス静寂主義』京都大学学術出版会、二〇〇九年。
◆フーコー、ミシェル、田村俶訳『監獄の誕生――監視と処罰』新潮社、一九七七年。
◆ベイズ、ジャン・チョーズン、石川善樹監修・高橋由紀子訳『「今、ここ」に意識を集中する練習――心を強く、やわらかくする「マインドフルネス」入門』日本実業出版社、二〇一六年。
◆吉田昌生『1日10分で自分を浄化する方法　マインドフルネス瞑想入門』WAVE出版、二〇一五年。
◆Baer, Ruth A. 'Mindfulness Training as a Clinical Intervention: A Conceptual and Empirical Review.' *Clinical Psychology: Science And Practice.* 10-2 (Summer 2003), pp.125-143.
◆Burton, Ben. 'Forms of Worship: Shakespeare's Sonnets, Ritual, and the Genealogy of Formalism.' in Ben Burton and Elizabeth Scott-Baumann(eds.), *The Work of Form: Poetics and Materiality in Early Modern Culture.* Oxford: Oxford University Press, 2014, pp.56-72.
◆Crane, Rebecca Susan et al. 'What Defines Mindfulness-Based Programs? The Warp and the Weft.'

Psychological Medicine. 47 (2017), pp.990-999.
◆Martz, Louis. *The Poetry of Meditation: A Study in English Religious Literature of the Seventeenth Century.* Rev.ed. New Haven: Yale University Press, 1962.
◆Martz, Louis. *The Poem of the Mind: Essays on Poetry/ English and American.* New York: Oxford University Press, 1966.
◆Purser, Ronald. 'The mindfulness conspiracy.' 14th June 2019. https://www.theguardian.com/lifeandstyle/2019/jun/14/the-mindfulness-conspiracy-capitalist-spirituality

---

*1　阿部、二九八〜二九九頁。『ブラフマンの埋葬』からの引用は小川（二〇〇七年）二八〜二九頁。
*2　小川（二〇〇七年）、一六八頁。
*3　同、一六九頁。
*4　阿部、二九九〜三〇〇頁。
*5　小川（一九九八年）、一四頁。
*6　同前。
*7　同、二八頁。
*8　同、三四頁。
*9　*The Oxford English Dictionary, 2nd Ed.* オンライン版の 'clerk' の項参照。
*10　Burton, pp.56-58.
*11　Martz (1962), pp.4-5. マーツが典拠として多くを負っているのはピエール・プーラの大部の著作である。Pourrat, Pierre. *Christian Spirituality.* 3 vols. Trans. by W.H.Mitchell and S.P.Jacques. London: S.P.C.K., 1928-1936.
*12　ibid., p.5.
*13　ibid., p.33.
*14　Martz (1966), p.35.
*15　『聖書』「ヨハネによる福音書」二〇章、二九節。

＊16　同、「マタイによる福音書」一九章、二四節。
＊17　久松、八頁。
＊18　同、八〜一一頁。
＊19　同、一三四頁。
＊20　同前。
＊21　同、一三五〜一三六頁。
＊22　同、一四二〜一四四頁。
＊23　同、一七〇頁。
＊24　「まず取締りの尺度。すなわち、不可分な統一単位(ユニテ)ででもあるかのように身体を、かたまりとして、大ざっぱに扱うのが問題なのではなく、細部にわたって身体に働きかけること、微細な強制権を身体に行使すること、力学の水準そのものにおける影響──運動・動作・姿勢・速さを確実に与えることが重要である」「つぎに取締りの客体。それは行為の意味表示的(シニフィアン)な構成要素もしくは身体言語ではなく、またそれらではもはやなく、〔身体の〕運動の経済や効果や内的な組織である。束縛の対象は〔身体の〕表徴であるよりも体力であって、真に重要である唯一の儀式は訓練(エグゼルシス)のそれである」「最後に取締りの様相。それは活動の結果によりも活動の過程に留意する、絶えまのない恒常的な強制権を含むのであり、最大限に詳細に時間・空間・運動を碁盤目状に区分する記号体系化にもとづいて行なわれる。身体の運用への綿密な取締りを可能にし、体力の恒常的な束縛をゆるぎないものとし、体力に従順＝効用の関係を強制するこうした方法こそが、《規律・訓練(ディシプリーヌ)　discipline》と名づけうるものである」（フーコー、一四二〜一四三頁）
＊25　前者はジャン・チョーズン・ベイズ『「今、ここ」に意識を集中する練習──心を強く、やわらかくする「マインドフルネス」入門』（高橋由紀子訳、石川善樹監修、日本実業出版社）の副題。後者は吉田昌生『1日10分で自分を浄化する方法　マインドフルネス瞑想入門』（WAVE出版）の帯の文言。
＊26　マインドフルネスの概要についてはBaerを参照した。中心的な提唱者ジョン・カバット＝ジンによる解説も多数刊行されている。
＊27　Baer, p.126.
＊28　'MBPs［=mindfulness-based programs］typically include mindfulness training via three formal

mindfulness meditation practices — the body scan, mindful movement and sitting meditation.' Crane et al., p.994.

＊29 吉田、八四頁。

＊30 同前。

＊31 ベイズ、一五頁。

＊32 同、一六頁。

＊33 Purserによる記事の該当箇所は、次の一節の傍線部。'The fundamental message of the mindfulness movement is that the underlying cause of dissatisfaction and distress is in our heads. By failing to pay attention to what actually happens in each moment, we get lost in regrets about the past and fears for the future, which make us unhappy. Kabat-Zinn, who is often labelled the father of modern mindfulness, calls this a 'thinking disease'. Learning to focus turns down the volume on circular thought, so Kabat-Zinn's diagnosis is that our 'entire society is suffering from attention deficit disorder — big time'.'

＊34 Purserの記事中の引用より。'The Slovenian philosopher Slavoj Žižek has analysed this trend. As he sees it, mindfulness is 'establishing itself as the hegemonic ideology of global capitalism', by helping people 'to fully participate in the capitalist dynamic while retaining the appearance of mental sanity'.'

第7章

事務を呪うディケンズ

「面倒くささ」の発見

事務に文句を言う人が必ず理由にあげるのは「面倒くささ」である。事務が歴史を動かす大きな力として注目されるようになったのは一八世紀から一九世紀にかけてだったが、この頃から事務はさまざまな形で人間の行う活動に介入してその存在感を示し、その煩わしさや疎ましさで人々を苦しめるようになる。人々は事務を通し「面倒くさい」という心理と出会ったと言ってもいい。第1章でも触れたフランス語の「官僚主義」(bureaucracy)の誕生と相前後して、英語圏でも red tape や paperwork といった既存の表現がそれぞれ新しく「過度の事務的な細かさ」(一八世紀)、「書類仕事」(一九世紀)といった意味を持つようになり、事務仕事の煩わしさを指し示した。[*1] 煩わしいのに必要で、逃れることができない。そんな状況はあらためて見渡してみれば人間生活や社会のあちこちで確認できるだろうが、事務の「面倒くささ」ほどそうした呪縛を強く突きつけるものはない。とりわけ細かい些末なことに注意を向けさせ苛立たせる傾向は事務特有のもので、そこには労力を要するとか、迷惑だ、といった広い意味での疎ましさを示す言い回しだけでは説明できない独特な心理がからんでいる。

『日本国語大辞典』によれば、「面倒」という日本語はもともとは「体裁がわるいこと」「見ぐるしいこと」といった語義を持っていたが、一六世紀あたりから「するのがわずらわしいこと」「わずらわしく感じられること」「くどくてうるさいこと」といった意味での使用が見られるようになり、一九世紀以降、用例も増える。*2そこに含意されていたのは「無益に物を浪費すること」「むだになること」との意で、回りくどい手続きの煩わしさのようなものが、日本語でも表現を得ていったと考えられる。第6章でも見たように宗教関連の儀式や慣習は、もともと高邁で崇高な精神的意味を持っていても、形骸化すれば単なる煩わしい手続きとなる。ヨーロッパでも一五世紀から一六世紀にかけてはそうした状況に批判の矛先が向けられ宗教改革へとつながった。近代を前にして日本でも西洋でも、技術の進展とともに細かい形式やシステムへのこだわりが洗練されたが、このような「こだわりの文化」は同時にそうした形を疎ましく思う感性をも生み出した。

こうした流れを見てもわかるように、同じ権力でも事務はそれまでの権力とかなり異なる顔を持つ。人類の長い歴史の中で君臨してきたのは、巨大で崇高なものが喚起する恐怖や畏れなどの感情を支えにした権力だった。これに対し事務の力を支えるのは、巨大さや激しさからはほど遠い些末さや細かさである。「面倒くささ」こそが、その力の源泉なのである。むろん、些末で細かいことが悪いわけではない。むしろ些末で細かく、退屈で卑小であるおかげでこそ達成される価値というものがある。安定。やさしさ。継続。平和。人がそうした価値に重きを置くようになったことと、事務という新しい権力が人々を拘束するようになったこととは切り離すことができないだろう。波乱を嫌い、ルーティンを愛する人間の習性が、事務の誕生によってより前面に出てきたのである。

わざわざ面倒くさくある

そんな中で育まれたのが、一見呪わしく疎ましい事務の、逆説的な魅力だった。人は事務という権力の誕生とともに「面倒くささ」に苦しめられることになったが、この「面倒くささ」に淫する心性をも開拓していく。事務に伴う「こだわり」「几帳面」「細かさ」「徹底」といったスタンスを磨き上げることで、「わざわざ面倒くさくある」というライフスタイルが実践されるようにもなった。

もちろん、そうした事務愛が開拓される傍らで、事務の「面倒くささ」をあげつらい、ときには否定したり見下したりしようとする動きも常に見られる。現代日本でわかりやすい例をあげるとするなら、たとえば「鉄ちゃん」（鉄道愛好家）や「オタク」に対する揶揄があげられる。鉄道愛好癖にしてもアニメ等を対象にしたオタクのさまざまな活動にしても、その情報収集へのこだわりや徹底した行動のシステム化が、必ずしも何らかの功利的な目的の追求に資するものでないだけに、そのこだわりの自己目的性が戸惑いを呼ぶことがある。

「オタク」という呼び名は、一部のSFファンたち（慶應義塾幼稚舎出身者というのが定説）が相手を呼び合うのに「お宅」という尊称を用いていたのが始まりと言われている。一九八三年に中森明夫がそれを現象として名指したことで一種の差別化の用語として定着し、まもなく「アニメやマンガ、ゲーム好きな奴」イコール「ずっと家にいて暗くて人付き合いの悪い奴」

という誤解」が生まれた。[*3] その後、「オタク」をめぐる議論は深まりを見せるが、もともとの出発点にあったのは彼らがきわめて高度で精緻な、しかし、非常に趣味的な情報の収集・整理を行うということだった。岡田斗司夫は「オタクの黎明期」を次のように振り返る。

オタクの黎明期、ビデオはもちろんアニメ誌すらこの世にはなかった。
それでもただ何となく、同じように見えるアニメの中に明らかに違うものを感じ、その差がどうやらスタッフと関連があるらしいことに気がつく「原オタク人」たちがいた。彼らは必死で目を凝らして、大学ノートにスタッフリストを写し、その関連を研究した。[*4]

このように近現代の社会では、事務的な作業を要する細部へのこだわりを「面倒くさい」とする態度が広く見られる一方、その「面倒くささ」をものともせずに、あるいはまさにその「面倒くささ」ゆえにこだわりに邁進し、作業を愛してしまう境地が存在する。よりややこしいのは、自分が「面倒くさい」と思うだけでなく、他者のこだわりをも許容できずに「謎」とか「キモい」といった言葉で揶揄する動きもあることだ。事務をめぐるこの複雑な絡み合いは、文学作品の格好のテーマとなってきた。

『荒涼館』の事務地獄

チャールズ・ディケンズは英国社会が事務の隆盛を目の当たりにする中で、いち早くその呪わしさを描き出した作家である。その代表作『荒涼館』は、今に至るまで類例がないほど事務への呪詛にあふれている。まさに究極の「事務呪い小説」だと言えよう。

この大型長編ではいくつかのメインプロットと、無数のサブプロットが併走しているが、ストーリーの上で大きな波乱要因を生み出すのは、レディー・デッドロックの過去である。広大な領地を保有する貴族と結婚した彼女は、今や押しも押されもせぬ上流階級の貴婦人だが、実は秘しておきたい過去があった。読み終わってみれば（つまり、読んでいる途中では必ずしもそうは感じないのだが）、彼女の人生のストーリーはとてもわかりやすい型にはまっている。若気の至りで関係を持った男性。その結果身ごもった子供。二人とも今、どこにいるのか、生きているのか死んでいるのかもわからない。彼女がしばしば陥る深い憂鬱は、英国リンカンシャーならではの陰鬱な気候によって引き起こされているようにも見えるが、実はこの過去がトラウマとなっている可能性が大きい。夫や周囲の者は、彼女がそんな過去のトラウマを抱えているとはつゆ知らない。しかし、ふとした運命のいたずらから、彼女はこの過去と面と向かわなければならなくなる。

典型的なヴィクトリア朝メロドラマの展開である。第5章でも触れたように、「過去の過ち」が暴露されることで女性が転落の道を辿るという筋書きは、一九世紀の小説作品で頻繁に用いられたもので、当時の抑圧的な倫理観ともあいまってヴィクトリア朝ならではの価値意識を反映するものとなった。「堕ちた女」のプロットと禍々しい犯罪が組み合わさるという展開は、『テス』などの例にも見られるように、大衆的と呼ばれるようなものに限らずさまざまな作品で形を変えて取り入れられた。そこには当時の読者や書き手の嗜好が表れ出ていた。

しかし、『荒涼館』をディケンズ作品の中でも圧倒的なものにしているのは、必ずしもこうしたプロットではない。この作品には、いったいこれは何だろう？　と言いたくなるような不思議なこだわりがある。ほとんど神秘的と言っていいほどの執拗さで繰り返される事務への呪詛である。呪われているのは、「ジャーンダイス対ジャーンダイス」と呼ばれる訴訟事案とこの訴訟をめぐって発生する事務作業であり、さらにはそうした終わりなき作業を引き起こす裁判制度そのものや、関係者を食い物にする法曹界の人々の寄生的な振る舞いである。

訴訟の混沌

訴訟は相続にかかわっている。ジャーンダイスという人物が莫大な財産を築き、その財産を残すにあたって遺言書を作成した。しかし、相続をめぐるこの裁判は延々と決着がつかず、財産の相続が予想される人たちには、裁判費用の負担ばかりがのしかかる。その実態をジョン・ジャーンダイスは、自分が後見人を務めるエスターに対して次のように説明する。

「[……]不運なことに、さるジャーンダイスが莫大な財産をきずいて、りっぱな遺言を作成した。ところが、その遺言のもとで信託財産がどのように運営されるかを決定する議論のために、当の遺言によってのこされた財産はどんどん消費されていった。遺言で指定された遺産相続人たちは困窮へとおいやられ、かりに遺産を相続することが重罪であったとしても、彼らはすでにじゅうぶんな処罰をうけたといえるぐらいだ。」[*5]

財産を確保するために始めた法的手続きなのに、手続きの費用のために肝心の財産が失われる。『荒涼館』という作品の柱となるのは、この本末転倒とも言える終わりなき裁判なのである。登場人物のうちの少なからぬ数の人がこの案件とかかわりを持ち、裁判の行方に運命を左右される。ただし、裁判が具体的にどのようなものなのか、何が争点でどのような議論がかわされているのかといったことは直接的には描かれない。ある意味では、まさにこの不透明さが手続きの煩雑さや資料の膨大さを間接的に示している。裁判そのものが形骸化し、もはや内容はどこかに吹き飛んでしまったということである。

作品中では訴訟の内容のかわりに裁判から派生するさまざまな事務仕事や、書類の山、乱雑な部屋、込み入った人間関係などが、いかにも「面倒くさい」ものとして提示され、作品世界の混沌とした空気を生み出している。重んじられるのは形式ばかり。そのために文言が頻繁に複写され、文書があふれ、紙がうずたかく積み上がる。物は増殖するが、それらは何の役にも立たないガラクタにすぎない。ジョン・ジャーンダイスの説明の続きを引用してみよう。

「このなげかわしい訴訟のあいだずっと、これまで何重もの手間をかけてつみあげられた審理の書類の写しを全員が荷車何杯分ももっておかねばならない（だれもそんなものはほしくないから、ふつうそれを自分でもたないですむように金をはらうことになる）。そして、費用だの謝礼だの、くさりきった無意味な手つづきのなか、宴会でとことんよっぱらった魔女ですら夢みたことのないようなばかばかしいダンスをくりかえす。[6]」

ここにあるのは無駄な情報共有と「写し」の作成と保管だ。ジョン・ジャーンダイスがこうした一連の作業に対して用いる「くさりきった無意味な手つづき」「ばかばかしいダンス」（傍点はいずれも引用者）といった呪詛は、まさに私たちが現代においても用いる「クソどうでもいい（bullshit）」といった事務蔑視の言葉と重なるものだ。[7] 事務の呪わしさは些末で卑小な「面倒くささ」として、このようないわゆる「上から目線」で侮蔑的に語られるのが常である。事務は決して巨大なおそろしい脅威ではないが、にもかかわらず、人間の邪魔をする忌々（いまいま）しい障害なのである。致命的でも悲劇的でもないが、じわじわとこちらを苦しめる。

法と文学のどちらがより「面倒くさい」？

ところで、あらためてジョン・ジャーンダイスの呪詛に先行する表現を見直してみるとおもしろいことに気づく。「全員が荷車何杯分ももっておかねばならない」。「宴会でとことんよっぱらった魔女ですら夢みたことのないようなばかばかしいダンス」。これらの比喩はきわめて婉曲的かつ逸脱的だ。決して事務地獄の本質をぴたりと言い当てるものでもなければ、そこに迫ろうとするものでもない。むしろ訴訟の実態を語ろう、説明しよう、訴えよう、とすればするほど、彼の言葉は対象から逸れていってしまう。この作品では世界がまずはバラバラで無関係なものの集積として提示されるというJ・ヒリス・ミラーの指摘ともこれは重なるだろう。[*8]

エスターの心の迷走ぶりが混沌とした状況の中に描き出されている。以下にあげるのは、エスターがケンジ・アンド・カーボイ法律事務所を訪れたときの様子である。

なにもかもがふしぎでした。日中なのに夜のようにくらく、ろうそくの炎が白くてさむざむとつめたく感じられるのはますますふしぎで、新聞を目でおってはいても、なにが書いてあるのか頭に入らず、気がつくと、おなじところを何度も読んでいるありさまでした。そんなことをつづけても意味がありませんので新聞はよこにおき、帽子がちゃんとなっているかどうか鏡でたしかめて、このうすぐらい部屋や、ほこりのつもったふるびたテーブル、書類のやま、ことばがたくさん書いてあるはずなのにとても無口そうな本がつまった本棚などをながめていました。[*9]

『荒涼館』はしばしばカフカの作品などとくらべられる。たしかに「ふしぎ」で「おなじところを何度も読んで」しまうような迷宮的な彷徨は、『城』の次のような一節を思い出させる。

こうして、Ｋは、さらに歩きつづけた。しかし、道は、長かった。彼の歩いている道は、村の本道なのだが、城山には通じていなかった。ただ近づいていくだけで、近づいたかとおもうと、まるでわざとのように、まがってしまうのだった。そして、城から遠ざかるわけではなかったが、それ以上近づきもしないのだ。Ｋは、ついには城のほうに折れる個所に出くわすにちがいないと、たえず期待していた。そして、その期待のためにだけ、歩きつづけていった。[*10]

一向に目的を達せられない、空回りするような停滞の感覚が両者に共通しているのがわかるだろう。ただ、ここで見逃してはいけないのは、『荒涼館』の引用ではエスターが新聞を読もうとしているということである。にもかかわらず、「新聞を目でおってはいても、なにが書いてあるのか頭に入らず、気がつくと、おなじところを何度も読んでいるありさま」だという。ここで暗示されているのは、混沌とした世界が言葉とのかかわりを通して――とくに「読む」

という行為を通して――経験され、意識されるということである。再びミラーの指摘となるが、『荒涼館』の登場人物たちはさまざまな形で文書の読み書きの作業に勤しんでいる。手紙や遺言から反古紙まで小説にはさまざまな文書があふれ、それをいかに解読するかが話の展開ともかかわる。文書の読解こそが作品の芯を作っているのだ。そして、そうした人物たちの有様は、どこか『荒涼館』の読者の姿とも重なる。[*11]

考えてみれば、延々と続く議論や手続きの込み入り具合にしても、コピーの増殖や書類の山にしても、決して裁判に限定されたイメージではない。一七世紀以降の印刷術の加速度的な普及以降、大きな拡大をつづけた出版産業全体が、複製の氾濫や情報の横溢とかかわっていた。ディケンズ自身、月刊分冊で発表される自作の売れ行きをこまめに確認しながら筋書きを調整したり、週刊誌『家庭の言葉』の編集長を務め辣腕を振るったりした。佐々木徹の言い方を借りれば、彼は「コントロール・フリーク」で「何をやるにつけても自分がすべてを仕切らないと気が済まない」人間であり、[*12]文書の作成や流通が経済を動かして人々の生活にも影響を及ぼすような大きな圏域の、まさにど真ん中にいたと言えるだろう。『荒涼館』という作品もその作者も、一見、延々とつづく裁判がらみの事務処理を徹底的に呪い、批判的なスタンスをとっているように見えるが、ここに描き出される事務処理のイメージは、読み書きというシステムそのものの内包する怪しい部分を照らし出すことにもつながっている。つまり、法廷の事務処理への呪いは、作家自身が生業とするシステムへの呪いへと変じてもおかしくない。果たしてディケンズはほんとうに事務地獄を呪っていたのか。あるいは呪うのに成功したのか。本当に

「面倒くさい」のは小説そのものではないのか。文学そのものではないのか。しかも、この呪いは実は愛と紙一重ではないのか。このような疑いがそこからは生ずる。

ディケンズの法律体験

ディケンズによる法廷や公的制度の描写は、彼の実体験に基づいていた。たとえば『リトル・ドリット』には、借金を払えなかったために投獄される家族が描かれるが、これはディケンズが子供の頃に実際に経験した出来事が元になっている。彼の父のジョン・ディケンズは借金が嵩(かさ)んで返済が不可能になり、ロンドンのサザークにあるマーシャルシー刑務所に投獄されてしまったのである。その際、当時の慣習もあって、妻や小さな子供も一緒に刑務所に入ることになった。ディケンズ自身は知り合いの家に預けられ、刑務所住まいは免れたものの、この出来事は彼の心に深く刻み込まれることになる。[*13]

『荒涼館』の裁判についても、執筆の数年前にディケンズが経験した訴訟沙汰が影響していたと考えられている。佐々木によれば、「ディケンズは一八四四年、『クリスマス・キャロル』の海賊版問題で大法官訴訟に関わり、痛い目にあっている。海賊版を出版した業者が破産したため、彼は勝訴したにもかかわらず、訴訟費用を負担させられるという不条理を経験したのだ」。佐々木はつづけて次のように説明する。

『荒涼館』の裁判所関係の記述は、ディケンズ独特の誇張はあるものの、本質において正確なものである。訴訟費用は係争の対象となっている資産から捻出されるので、弁護士は長引くのをまったくいとわない。いや、訴訟は大事な金づるだと歓迎している。「ジャーンダイス対ジャーンダイス」が終結するのは、スモールウィードが発見した最も新しい日付の遺言書に起因するのではない。費用が訴訟の対象となっている資産を食いつぶしたから、先に進まなくなっただけの話である。*14

ディケンズ自身も一八五三年版に添えた「序文」で裁判制度について「本書における大法官裁判所に関する記述はおおむね事実に即しており、真実と言ってよい」と主張している。その根拠として彼は以下のような具体例をあげている。

現在、大法官裁判所では、二十年前に始まった訴訟がまだ続いている。ある時この件で三十人から四十人の弁護士が出廷したことが知られているし、訴訟費用は七万ポンドに及ぶという。これは法律用語で「友好的訴訟」と呼ばれるものであり〔この皮肉な用語は使用頻度は低いようだが未だに存在する――佐々木徹による注〕、私の信じるところでは、訴訟の開始以来何の進展も見せていない。もう一つ、前世紀の末に始まってまだ結審していない有名な訴訟がある。これには七万ポンドの倍以上の金額がすでに費用として計上されている。その気になれば、「ジャーンダイス対ジャーンダイス」の根拠となる実例はいくらでも挙げることができる――咎ある一般大衆の倹約癖を正すために。[*15]

この末尾でディケンズが「咎ある一般大衆の倹約癖を正すために」との文言を加えたのは、大法官裁判所の判事が次のような言葉で、裁判批判に対して反論を行ったからである。「一般大衆は偏見を持っている」「大法官裁判所はほとんど欠点のない制度である」「たしかに審理の速度において瑕疵（かし）はあろうが、それを一般大衆は妙な倹約癖ゆえに過大に考えている」[*16]。ディケンズはこの一連の発言を「一八五三年版序文」の冒頭で風刺的に引用し、「大衆」の「咎」を指摘する判事に反論すべく、上記に引用したような具体例をあげてみせたのである。

事務処理と混沌の魅惑

このようにディケンズは法曹界に対して明確な対決姿勢を打ち出していた。彼の姿勢の根底にあったのは、冷たい法制度に対し文学は心の真実をとらえる尊い言葉の領域であり、文学こそが人間の複雑さをより包括的に表現できるという信念だった。[*17] こうした文学観は今に至るまで一般的に受け継がれてきたもので、「事務的なもの」と文学とを截然と分かち、かつ対立的にとらえようとする考え方の支えとなってきた。

しかし、ディケンズの法律の知識は十分ではない、もしくはすでに改革された昔の制度を描いているだけだ、といった批判は同時代からあった。[*18] もともと彼は法曹界と縁がなかったわけではない。一〇代の頃には法律事務所で手伝いのようなことをした経験もある。[19] その後、著述への関心が勝るようになり、次第にジャーナリストとしての活動に比重が移ったため、現実の法廷での活動としてはリポートなどが中心となったが、『荒涼館』以外にも『デイヴィッド・コパフィールド』や『大いなる遺産』など法律家が登場する作品も多く著しており、遺産相続や契約などが小説展開上の鍵となることもしばしばだ。また死刑廃止論を支持した時期もあるとはいえ、ディケンズ自身、公開処刑の場に足を運んでおり、刑法事案には深い関心を持っていた。犯罪の裏にある人間心理を究明することが、彼にとって創作上の大きな動機付けの一つとなっていたのである。[20]

ディケンズにとって法とはいったい何だったのだろう。シュラムはこのことについて興味深い視点を示している。彼女によればディケンズにとって法の言語とは、文学の言語と共通点の多い「競争相手」だった。ディケンズが小説を通して行おうとしたことは、実は法廷弁護士の活動と似ている。というのも、彼も弁護士と同じように目の前の聴衆の心を言葉の力で動かし、自分の望む方向に行動を起こすよう仕向けたかったから。そういう意味では、ディケンズは法の言語が持つ威力を文学へと移入し、法廷的（forensic）な説得力を駆使して現実に影響を与えようとした、ということになる。

たしかにこのような枠組みに沿って見直してみると、『荒涼館』には法廷を呪う一方で、法廷や法の言語に接近し、ついには似てしまおうとする傾向がある。つまり、法のシステムを侮蔑し、呪詛するようでいて、そうした手続きを模倣し、演じ、乗っ取ってしまおうとする姿勢が見えるのである。事務地獄の呪わしさを描き出すにあたって、その地獄に入り込んだディケンズは、その特有の磁場に取り込まれ、淫してさえいるのではないか。
考えてみれば『荒涼館』に執拗に描き出される混沌は、その意味内容からすれば呪わしく憂鬱なものだが、しばしば作品を象徴する部分として読者を魅了してもきた。もっとも有名なのは冒頭近くの次の一節だろう。

霧。いたるところに霧。テムズ川上流の緑多い中洲や草地に霧。下流に並んだ船の間に霧。巨大な（そして不潔な）ロンドンの水辺の汚れに染まりながら流れる霧。エセックスの沼に霧、ケントの丘に霧。石炭船の調理室に潜り込む霧。大型船の帆桁の上で寝そべり、マストや綱の間に漂う霧。はしけやボートの船べりにもたれかかる霧。グレニッジ海軍病院の病室の炉辺で咳き込む退役水兵たちの目や喉に入る霧。[*21]

霧や闇、泥は、さまざまなものが混じり合い身動きできなくなる『荒涼館』の世界をよく表すイメージだ。しかし、いくら英語のレトリックで並列的な表現がよく使われると言っても、この霧、霧、霧の連続はかなりしつこい。いわゆる「上品な英語」（polite English）の特徴と言えるエレガントな展開感やバランス感覚からはほど遠く、とにかく過剰だ。[*22]
しかし、言葉が形の上でこうした執拗さを演ずるからこそ、霧の忌まわしさはよく伝わってくるし、何かこちらを引き込む力を感じさせる。しつこくまとわりつき、かつこちらの行動の自由を奪うもの。圧迫的で、こちらを覆い尽くすようにして支配するもの。霧は事務処理地獄の拘束的な「面倒くささ」とそっくりなのである。そして、ディケンズの言葉はその「面倒くささ」をよくとらえている。ただ、何よりも大事なのは、こうした執拗さそのものに言い尽くせぬ魅力が宿ることである。霧そのものを模倣するかのようにして霧を語る言葉の、擬人化をまじえつつ度を超した「悪ノリ感」は、『荒涼館』の登場人物たちの大げさで嘘っぽい台詞とも共通する。詩人気取りの詐欺師めいたスキンポールにしても、いつも過剰な言い回しを使うボイソーンにしても、とにかくあふれるように言葉を繰り出す人たちがこの小説にはたくさんいる。あふれるように語ることでこそ、その言葉の過剰さを通してキャラクター像が打ち出される。他ならぬ語り手もそうだ。霧、霧、霧の一節を語るのは一応はニュートラルな声だが、明らかに前のめりな姿勢がある。もう一人の重要な語り手であるエスターもまた、頼まれてもいないのに止めどなく語る人である。

事務に淫する『荒涼館』

『荒涼館』に蔓延するこうした多弁と饒舌は、事務処理世界と対立するどころか、むしろ重なり混じり合うように思える。そこに生ずる長くて回りくどい言葉の連鎖は、事務文化ならではの終わりの見えない「面倒くささ」をよく映し出すとともに、潜在的なエネルギーや魅力をもとらえる。

ただ、そんな回りくどさが『荒涼館』のすべてというわけではない。霧や闇や泥に象徴される混沌に対し、人間の「心」が露出するようなメロドラマチックな場面も用意されている。レディー・デッドロックの物語は作品に明瞭な葛藤と筋書きを与え、混沌は整理される。過去が白日の下にさらされ、結末の悲劇はくっきりと立ち上がる。冷たい法の言語や延々と続く事務手続きはこうして文学の言語に凌駕されるのである。読者は暖かい共感を胸に抱き、感動に震える。

しかし、ここには大きな皮肉がある。「心」が露出する瞬間を捕捉するのは、きわめて事務的な感性なのである。「心」は、偏執的なほどに細かい「形」へのこだわりによってこそとらえられた。それはごく日常的なルーティンの中の出来事だった。デッドロック夫妻はいつものように顧問弁護士のタルキングホーンの法務上の報告を受けていた。退屈きわまりない時間だ。夫人の憂鬱症は一層深まっていく。しかし、この日は報告の最中にレディー・デッドロックが珍しく質問をはさむ。「誰がこれを筆写したのです？」[*23]

すべての悲劇はこの一言から始まる。なぜなら、彼女が目にとめたのは忘れようにも忘れられないある男の筆跡だったからである。このような特徴のある字体の人物は他にいない。目の前の文書が彼によって作成されたのだとすれば、彼女のすぐ近くのどこかに彼はいるということになる……。

彼女は大きなショックを受け、その場で卒倒しそうになって青ざめる。その様子を、邪悪な顧問弁護士タルキングホーンはしっかりと観察していた。そして作品の後半、彼がレディー・

デッドロックをいやらしく脅すときの材料ともなる。筆跡に対する彼女の反応は、彼女の忌まわしい過去と、彼女のひりつくような心の傷とを指し示していた。すべては法務文書の筆跡から始まるのである。

そこに示されるのは次のようなことだ――無味乾燥な事務文書は真実をとらえていない、真実はその向こうの「心の領域」にあり、レディー・デッドロックやタルキングホーンは筆跡との出会いを通して書類の山の向こうにあるその領域に足を踏み入れた、と。すでに触れた〈法vs.文学〉という構図がここでは浮き彫りになる。

しかし、果たしてこんなことが起こりうるのだろうか？　筆跡だけで人間を見つけ出し、卒倒しそうになるほどのショックを受けるということがありうるのか？　しかし、文学とはまさにそういうことが「ある」とするシステムなのである。そこで前提となるのは、ごく小さい欠片が、奥にある巨大な真実を表しうる、という考えである。近代小説はこのような大と小をめぐる不均衡を受け入れることで成り立ってきた。[*24] 近代初期のマナーの通俗化が示すのは、ちょっとした振る舞いがその人の全体を表しうるという人間観の広がりである。そうした考えの支えとなったのは、人間の注意力がどんなに小さな証拠をも見逃さないという信念だった。世界は可視的にできている。しっかり見さえすれば、いつか真相が見えてくる。しかも、文学作品の中では――まさにこの『荒涼館』がそうであるように――小さな発見による大きな暴露が、ただならぬドラマの場を生み出してきた。近代小説の読者は細部への「注意の瞬間」に酔いしれる感性を磨いてきた。

躍動する注意力

こうした注意力の躍動は、形式へのこだわりと切り離すことができない。近代の形式主義は、一方で事務の文化を洗練させつつ、他方でこのような「小さな発見による大きな暴露」という注意をめぐる不均衡の文化を育てた。事務処理文化の柱となる「注意の規範」は過小過大を問わず過剰な注意を排除するが、第5章でも見たように事務処理には失敗がつきものであり、私たちはミスや事故を語ることで事務の文化を生き延びている。そんな中で、「注意の規範」の枠から逸脱する過剰な注意には、私たちを魅了する特異な力が備わってきた。『こちらあみ子』や「清兵衛と瓢箪」の主人公たちも、社会化された「注意の規範」に従わず、自分の衝動にまかせて対象を選びそこに過剰な注意を向けることで、ふつうなら見えない世界へと読者を導いた。彼らが示したのは社会的には「注意の失敗」だろうが、彼らはそうした失敗のただ中を生きることで超俗的な存在となった。小説はどこかで超俗的なものと出会おうとするジャンルなのである。

レディー・デッドロックの場合、彼女の「過大な注意」の裏には憂鬱症があった。彼女が頻繁に口にする「退屈だわ」(bored) という言葉に含意されているのは、目の前の出来事に関心が持てない無気力な心の状態である。そこには広大な「注意の過小」がある。その「過小な注意」こそが、裏返って筆跡への「過大な注意」を生み出した。考えてみればそもそも彼女の憂鬱症は彼女の心の奥に止みがたく過去の男への思いがあったことと関係していただろう。フロイトが「喪とメランコリー」で示した見解を踏まえて言えば、喪失した対象に対してきちんと喪に服さないと、喪失という事態そのものが抑圧されたあげく戻ってきて、奇妙な症状となって心を蝕むことになる。レディー・デッドロックの心も、隠れた「過大な注意」に蝕まれていた対象を喪失したという事態をしっかり受け止めなかったために服喪が成立せず、抑圧された。喪失感が憂鬱症となって彼女に取り憑いた。そのため、世のあらゆることに関心が持てないという、広大な「過小な注意」を生み出したのである。

しかし、レディー・デッドロックはその注意の迷走のおかげで、逆に驚くべき発見をすることになる。肥大した過剰な注意による筆跡の発見は、過去の発掘につながった。筆跡はネモ(「誰でもない」の意)と呼ばれる人物のものだということが判明し、そこからネモをめぐる情報が芋づる式に出てくる。情報をつかんだタルキングホーンがネモの寝床を訪れたときには彼は――どうやらアヘンの過剰摂取で――すでに死んでいた。しかし、それで終わりにはならない。情報は次々に発掘され共有される。うずたかく文書を積み上げたクルックの古道具屋が、そうした情報発掘の舞台となるのは象徴的だ。ディケンズはこのガラクタの山を呪ってみせるようでもあるが、実際にはこのガラクタに宝を埋めていた。クルックの古道具屋は事務そのものだ。集積されたほとんどの情報は無意味なゴミにすぎない。しかし、そこには重要な情報が隠されており、的確に処理しさえすれば、真実は得られる。事務的な究明作業への深い信頼なくしては『荒涼館』という小説は成り立たない。

探偵小説の事務らしさ

筆跡の探索は肝心の凄腕探求者タルキングホーンが何者かに殺害されるに及んで探偵小説的な枠組みへと吸収され、犯人捜しが関心の中心となる。『荒涼館』は世界で最初に書かれた「探偵小説的なもの」の一つでもあった。探偵小説は事務処理時代の寵児。それが可能になるのは「世界が人間にかんする秘密を宿しうるような「深さ」をもったときである」[*25]。手がかりがそこここに残され、気づかれるのを待っていて、しかもごく小さな手がかりから深いところにある大きな真実が導き出されるというのが探偵小説の基本パターンである。いつ豹変して巨大で危険なものに変わるかわからない細部がそこにはある。そういう意味では探偵小説もまた、きわめて事務処理的な「注意の網の目」に依存したジャンルなのである。有名なノックスの十戒にも示されているように「探偵は偶然や直感で事件を解決してはならない」（第六戒）し、「探偵は読者に示されていない手がかりによって事件を解決してはならない」（第八戒[*26]）。ノックスが目指したのは「探偵小説を、作者（あるいは探偵）と読者が公正に推理を競いあうゲームとして形式化すること[*27]」だった。探偵小説は近代小説のエッセンスである「人間の内面の深さ」を受け継ぎつつ、その形式主義と細部へのこだわりを徹底させることで公正性とゲーム性とを実現し、事務文化がエンタテイメントたり得ることを実証したジャンルだと言える。

探偵小説の隆盛の背後にあったのは世界に合理的な秩序があって欲しいという願いだった。

そんな願いを生んだのは不安である。一九三〇年代の探偵小説の黄金時代は、第一次世界大戦中の不条理な大量死に対する一種の修復過程として訪れたのだった。[*28]『荒涼館』は事務の混沌をレディー・デッドロックの超俗的な注意が解きほぐすことで大きく展開するが、彼女は意図せずしてタルキングホーンという疑似探偵と協力しながら、闇に光をあてた。タルキングホーンが彼女の家の顧問弁護士だったのは偶然ではない。彼女の過大な注意は、事務処理的な注意力と紙一重だった。

『マクベス』の中で、何もついていない自分の手が血だらけだと思い込んで必死に洗おうとするマクベス夫人は明らかに「過大な注意」に取り憑かれていた。その過大さは、夫と共謀して王殺しを企画した罪悪感から来ていた。こうした有機的な注意とは違い、一九世紀以降の文学作品では「たまたま気づく」とか「うっかり見逃す」といった浮遊した注意のあり方が、より決定的な意味を持つ。レディー・デッドロックの筆跡への注意に限らず、『荒涼館』で語りを前に進める発見や気づきも、典型的に一回限りの偶然の出来事である。むろん、それらはノックスの十戒に示されたゲームのルールに違反する。しかし、注意のドラマはいつもルール違反から出発するのである。

【参考文献】

◆内田隆三『探偵小説の社会学』岩波人文書セレクション、二〇一一年。

◆岡田斗司夫『オタク学入門』新潮文庫、二〇〇八年。

◆カフカ、前田敬作訳『城』新潮文庫、一九八五年。
◆小学館国語辞典編集部編『精選版 日本国語大辞典』小学館、二〇〇五～二〇〇六年。
◆ディケンズ、佐々木徹訳『荒涼館』（全四巻）岩波文庫、二〇一七年。
◆フロイト、伊藤正博訳「喪とメランコリー」『フロイト全集 14』岩波書店、二〇一〇年。
◆Dickens, Charles. *Bleak House*. Ed. by Norman Page. London: Penguin, 1985.
◆Edwards, Martin. *The Golden Age of Murder.* London: Collins Crime Club, 2016.
◆Knox, Father Ronald(ed.). *The Best Detective Stories of the Year* (1928). London: Faber, 1929.
◆Miller, J. Hillis. 'Introduction.' in Charles Dickens. *Bleak House*, pp.11-34.
◆Schramm, Jan-Melissa. 'The Law.' in Sally Ledger and Holly Furneaux (eds.), *Charles Dickens in Context.* Cambridge: Cambridge University Press, 2011, pp.310-317.
◆Stephen, James Fitzjames. 'The License of Modern Novelists.' *Edinburgh Review.* 106 (1857), pp.124-156.
◆Tomalin, Claire. *Charles Dickens.* London: Penguin, 2011.

*1　red tape はもともとは公文書を束ねるのに赤い紐を使っていたことに由来する表現。paperwork は紙による細工物や著述を指していた。いずれも中立的な表現だったが、事務との連想を通し前者は一八世紀頃から、後者は一九世紀半ばから否定的な意味を持つようになる。

*2　「面倒」の語源については『日本国語大辞典』に次のような注釈が付されている。「「目だうな」は「目」に接尾語「だうな」が付いたもので、この「だうな」は「無益に物を浪費すること」「むだになること」を意味し、中世以降、「矢だうな」〔平家―九・坂落〕をはじめ、「手間だうな」「暇だうな」などと見える。したがって、「目だうな」は「見るのも無駄、無益なこと（もの）」が原義で、そこから「体裁のわるいこと」「見苦しいもの（さま）」の意味になったと考えられる。その後、撥音化して「メンドウナ」となって定着し、意味も変化して、語源がわからなくなり、やがて「メンドウ」という発音に引かれて「面倒」という表記がされるようになったものと思われる。」

*3　岡田、一三頁。

*4　同、一五～一六頁。

＊5 ディケンズ、第一巻、二二六〜二二七頁。

＊6 同、二二七頁。

＊7 なお、ここに抜粋した語句は原文では 'such an infernal country-dance of costs and fees and nonsense and corruption' となっている。(Dickens, pp.145-146)

＊8 Miller, pp.14-15.

＊9 ディケンズ、第一巻、七八頁。

＊10 カフカ、二三頁。

＊11 'The situation of many characters in the novel is exactly like that of its writer or reader. So many people in this novel are engaged in writing or in studying documents, in attempting to decipher what one chapter-title calls "Signs and Tokens", in learning to read or write, in hiding documents or in seeking them out, there are so many references to letters, wills, parchments and scraps of paper, that the interpretation of signs or of texts may be said to be the fundamental theme of the novel.' (Miller, p.17)

＊12 「解説」、ディケンズ、第四巻、四六七頁。

＊13 Tomalin, pp.22-23 などの記述を参照。

＊14 「解説」、ディケンズ、第四巻、四七一〜四七二頁。

＊15 「一八五三年版序文」、ディケンズ、第四巻、四六〇〜四六一頁。

＊16 同、四五九頁。

＊17 Schramm, p.315.

＊18 こうした批判の急先鋒となったのはジェイムズ・フィッツジェイムズ・スティーヴンなどである。Stephen 参照。

＊19 Tomalin, p.33.

＊20 シュラムはディケンズのこうした関心の背後に、一八三〇年代の法制度の変更があったことを指摘している。この変更の結果、被告には抗弁の機会が与えられるとともに、本来、事実の積み上げだけに拠るべき審理が、弁護士のレトリックなどに左右される可能性が出てきた。(Schramm, p.313)

*21　ディケンズ、第一巻、一九〜二〇頁。

*22　原文は以下の通り。
'Fog everywhere. Fog up the river, where it flows among green aits and meadows; fog down the river, where it rolls defiled among the tiers of shipping, and the waterside pollutions of a great (and dirty) city. Fog on the Essex Marshes, fog on the Kentish heights. Fog creeping into the cabooses of collier-brigs; fog lying out on the yards, and hovering in the rigging of great ships; fog drooping on the gunwales of barges and small boats. Fog in the eyes and throats of ancient Greenwich pensioners, wheezing by the firesides of their wards.' (Dickens, p.49)

*23　ディケンズ、第一巻、四四頁。

*24　すでに言及したようにミラーは、『荒涼館』の読者があちこちにちりばめられたヒントを元にしながら、たえず真相を探求しようと解釈の作業を強いられるとしている。(Miller, p.14 など)

*25　内田、六九頁。

*26　Knox, pp.xi-xiv.

*27　内田、四一頁。

*28　たとえば Edwards, p.193 など参照。

第8章

鉄道的なる事務

七尾に行った

二〇二二年八月二〇日、お盆明けの北陸地方は記録的な豪雨となった。[*1]北陸本線を中心に列車の運休が相次ぎ、城端線、氷見線、高山線などが運転取り止めとなる。ひときわ激しい降りとなったのが能登地方で、七尾市内では住宅が浸水。線路も水につかり、崖崩れが発生した。大きな災害の危険も高まり、金沢方面と七尾、和倉温泉とを結ぶ七尾線は二〇日昼ごろから運転見合わせとなった。

こうして能登半島の地方都市七尾が珍しく大きくニュースに取り上げられたわけだが、よりによってこの週末に私は七尾行きを計画していた。北陸新幹線の開業で東京から金沢までは最速の「かがやき」に乗れば二時間半程度で到着する。たとえば東京八時三六分発「かがやき505号」なら、金沢で一五分程度の待ち合わせで一一時二一分発「特急能登かがり火3号・和倉温泉行」に接続し、一二時一三分には七尾に着く。四時間もかからない旅程だ。

ところが大雨のためにこの最速計画は完全に狂った。七尾線は二〇日は午後二時台から運休となったばかりか、二一日の日曜日も朝から運休。雨はあがり七尾でも青空が見えているようだったが、何しろまだ線路が冠水している。

とりあえず金沢まで行ってみることにした。新幹線は通常通りの運行で、東京から「かがやき」に乗ると二時間半で到着した。晴天の金沢の駅前はいかにも八月の週末らしく若い観光客があふれている。しかし、在来線の乗り換え口に行ってみると、七尾方面は相変わらず運休中で、駅員に確認すると、「水が引くまで待つ」との返答だった。

水というのはどれくらいで引くものだろう。なかなか困った状況だったが、こうして最速計画が狂ってみると、あらためて七尾という町の相貌が浮かび上がってきた。時刻表を見ると、金沢からの各駅停車は一時間に一本か二本。所要時間一時間半。特急なら一時間程度だが、午前中と午後にそれぞれ二、三本、夕方は一本だけである。長距離バスも走っているが、所要時間は二時間半で行き先は和倉温泉だから、そこからさらなる移動手段が必要となる。もちろん東京から飛行機で小松空港に飛ぶという手もあるが、その場合も七尾までの移動手段は同じだ。

決して陸の孤島というほどではない。ただ、どこか物足りない気もする。畠山氏によってかつて七尾城という立派な城が築かれ、一五世紀の応仁の乱の後には京都から多数の文化人が移り住んだ〝文化の地〟である。加賀藩の初代・前田利家は七尾城に代わる居城として、同じ七尾に小丸山城を築く。後に金沢に移って藩を大きく発展させた利家にとって、この城は「出世城」だった。歴史の節目に七尾がある。商業的にも、能登半島の真ん中に位置する七尾湾は、重要な位置を占めてきた。一本杉通りと呼ばれる町の目抜き通りは今や商店もまばらだが、道幅も広く、まっすぐ長く伸びる道に沿って古い軒がならぶ光景は、かつての栄華をしのばせる。

つまり、七尾というのはなかなかおもしろい町なのである。観光地として全国規模の人気を誇る金沢の近くにあるのに、交通の便はそれほどよくない。知名度も控えめで近隣観光の目玉とは言えない。週明けの月曜に私も何とか七尾行きを果たしたが、ひなびた地方ターミナル駅の風情を漂わせるホームから駅舎を抜けると、小さなロータリーの向こうにおよそ風情のないビルが二本ならび、ドン・キホーテやスーパーや役所を詰め込んで建っている。華やかな賑わいとは縁がない。小さな地方都市として自立するための最低限の施設だけを整えた町と見える。しかし、歴史を掘り起こしてみると、ストーリーの切れ端のようなものがけっこう目につく。くすんだ皮膜に覆われた中にそんな潜在力を感じさせるのが七尾の味なのだ。

西村賢太という謎

二〇二二年の二月に急逝した西村賢太が、大正時代の小説家藤澤清造の「歿後弟子」を名乗っていたことはよく知られている。清造の作品との出会いと、とりわけその生き様への共感が、私小説作家としての西村の活動の原点ともなった。七尾の貧しい家に生まれた清造は演劇に憧れて東京に出てくると、雑誌記者などをへて作家活動に入るが、その道は順調とは言いがたく、いくつかの作品を残しただけで大きな注目を浴びることもなく、最期は芝公園で凍死した。梅毒にかかっていたとも言われる。

そんな清造への西村の入れ込みぶりは相当なものだった。しかも、そのこだわりは明確な「形」を持っていた。ここでは、西村作品の主人公の行動や習慣が作家本人のそれとかなり重なるという前提に立って話を進めるが、[2]たとえば西村は毎月の月命日に清造の菩提寺を訪れて供養を行うのが習いになっていた。一年に一度の祥月命日には当地で関係者を集めた法要「清造忌」も実施した。このような七尾での法要が慣例化する以前には、清造が凍死したと思われる芝公園で、一月二九日午前四時というその死亡推定時刻かっきりから一時間ほど個人的な法要をしていたという。真冬のこの時間に、一人で一時間も寒風に吹かれてたたずむ姿はさぞ異様だったろう。誰に命ぜられたわけでもない。西村が自分で決めたことである。もちろん、予定通りに行かなくとも誰も文句は言わない。しかし、彼は自分で決めたこうしたルーティンを守った。供養のために、一時は七尾にアパートまで借りた。

西村の大きな目標は墓の建立と、作品の刊行だった。墓については菩提寺の西光寺にある清造の墓に隣接して、自身の生前墓を作ってもらっている。寺に保存されていた清造の古い墓標は東京の自宅に引き取り、特注の専用ケースを用意して宝物のように自身の居室に陳列した。作品については新潮文庫や角川文庫から『根津権現裏』『藤澤清造短篇集』といった形での刊行を果たしたが、長らく予定されていた全集は内容見本のみでついに陽の目は見ていない。藤澤清造や、それ以前の田中英光に限らず、西村は作家の初版本等への関心が強く古書業界とのかかわりも深かったし、未刊の著作物を自らの手で刊行しようとすることもあった。勝井隆則によれば、探偵小説作家・朝山蜻一の著作の刊行を計画し、遺族に挨拶しに行ったこともある。[3]

やや過剰とはいえ、こうした「形」へのこだわりは〝推し〟を支える気分としては理解できなくもない。ただ、興味深いのは西村のこだわりの根に「旅」、もしくは「移動」が絡むことが多かったことである。とりわけ七尾という土地での定期的な墓参は、西村賢太という作家の独特な心の構造を示すように思われる。

移動する作家

西村の人生も要所で「移動」が意味を持った。何より大きな「移動」は父親の逮捕に伴うもので、生家のあった江戸川区から船橋、町田と母親に連れられて引っ越しを重ね、その後、中卒で家出してからは神奈川、東京の一帯を頻繁に動き回っている。定職につかず日雇い労働でしのぐ時期もあったようで、見知らぬ現場への日々の移動も見逃せない。

そんな西村にとっても、ときには家賃を滞納し、風俗通いを我慢してまで定期的に通った七尾への旅は特別な意味を持ったが、七尾での墓参は順風満帆どころか、しばしば困難を伴う。西村が墓参をはじめた頃は北陸新幹線はまだ開通しておらず、東海道新幹線で米原まで行ってから在来線で金沢に出て、そこからさらに七尾線に乗り換えることになる。そんな旅行を本人が楽しんでいたなら話は別だが、「墓前生活」には「当初は東京、七尾間を新幹線と在来線で往復していたが、通過する景色に見飽きてからは、もっぱら飛行機を選ぶようになっていた」とある。[*4] つまり、七尾行きも当初の物珍しさがなくなってからは退屈なルーティンと化した。

奇妙な話だが、自分で決めた七尾行きをいかに快適に、かつ最速でこなすかが重要となった。「どうで死ぬ身の一踊り」には、同居している女性ともめたために飛行機に間に合いそうになくなり、予定が狂う主人公の苛立ちが描かれている。

そのとき私は、十一時発の小松行き便に乗りたかったのである。一時過ぎに金沢駅に入る、大阪発和倉温泉行きの特急列車に乗る為に、その便にはどうでも搭乗したかったのである。何しろこれだと二時頃には七尾に到着できるし、清造の菩提寺へ前日の挨拶に行くのも、まだ陽のあるうちに済ませられる。だが、これをのがすとなかなか不便なことになり、金沢でもすぐとはかの地に向かう電車がなく、えらく中途半端な時間の潰しかたを強いられた上で、禁煙の普通電車に一時間半程もゆられなければならない。ひどいニコチン依存症の私にとり、これはかなりの苦痛であった。[*5]

「大阪発和倉温泉行きの特急列車」とは、関西方面と七尾とを一日一往復走る「サンダーバード」のことだと思われるが、こうした名称への言及が周到に避けられていることにも注目していいだろう。毎月、東京・七尾間を往復していた西村は列車の名称はもちろん、正確な発着時刻も頭に入れていたはずだ。移動のルーティン化は、頭の中に路線図と分刻みの時刻表とを描かずにはいない。

こうした旅のルーティン化と、あくまで「形」の反復にこだわる西村の供養は、キャビネットを用いた事務処理とも重なってくるが、そこにもう一本、補助線を引くとよりはっきりした見取り図が描ける。「墓前生活」には、次のような興味深い一節がある。主人公が清造の菩提寺で、縁の下にぞんざいに置かれていたその墓標をもらい受けようとして「下さい」と申し出ると、先方が明らかに当惑した様子になったのである。そこで彼は自身の清造へのこだわりをあらためて振り返り、感慨にふける。

それにしても、何んであのとき、ああも唐突に「下さい」が出たものだろうか。それが自分の口から出るまでは、まさか墓荒らしじゃあるまいし、そんなことは思ってもみなかった。〔……〕その墓が、今現在は墓としての本来の役目を終えているならば、ちょうどあの鉄道マニアが、廃止された蒸気機関車のプレートを欲しがるように、モニュメントとして蔵したい気持がやはりどこかにあったのではなかろうか。[*6]

主人公はこの後さらに、自分の清造へのこだわりぶりについて「その証拠に、この部屋はどうだ。こんな風通しの悪い、豚小屋のような八畳一間の壁にも清造の自筆書簡額を二面までかかげ、至るところにその原稿やら葉書やら写真やらを飾って、あくまでも自分の為の〝展示〟をしている」[*7]と自嘲気味に語る。しかし、そうした自嘲を乗り越えて彼はあらたな確信を得るのである。清造の著作を収集し読みふけったのはたしかに意味があった。墓標にしても単なるモニュメントではない、という。「この墓標は、今しばらくの自分の心の支えとして必要なのである。また、最初の展墓の際、墓前で決意したことを貫けるかどうかの、これ以上にない監視哨ともなる」[*8]。

西村はここで明確な線を引く。「鉄道マニア」によるモニュメントの収集は、生きる必然とはかかわらない気楽な趣味のようなものだ。対して、清造の墓標は自分の「心の支え」となるもの。まるで性質が違うというのである。たしかに主人公には――そして西村にも――切羽詰まったものがある。しかし、その切羽詰まり方の構造には、実は「鉄道マニア」の心境と大いに重なる部分があるように思える。

時刻表のように小説を書く

「墓前生活」中の「鉄道マニア」への言及は、単なる喩えとも思えるかもしれないが、実は西村作品の主人公には鉄道マニア的な傾向が見て取れる。「瘡瘢旅行」には窓際の席を求めるあまり、同棲中の女性と前後の席に座る主人公が描かれるが[*9]、そうしたエピソードに限らず、より深いところにこの特徴は確認できる。

あらためて文学と旅行の関係を振り返っておこう。もともと小説ジャンルの源流には紀行文学があった。近代小説の基礎を築いたと言われるダニエル・デフォーの『ロビンソン・クルーソー』や第４章でも扱ったジョナサン・スウィフトの『ガリヴァー旅行記』なども、当時人気を博していた旅行記をお手本にしている。一寸先は闇、どんな出会いが待っているかわからない、という遠方への旅は、物語的な波乱を取り入れるのに都合がいいだけでなく、〝真相探求〟という構造も組み込みやすい。遠くへ、奥へ、と旅を進めることはおのずと自己発見にもつながる。小説と旅行記はとても相性がいいのだ。

ただ、初期の旅行記では移動が船やときには馬車、徒歩といった手段によって行われたのに対し、一九世紀以降は急速に発達した鉄道による旅行が増える。そこには大きな違いがある。鉄道はあらかじめ敷設されたレール上を移動するのみで、ルートは限定されている。かつ、ほぼすべての場合、列車の運行は自分の自由にはならず、あらかじめ決められた時刻表に従うしかない。もちろん列車の車体もその場であつらえたり、どこかから借りてくるといったことはできない。

つまり、鉄道の旅はグリッド状の路線図が象徴的に示すように、設置済みのシステムに拠ったものなのである。ルートも時間も手段も、すべてがあらかじめそこにある。こうした縛りはとても窮屈に感じられるかもしれないが、鉄道マニアはまさにこの窮屈さそのものを楽しむ。

「用事」の鉄道性

内田百閒の『阿房列車』は鉄道マニアによる紀行文の古典とも言えるものだろうが、その冒頭部の「用事がなければどこへも行ってはいけないと云うわけはない。なんにも用事がないけれど、汽車に乗って大阪へ行って来ようと思う」という有名な一節には、鉄道マニアならではの心境が読み取れる。鉄道は近代の申し子であり、鉄道による移動には近代ならではの「用事」という概念がつきまとう。[*10] ここで言う「用事」とは、明確な目的をかかげた上で計画を立て、合理的に遂行される一連の行動のことである。つまり「用事」は、目的に向けた行程をつねに視野に入れているという点では、道筋や所要時間のあらかじめ設定された鉄道というシステムにうまく適合する。「用事」は鉄道的なのである。あるいは鉄道が用事的だと言ってもいい。行き先や時刻表のない列車はないし、レールの上を走る以上、その運行は嫌でもロジカルな連続性をもたざるをえない。鉄道は究極の合理性を形にしたシステムなのである。山崎正和の言葉を借りれば、それは「近代国家の統一の象徴であり、異質性よりは等質性の、特異性よりは普遍性の象徴」なのである。[*11]

しかし、逆に言えば汽車に乗るという行為は、どうしても「用事」から逃れることができない。汽車に乗るとは方向や路線、時間、そして行き先を確定させることだし、そうなると――商用であろうと娯楽であろうと――嫌でも目的は絞られてくる。つまり汽車に乗るだけで、その目的は「用事」に格上げされてしまうのである。しかし、だからこそ百閒の「なんにも用事がないけれど」の一節が意味を持つ。汽車に乗ることを「用事」から切り離し、乗ることそのものを楽しんでみせようという挑戦がここにはある。

では、どうすれば鉄道の利用を「用事」から切り離すことができるのだろう。その第一歩は数字や名前そのものへの注目である。「忘月忘日の日曜日に出かけようと思い立った。十二時三十分東京駅発の特別急行第三列車「はと」号で行くつもりである[*12]」。日付は書かないのに、発車時刻、駅名、列車名が明記されているあたりに、鉄道というシステムに対する独特な「目」の向け方が表れている。鉄道は徹頭徹尾人間が作り上げた人工の構築物だが、鉄道マニアにとっては、ホーム、駅舎、車両、内装などの物理的な要素から、時刻、編成、命名、旅客管理などのソフト面まで、すべてが観察と賛嘆の対象となりうる。「東京駅の歩廊は無意味に長い。八重洲口の改札から出て、長距離列車の切符売場の出札口へ急いだ[*13]」といった描写にもそうしたこだわりの一端がのぞく。やがて著者はよりはっきりと自らの姿勢を示す。

腹ごしらえはトウストだけで済ませて食堂を出た。それから更(あらた)めて改札を通って、長距離列車の歩廊へ出た。もう「はと」は這入(はい)っている。私は汽車に乗る時、これから自分の乗る列車の頭から尻まで全体を見た上でないと気が済まないのだが、いい工合に階段を登ってその歩廊へ出た所に、荷物半分三等半分のハニの第一号車があって、十輛編成の最後の十号車が一等であるから、そこ迄歩いて行く間に「はと」の編成全部を見る事が出来る。[*14]

「これから自分の乗る列車の頭から尻まで全体を見た上でないと気が済まない」という一節に示されているように、鉄道マニアは徹底してシステムの出来具合を確認したいのである。そこには「ハニ」「荷物半分三等半分」「十輛編成」「十号車」といった記号や規格、数字の情報が入り、いかにも鉄道らしい無機的な安定感と不動性を顕示する。そうした無機性の向こうには、涼しい緊張感をたたえたリアリズムの気配も漂い、人間が作ったものなのに人間を超えるような冷たい崇高さが生み出されている。

鉄道は徹底して機能的であり、無駄がない。これに対し、「これから自分の乗る列車の頭から尻まで全体を見た上でないと気が済まない」という百閒のこだわりはすでに非合理の域に達している。まさにここが鉄道マニアの真骨頂とも言えるだろう。究極の合理性を体現した鉄道に徹底してこだわり、見たり乗ったり、覚えたり計算したり、記録したり収集したり、そして現代であれば撮影したりもする。合理性そのものに惹かれてのめりこむ一方で、そうした合理性への耽溺が非合理性を示しているのだ。

「鉄学者」を自認する原武史もまた鉄道に関するこだわりにあふれた著述で知られるが、その出発点には合理性と非合理性との驚くべき融合が見られる。たとえば特定の車両への偏愛が高ずるあまり、その「行動パターン」を調べ尽くし把握した上で、およそ「用事」的な功利性からはほど遠い行動をとる。

［……］70年代には、まだ鉄道省時代の面影を残す列車が新宿駅にすら残っていた。当時の3番線に10時51分に入線し、12時8分に発車した松本ゆきの普通列車がまさにそれだ。昭和初期に登場した新宿12時30分発長野ゆき普通列車の後身に当たり、電気機関車が客車を引っ張る編成も変わっていなかった。

［……］私は小学6年だった74年にこの列車に魅せられ、毎週日曜日に車内で弁当を食べ

るため、3番線に1時間あまり止まっていた列車に乗り込む習慣を続けた。数分おきに電車が入ってくる新宿駅の中央線ホームで、まるでそこだけが「戦前」と変わらない空間を保っていた。*15

列車への愛を成就するために、時刻やホームなどの「数」に基づいて緻密に運行状況を把握する姿勢には、鉄道マニアならではの事務狂いが見て取れる。原は「経済合理性や効率の観点から言えば、そもそもこんな列車が残っていること自体、大いなる無駄以外の何物でもなかった」と言うが、そうした「無駄」の価値をきちんと評価し描き出すことができるのが原の力でもある。その境地は倒錯的とも見えるが、おそらくそれだけに終わるものではない。

鉄道を愛するとはどういうことか

現代の鉄道マニアのバイブルとなったのは宮脇俊三の『時刻表2万キロ』である。中央公論社の編集者だった宮脇は退職するまで著述活動は控えていた。そんな宮脇がいよいよ満を持して刊行したデビュー作が本書である。鉄道マニアと一口に言っても力点の置き所はさまざまだが、宮脇がとりわけ関心を持っていたのは時刻表だった。たとえば宮脇は列車に乗っても、時刻表を見ながら「現物と照合」するだけで興奮を覚えるという。

急行「越前」は20時51分を待ちかねたように定刻に発車した。今夜は付き合ってくれた人たちとかなりお酒をのんだので、寝台車ではもうのまない。あすは4時50分着の富山で降りるから早く寝たほうがよいのだが、あいにく私の寝台は右側にある。右側にあるからつぎつぎにすれちがう上り列車が見えてしまう。見えれば、それらがダイヤどおりに走っているかどうか気になる。

時刻表を開いて窓外を眺めながら現物と照合するのは楽しい作業である。ダイヤどおりならあと三〇秒以内にすれちがうはずだぞ、と緊張していると、ぷわあーという警笛とともに窓外を走り去る。気持ちのいいものである。[*16]

時刻表を見てすれ違うタイミングを計算するにもそれなりの知識と技能が必要だが、何と言ってもこの「照合」の作業に対する興奮ぶりは印象的である。

尾久(おく)で停車中の黒磯発622Mとすれちがい、つぎに新前橋発の922M、赤羽を通過したところで秋田発の特急「つばさ2号」、西川口で仙台発の特急「ひばり12号」、さらに高崎発の客車列車2326、秋田発の急行「おが1号」、新潟発の急行「佐渡3号」と、大宮までの間ですべてほぼ正確にすれちがった。きりがないから、もう眠ろうと思う。[*17]

こうして何とも嬉しそうに「照合」の作業が進められる。鉄道趣味と無縁の人でも、このように文章にされてみると何か原初的な快楽のようなものが感じ取れるのではないだろうか。名前や数が列挙され、ユニットが切れ目なく連鎖する。イメージの連続にはただそれだけで私たちを興奮させる不思議な作用がある。

近代小説ではとくに移動の描写は、作品の基底をなすリズムや呼吸を生み出してきた。『阿房列車』の「鹿児島阿房列車　前章」には次のような一節がある。生まれて初めて下関から海底トンネルをくぐり博多に着いた著者は、予定していた宿を探すがうまく見つからない。やむを得ずその場で宿を紹介してもらって向かう。

> 仕方がないから案内所で宿屋を紹介して貰い、小型のタクシイで揺られて随分遠くの方まで行った。幅が一間余りのどぶ川があって、両岸に暗い柳の垂れた幽霊の出そうな所へ行き著いて、宿屋の玄関に迎えられた。
>
> 御馳走を食べさしてくれて、何の不足もないが、食塩を持って来いと云ったら、小さな容器の蓋に緑青(ろくしょう)が一ぱい吹いていたのと、壁を隔てた隣室の泊り客が、大きな声で独り言を云うのが気になった。*18

すでに著者たちは汽車を降りているわけだが、出来事がまるでレールの上を滑走するかのような安定したリズムで語られる。予約したはずの宿は見つからず、連れて行かれた宿は何だか気味の悪い場所にある。部屋の居心地もさほどよくない。しかし、そうした個別の問題にもかかわらず、イメージは小気味よく連鎖し、時間が流れ、旅が進む。このリズムが『阿房列車』の読み心地を作っている。

西村賢太が時間をつくる

「どうで死ぬ身の一踊り」では、予定していた小松行きの飛行機に乗れなかった主人公は空港でいかに時間をつぶすか考えあぐね、仕方なくビールを飲み始めるものの、店に居合わせた団体旅行の集団が神経にさわってしょうがない。苛立ちのあまりビールも進み、このままだと金の無駄遣いになるし、酔いも進みそうなので店を出ることにした。ところがそこへ、小説の展開上、重要な意味を持つターニングポイントが訪れる。きっかけはトイレでの小便だった。いかにも西村らしい展開である。

手近の閑所で急に溜まってきた小便を放出してから、また外に煙草を吸いに出てみたが、そのとき目の前を通過した私鉄バスに、萩中経由蒲田駅行、との表示が出ているのが目に入った。大田区内の萩中と云うのは、私の母方、つまりは現在の私の姓の家の墓所がある町だ。子供の頃は、あれで年一回ぐらいは親に連れられ、墓参りに出かけていたものだろうか。最後に行ったのは中学一、二年ぐらいのときだったような気がするから、もうかれこれ四半世紀程は訪れていないことになる。その寺の名前も憶えてはいない。

見るとそのバスはプラットホームの尖端に停まったが、どうやらここが始発のものらしく、かつ、出発まではまだ間があるとみえて、エンジンを切り待機をしている風であった。

うまい具合に時間潰しの方策を見つけた思いで、私はそのバスに乗り込んだ。[*19]

ごくなめらかに読めてしまうところだが、あらためて見直してみると、ここでも否応のない連鎖で出来事が進んでいくような、有無を言わせぬ流れが確認できる。喫煙にしてもビールの後の小用にしても、主人公にとっては生理的な必然である。そこへバスが通過し、表示が目にとまり、「萩中」という地名から連想が進む。親に連れられての墓参り、最後の記憶、寺のこと。そのバスはまるで彼を誘うようにして停まった。そこに乗り込むのは、ほぼ必然なのだった。

いや、果たしてこのバスに乗り込むのはほんとうに必然なのだろうか。しかし、これを必然に見せる何かが「どうで死ぬ身の一踊り」にはある。深い部分ではそれは墓や死者へのこだわりであり、幼少期への思いでもあったかもしれないが、同時にたえず移動し暇を潰していないと気のすまない主人公の気質がある。何より、鉄道マニア的な分刻みのイメージ連鎖のリズムに乗る文章が、一ヵ所にとどまらず動きつづける運動の感覚を生み出している。大枠としては七尾行きという大きな「必然」があり、また藤澤清造への思い、私小説の執筆といった揺るがしがたい「用事」が、グリッド状に主人公を支配している。西村の主人公はまるでこの「用事」の線をなぞるようにして動きつづける。グリッドは有限であり閉じてはいるのだが、閉じた鉄道網にもさまざまな移動の組み合わせ方があるのと同じように、彼の動きもその都度、新しいヴァリエーションを見せる。

日記のリズム

そんな西村賢太的な文章の間の取り方がもっとも純粋な形で出ているのは、しばしば、ただの日記なのになぜかおもしろい、との感想が持たれる「日乗物」である。たとえばシリーズ第一巻となった『一私小説書きの日乗』には下記のような非常に安定した時間の流れ方が記録されている。

七月二十三日（土）

午前九時起床。葛西善蔵祥月命日。

大急ぎにて、『東スポ』連載十三回目を書いて送稿。

昼過ぎ、携帯電話に迷惑メールが来る。初めての経験。

町田康氏の新刊『残響　中原中也の詩によせる言葉』（ＮＨＫ出版）を拾い読み。

夜八時、鶯谷「信濃路」。打ち合わせ的な飲み会のようなもの。早々に帰宅。[*20]

原稿を送ったり、迷惑メールが届いたり、本を開いたりする中、時間は刻々と流れる。基底にあるリズムは安定し、つねにどこかの「用事」に向かって事が進んでいくかのような堅調さを感じさせる。もちろん、ときには活字になった記事が今ひとつ気に入らないとか、もめ事があったとか、原稿が書けないといった、単なる「用事」から逸脱する書き込みもある。心情吐露や決意表明のような箇所もある。しかし、エピソードや人間観察や怒りや呆れや興奮も、列車の発着のような時間の切れ目に従属している。日記ならではの頻繁な改行は時刻と路線と列車番号からなる運行ダイヤの構造を連想させる。

ただの日記なのに読者を引き込むのは、こうしたキレのいい時間なのかもしれない。どうということのない日常を書いているだけなのに、つい読んでしまうのもそのためではないか。そして、このリズムはより複雑な時間を描いていると見える西村の小説作品でも同じように生きている。

そこであらためて注目すべき点がある。この日記は二〇一一年の三月から連載された。しかし、日記の書き込みでは、二〇一一年の三月一〇日の次が三月一二日となっている。

三月十日（木）

毎日新聞に、鈴木琢磨氏によるインタビュー記事が出ていることを知り、セブンイレブンへ購めにゆく。

事前にゲラが送られてこなかったので、自分の発言中、藤澤清造の初版本のくだりと石原慎太郎氏に関する箇所に、ひどく言葉の足りていない点を感じる。が、もうあとの祭りなので、どうにもならない。

文春文庫版『小銭をかぞえる』の発売日。

夜、久しぶりに宅配寿司（四千円弱の握り）を取って食べる。

三月十二日（土）

終日、きのうの地震の余震が続く。
これに感じるストレスと云うのは話には聞いていたが、成程確かに気味の悪いものである。
別口の文庫本のゲラが届く。*[21]
［……］
この引用を見てもわかるように、三月一一日、東日本大震災の日が欠けているのである。まるで何事もなかったかのように一〇日の次が一二日に飛び、「終日、きのうの地震の余震が続く」といった記述になる。

世間を騒がせるような出来事や流行への言及を避けるのは他の作品にも共通する西村のスタイルだ。日記なのに東日本大震災の当日の記録がすっぽり抜けているというのは、いかにも西村らしいと思える。真意はよくわからない。ただ、確実に言えそうなのは、つい読み進めてしまうような安定したリズムにしても、「用事」に取り憑かれたような隙のない行動パターンにしても、あるいは閉じたルーティンを背負ったような拘束感にしても、慎重な〝排除〟の上に成り立っていたということである。そこには西村賢太なりの「事務」の使い道があった。
「本の雑誌」二〇二二年六月号の西村賢太追悼特集には担当編集者による座談会が掲載され、打ち合わせ時の西村の方針が話題になっている。

田［……］一冊ごとに今回はこういう趣向でと、本をつくる前か連載を始める前にプレゼンの会があるんですよね。「まずはビールを飲んで酔っ払う前に」って。
山　そうそう。「その日に話すことリスト」みたいなメモを出してきて。「まず一つ目」とかって読み上げていく。
田「これとこれとこれを」と西村さんが読み上げるのに対して「これとこれはできますがこれは難しいですね」というやりとりをやってから飲み会になる。
崔　最初にやってましたか。僕の場合はけっこう中盤あたりから始まってたけど。
柴　相手によって戦略を分けているんだ。面白いな。*22

こうした几帳面なリスト化は小説中でも戯画化された形で描かれている。西村の小説では暴力や罵倒を伴った失敗事例がどうしても目立つが、それとセットになっていたのがこうした型への執着でもあった。

グリッドと「脱線の効用」

先ほど『阿房列車』の「これから自分の乗る列車の頭から尻まで全体を見た上でないと気が済まない」という箇所を引用したが、実は引用部分には次のような続きがある。

> 〔……〕その側ばかり見て歩いて行った。汽車に乗るのは随分暫く振りである。この前乗ったのは戦争になる前であったから、間に十年近くの歳月が流れている。戦争になってからは、疎開という名目で逃げ出すのがいやだったから、じっとしていたので当時の混乱した汽車の実況は知らずに済んだ。[*23]

鉄道マニアといえども、鉄道周辺の情報からこのように逸脱することは頻繁にある。外の世界へと通ずる窓口が完全に閉ざされるわけではない。旅行記も順調な旅ばかりが描かれるわけではない。

『時刻表2万キロ』でも、あらかじめルールの決まったグリッド状の世界で、ほとんど倒錯的なまでにルールそのものを嘆賞しようとする著者の姿勢は、その常人離れした執着ゆえ壮大ささえ感じさせる。総延長二万キロをカバーするために、いかに乗り逃した地方のマイナー路線にたどり着くか、どうしても合わない計算の齟齬（そご）をわざわざ鉄道会社に問い合わせてでも解決し、いかに合理的に説明するか、といったところにもロマンがある。しかし、よりおもしろいのは、そうした鉄壁の合理性に挑戦するかのように、野心的な逸脱が試みられるところである。列車の表示に誤誘導されて予定が狂った宮脇が、乗るつもりだった列車を逃したくだりがある。何とかこの列車に追いつくため、彼はあれこれ思案をめぐらせ作戦を立てた上でタクシーを飛ばす。

しかし私は一計を案じた。さいわい7時17分発の富山行がある。富山着8時14分であるから予定していた8時04分発の富山港線には間に合わないが、終点の岩瀬浜（いわせはま）までタクシーをとばせば8時31分に折り返す富山行には乗れそうである。そうなれば、猪谷での大失敗を回復して計画どおり富山発9時00分の急行「立山1号」に乗れるではないか。富山―岩瀬浜間八・〇キロの富山港線には、それに平行して県道がある。休日の朝だから道は空いているだろう。車なら一五分はかからないと予想される。きわどい芸当をしなければならないが、岩瀬浜で二、三分の余裕は持てそうである。[*24]

時刻表と格闘し、「一計」を案じる著者は何と生き生きしていることだろう。何と野心的で自信に満ち、しかもどこか危ういものまであって、まさに物語の主人公然とした風情がたっぷりだ。そして、このように時刻表や鉄道網をベースに「一計」を語る姿勢は、「どうで死ぬ身の一踊り」から絶筆『雨滴は続く』に至るまでの西村作品に描かれる現実との付き合い方とそっくりのようにも思える。自らが取り憑かれたグリッド状の現実と格闘し、ときどき逸脱を経験しながらも、刻々と流れる容赦ない時間に自らの語りを乗せていく。ルールや習慣やモニュメントへの倒錯的なまでの耽溺にしても、逸脱が引き起こす微笑ましくも美しいエアポケットのようなひとときにしても、洗練された事務狂いの世界ならではのものだ。そこには文章においてもっとも本質的であり難しくもある、時間との秘儀めいた付き合い方が組み込まれている。

【参考文献】

◆内田百閒『阿房列車　内田百閒集成1』ちくま文庫、二〇〇二年。
◆勝井隆則「西村さんの未刊本」『本の雑誌　特集：結句、西村賢太』本の雑誌社、二〇二二年六月号、五六～五七頁。
◆崔鎬吉、柴崎淑郎、田中光子、山田剛史「北町貫多は「寅さん」だった⁉」『本の雑誌　特集：結句、西村賢太』、三六～四五頁。
◆西村賢太『どうで死ぬ身の一踊り』新潮文庫、二〇一二年。
◆西村賢太『一私小説書きの日乗』角川文庫、二〇一四年。
◆西村賢太『羅針盤は壊れても』講談社、二〇一八年。
◆原武史「歴史のダイヤグラム――国鉄に育てられた私」「朝日新聞 be」二〇二二年一〇月一五日、四頁。

◆宮脇俊三『時刻表2万キロ』河出文庫、一九八〇年。
◆山崎正和「「近代化」の道行文」宮脇俊三『時刻表2万キロ』二五七〜二六二頁。

＊1　「ウェザーニュースLiVE」（https://twitter.com/wni_live/status/1560826311085805569）等参照。
＊2　西村作品中の会話や出来事にはさまざまな理由から脚色等が入っているようだが、藤澤清造の法要をめぐる記述はかなり正確な部分が多いと思われる。今後、研究が進めば、より正確な事情が明らかになるだろう。
＊3　勝井、五六頁。しかし、この企画も陽の目は見なかった。「その朝山の本の行く末だが、ある日、うちに送られてくる古書目録に目を通していたら、「朝山蜻一資料　一函」という字が目に止まった。西村さん、函一つ売り飛ばしたらしい。まあ、清造以外ならポシャってかまわぬ西村さん、他の資料もどうなったか、結句、『朝山蜻一未刊行作品集』は陽の目を見なかった」。
＊4　西村（二〇一二年）、四四頁。
＊5　同、六一頁。
＊6　同、四五頁。
＊7　同前。
＊8　同、四八頁。
＊9　「そうか。実はぼくも、今日ばかりはどうでも窓際がいいんだ。なぜって、これから訪う本屋との折衝策を練り上げる為には、外の風景を眺めながらの方がいいプランを立てられそうな気がするんだ。ぼくは昔っから汽車の中で思索するときにはそうなんだ。［……］」「だからさ、今ちょっと思いついたんだけど、おまえだって折角、久々の新幹線なんだから、やっぱり見知らぬ景色を眺めたいだろう？　それだったらこの際、各々窓側席を取らねえか。そうすればお互いの希望に沿うんだし、今後遺恨の残る虞もないだろうから」西村（二〇一八年）、二二九頁。
＊10　余暇と仕事という対立も関係しそうなところだが、余暇のために鉄道を利用することはあったので、対立関係は複雑である。
＊11　山崎、二六一頁。

＊12 内田、一七頁。
＊13 同、一九頁。
＊14 同、二六頁。
＊15 原、四頁。
＊16 宮脇、一二頁。
＊17 同前。
＊18 内田、一四五頁。
＊19 西村（二〇一二年）、六五頁。
＊20 西村（二〇一四年）、九〇頁。
＊21 同、八〜九頁。
＊22 崔他、四一頁。なお、発言者の「田」は田中光子、「山」は山田剛史、「崔」は崔鎬吉、「柴」は柴崎淑郎をそれぞれ示す。
＊23 内田、二六頁。
＊24 宮脇、一七頁。

第9章

エクセル思考で小説を書く

エクセルはそんなに偉いのか?

このあたりで改めて「事務の思考」について確認しておきたい。事務ならではのものの考え方とはどのようなものだろう。第1章では『てにをは辞典』から「事務的な説明」「事務的な態度」「事務的な電話」といった表現を引用した。こうした定型句が機能するということは、私たちの中にも「そうだ、これが事務的というものだ」といった了解があるということだろう。

事務の語源となった bureaucracy（お役所主義、官僚主義）の背後には bureau（引き出し付きの机）のイメージがあった。机に向かって書き、整理する。ごく当たり前の作業とも思える。しかし、そこには「書き残すことが重要だ」という一種の文書至上主義が見られるとともに、区分けや整理の概念もついてまわる。現代社会では情報処理は紙ベースから電子媒体によるものへと大きくシフトしたものの、この整理のモデルは生き残った。電子媒体を扱うときに必須となるフォルダーによる分類や階層化は、引き出しや整理棚のイメージを――そのブロックや線や角の感触を――驚くほどそのまま引き継いでいる。中でもこうしたブロック整理のイメージをよく示すのは、事務処理で頻繁に使用されるマイクロソフト社のエクセルである。

エクセルの「事務らしさ」は、同じく汎用性の高いソフトウェアであるマイクロソフト・ワードと比較するとわかりやすい。ネット上で言葉のやり取りをする人でワープロソフトのワードを使ったことがないという人はいないだろう。今やワードは、言葉の世界の生活必需品となりつつある。これに対しエクセルは表計算ソフトである。同種のソフトはこれまでLotus 1-2-3などさまざまな商品が出てきたが、エクセルはウェブ上で使われるグーグル・スプレッドシートと並び、現在ではほぼ定番のソフトとなった。

もう一〇年以上前のことだが、私はかつてある知人にこんなことを言われたことがある。「ワードにできることで、エクセルができないことはないんですよ。エクセルはワードよりずっと優秀なんです」。実に事務的な口調だった。このMという人はちょうどこの頃、学会の事務局を担当していて、おそらく事務処理のことで頭がいっぱいだったのだろう。すっかり事務的な態度も身につけていた。

エクセルが「できないことはない」「優秀」だ、と聞いて私は、へえ、と思ったものだ。すべてエクセルで代替可能だというのか。でも、ワードの真っ白な頁の方が使い勝手がいいのではないか。線を入れたければ後から設定すればいい。何より、広々とした開放感がいい、文字を書こう、言葉を継ごうという気分になる。枠があったら邪魔じゃないですか？　といった疑念も湧いた。

一目みてわかるエクセルの最大の特徴は、その画面がはじめから分割されていることである。ワードのようなワープロソフトや、メール、SNSなどのメッセージ作成画面とは違い、画面が線によってセルと呼ばれる細かい単位に分けられている。こうしてブロックが用意されることで、情報はコピーや移動、集約などの整理がしやすくなり数値の計算も簡単になる。簞笥の引き出しのようなものである。簞笥がただの巨大な箱だったら使い勝手が悪いでしょ～

（笑）、と引き出しのある生活に慣れた人は言うだろう。

日常生活の必需品となったワードに対し、エクセルはこうして仕事世界での必需品となった。何よりそれは情報を把握するのにたいへん便利なのである。エクセルを使うのは「データを情報として「見える化」するため」[*1]という考えは、書店にならぶほとんどすべてのエクセル教本に共通して書かれている。エクセル以外のソフトでも、その中にエクセル的な性質を隠し持っていることが多く、年賀状ソフトの宛名リストや、Ｚｏｏｍの記録や、ウェブサイトのプロフィールなどをエクセルの形式に変換して情報を取り出すと、出来事はきれいに整理されている。エクセルが整理役を果たすことで、さまざまなシステムがつながるのである。

こうしたエクセル的な整理術は、さまざまな形で私たちの思考のあり方とかかわってきた。とりあえずそれは会計的な発想と言えるかもしれない。いや、会計的な発想にすぎない、とも見える。それだけにエクセル的なテクノロジーは整理整頓にすぎない、情報処理にすぎない、として軽視されたり、疎まれたりしてもきた。とりわけ文学や哲学や美の世界とはかけ離れている。私もワープロソフトの無地の画面にこそ、自由で創造的な場を見てしまう。しかし、これは本当に適切な見方なのだろうか。

「事務処理」が隠し持つもの

ワードとエクセルの「思想」の違いについてもう少し考えてみよう。試しにオーソドックス

Chapter 1	最初に押さえておくべき11の基本操作と考え方
Chapter 2	仕事が速い人は知っている1つ上の〝見せ方〟テクニック
Chapter 3	業務成果に直結する便利な関数11選
Chapter 4	計算チェックと絶対参照を極める章
Chapter 5	作業スピードを劇的に向上するショートカットテクニック
Chapter 6	コピペとオートフィル、並べ替え機能の超便利な使い方
Chapter 7	実践的なデータ分析のはじめ方
Chapter 8	Excelのグラフ機能を自由自在に扱うための5つのポイント
Chapter 9	最適なグラフの種類の選び方
Chapter 10	Excelの印刷機能をたった10分で極める
Chapter 11	Excel完全自動化による超効率化への招待状[*2]

なエクセル入門書の目次を参照してみる。

この目次立てからも、大まかな考え方の特徴は見て取れる。すでに触れた「見える化」と並んで、3章から6章、11章などで強調されているのは関数を使った作業の効率化やスピード、自動化などである。エクセルの枠はただの区切りではない。そのセルにはさまざまな仕掛けが張り巡らされている。その仕組みを理解すれば同じような情報処理を繰り返し、簡単に、そしてスピーディに行うことができる。そこには言葉や数値をめぐるある態度が読み取れる。次のようなものである。

・ベースは罫線によって作られた枠であり、そこにどんな情報が入るかは**任意**。
・だから、枠内の情報はいくらでも**交換もしくは反復**されうる。

・だから、枠内の情報はいくらでも**コピー**されうる。
・だから、枠内の情報の順番も**変更可能**である。

もちろん、ワードや紙媒体でも反復やコピー、順番の変更などは可能だ。しかし、大きな違いは、エクセルの枠でははじめから反復やコピー、順番の入れ替えが前提とされていることである。個々のセルにはそのための設定が用意され、枠による区切りを媒介にしてセルとセルの間でさまざまな交換や同一化や連携が行われる。優先されるのは枠であり、情報はむしろこの枠に従属している。そういう意味では枠内の情報はあくまで仮のもの、一時的なものにすぎないとも言える。他のセルにどういう情報が入力されるかであっさり既存の情報は書き替えられてしまう。一寸先は闇なのだ。

ワードの画面はどうだろう。デフォルトの白紙画面で大事なのは、言葉が一回限りのものとして演出されていることである。連続する白紙の画面からは、文章を前へ前へと流す時間の流れが読み取れる。そのおかげで書くという行為も区切りのない連続面の上で時間化され、前へ前へと進みながら連鎖する生き物のように提示される。

ワードというソフトはまさにその名のとおり、言葉をモデルにしているのである。そしてより重要なのは、その基底にあるのが時間の中で生成する「話し言葉」だということだ。数値であろうと記号であろうと日常会話だろうと、ワード上では言葉や記号が、まるで自然言語のように時とともに進むかに見える。これに対し、エクセルでは言葉や記号はどちらかというと

「書かれ、蓄積されたもの」のモデルに依り、整理棚や倉庫に収められた「もの」に近い。そこでは時間の流れや言葉の生命らしさは抑制、もしくは相対化されている。

言葉かものか。対立項をこういうふうに立てると、ワード対エクセルという対立のアクチュアルな争点が見えやすくなる。エクセル的な発想は言葉を〝もの化〟することで、より密接にものの世界になじませる作用がある。エクセルには事務的思考のある部分が凝縮された形で現れ出ているのである。

社会の「格子模様」

エクセルに見られるような格子状の枠は、さまざまな形で社会システムに組み込まれてきた。すぐに思いつくのは碁盤、見取り図、方眼紙などの基盤となる台紙や、「碁盤」が喩えとして使われる京都などの街路である。建物の構造、窓の枠、装飾品や衣服の模様などにも格子は活用されてきたし、空間表象の技術も平面や空間を格子状に分割するという発想に助けられて発達してきた。絵画面の遠近法はその典型と言えるだろう。しかし、より興味深いのは二〇世紀以降の美術で、格子の連鎖がそれ自体、美的刺激を持つものとして注目され新しい感性を育んできたことである。画家で言えばピート・モンドリアン、バーネット・ニューマンや、グリッドからストライプへの橋渡しを試みるショーン・スカリーといった人たちにそうした感性の発露が見られるし、[*3] ル・コルビュジエの建築なども、格子的なイメージの派生と見なすことができる。こうした格子の援用には事務的思考の広がりだけでなく、事務ならではの美意識と呼ぶべきものが見て取れる。

格子をゆるやかに延長したと見なせる形態もあちこちで応用されている。前章でとりあげた鉄道網はその好例である。必ずしも縦と横の線が直角に規則正しく交差するわけではないが、鉄道ならではの延長、曲折、枝分かれ、交差といった線の動きは、「網」と呼ぶのがふさわしいパターンの連鎖を生み出し、格子的な思想へとつらなっている。中心を欠いた連鎖は全容の把握も簡単ではない。ドゥルーズ＋ガタリは『千のプラトー』の中で樹木状の超越的システムに対して「根茎（リゾーム）」という概念を示し、「始まりも終点もない、いつも中間、もののあいだ、存在のあいだ、間奏曲 intermezzo」[4]としてある多様体の可能性を追求している。

> 樹木やその根とは違って、リゾームは任意の一点を他の任意の一点に連結する。そしてその特徴の一つ一つは必ずしも同じ性質をもつ特徴にかかわるのではなく、それぞれが実に異なった記号の体制を、さらには非・記号の状態さえ機動させる。リゾームは〈一〉にも〈多〉にも還元されない。［……］リゾームはもっぱら線からなる。次元としての切片性線、地層化線といった線である。また極限的次元としての逃走線や脱領土化線からもなっていて、これにしたがい、これを追っていけば、多様体は性質を変えて変貌してしまう。[5]

ただ、著者も述べるようにこの議論の目的は、樹木か根かという二元論による決着ではない。[*6]実際、リゾームと呼ばれるイメージは、それが発端において否定しているかに見える西洋的な官僚主義の特質を、その格子的な構造を通してある程度、体現しているようにも思える。ディケンズの『荒涼館』でグロテスクな官僚制の権化として描き出された法廷は、まさに「始まりも終点もない、いつも中間、もののあいだ、存在のあいだ、間奏曲 intermezzo」でもあった。[*7]

連鎖し錯綜する格子の構造的な複雑さは、囲碁や将棋の盤が生み出す広大な可能性からも十分にうかがい知れる。鉄道マニアの間では、現在のJRの鉄道網で同じ駅に二度立ち寄らずに乗り継げるもっとも長いルートを見つける、といった試みが行われる。こうした計算は熟練者でも難しく、数理工学の専門家が特殊な手法を使ってようやく解明できるという。以下はそうした計算をやり遂げた人物を紹介する記事からの抜粋である。

複雑で大量にあるパターンの中から、ベストな解を求める問いは「組み合わせ最適化問題」と言われる。荷物の配送時間短縮のため、たくさんの地点を1度ずつ回る最短経路の検索など、身近な技術として長く研究されてきた。

葛西さんはこうした問題に使う「整数計画法」と呼ぶ手法を使って経路を数式化。コンピューターで解くことで、「稚内→肥前山口」の最長ルートを証明した。研究室で発表すると反響が高く、学会でも論文として発表した。[*8]

こうした事例からもわかるように、もともとは人為的に開発された体系であっても、いったん形をあたえられ、さらに別の体系と組み合わせられたりすると、把握が容易でない複雑さを持つようになる。事務処理化された世界ならではの事態と言えるだろう。第3章でも触れたように事務処理化が行き渡った世界では、個々の人間が対応すべき処理はルーティン化＝単純化されるが、それと比例してすべてを統べる背後の仕組みは不可視なものとなっていく。そもそも全体を統一する原理や思想がない場合も多い。個々のシステムは網状につながっているだけなので、格子状の一つ一つの線が鮮明で区分けが明瞭でも、線が延長し連なった先にいったい何があるのかわからない。通常扱う範囲を超えて線のシステムを把握しようとすれば、たやすく個人の想像力を超えてしまう。そうしたとき、私たちは「無限」の相貌を垣間見るのである。

「道を歩く」とはどういうことか

鉄道網の原型は言うまでもなく道路網にある。もちろん、鉄道と違って多くの道では既存の枠から逸脱することはそれほど難しくはない。しかし、道に沿って歩くという行為には、人間にとってきわめて原初的な体験が潜んでもいる。そのあたり、ベンヤミンの記述を参照してみよう。

街道のもつ力は、その道を歩くか、あるいは飛行機でその上を飛ぶかで、異なってくる。それと同様に、あるテクストのもつ力も、それを読むか、あるいは書き写すかで、違ってくる。飛ぶ者の目には、道は風景のなかを移動してゆくだけであって、それが繰り拡げられてくるしかたは、周辺の地形が繰り拡げられてくるしかたにひとしい。道を歩く者だけが、道のもつ支配力を経験する。[*9]（「中国工芸品店」）

「道を歩く者だけが、道のもつ支配力を経験する」とあるが、これをよりわかりやすく言い直せば、まるで書き写すようにして道を歩く者だけが、道のもつ支配力を経験する、ということになるかもしれない。

平出隆は『遊歩のグラフィスム』の中でベンヤミンのこの一節を引用し、その要点は「自我の動き」が道の「曲折」に従うところにあるとしている。「[テクストを]書き写す者は、テクストの動きに自我の動きを従わせていくから、道が絶景や遠景を、林の中の草地や四方の眺望を、歩みの曲折のたびごとにひろげてくれる様子を経験することができる」[*10]。平出はこのように道の「曲折」に身を任せる方法を「ゆきあたりばったりの原理」と呼び、そこに特別な価値を見いだした。[*11]

『遊歩のグラフィスム』はそのタイトルにもあるように、ベンヤミンのボードレール論を視野に入れながら、道に身を任せるという姿勢を一つの原理として追求し、正岡子規から川崎長太郎までさまざまな作家や作品を取り上げる書物である。中でもとくに面白いのは著者の平出が「ゆきあたりばったり」と拮抗する正反対の原理とも折り合いをつけているところだ。著者は几帳面とはほど遠い生活を送っており、机辺の整理整頓もできなければ街を徘徊する癖もある。混沌志向があると言えるくらいなのだが、本人によればこれはむしろ「極端な秩序志向」や「まっすぐな整調的思考」とセットになっているという。

私にはつねに、目前の混乱を目にすると、当座にそれを片付けてしまうよりも、今後も恒常的に襲ってくるだろう混乱を恒常的に整理するための、コンセプチュアルな器や構造やシステムを考案することの方へ考えが向う、という性向があるらしい。[*12]

実際、同書の冒頭部で話題になるのは、著者が約二〇年前に購入し今でも使用している、厚紙でできた名刺を入れる箱の集合体である。掲載された写真を見ると、まさにエクセル的な枠組みの具現とも見える。単調で冷たくも見えるけれど、その均衡とまとまりは美しい。そこにはコンセプチュアルなこだわりが見て取れる。

平出の自己分析は、整理整頓に生じがちな逆説をあらためて照らし出す。「コンセプチュアルな器や構造やシステム」の探求は、下手をすると整理の先延ばしにつながるかもしれないが、他方で個々の整理に邁進すればシステム全体の把握は難しくなる。考えてみれば道に沿って歩くという行為は——つまり、ひたすら道の「曲折」に身を任せて線を辿りつづけるということは——道という大きな網状の秩序を尊重しつつ、他方でその原理の把握を諦め、自我によるコントロールも放棄する、という姿勢を宿している。

言葉を書き写すようにして道を歩く

格子は道の存在を思い出させる。格子を前にすると私たちは、あらためて道に対する態度決定を迫られる。格子の全容を把握しようとするのか。あるいはひたすら線の連続に身を任せ、道に支配されるのか。道とは社会のシステムそのものである。日々のお金のやりくりや、仕事の調整や、生活必需品の取得や、料理の手順や、赤ん坊のおむつの交換や、空模様を見ながらの洗濯などすべてが道的な網の目を構成している。

事務処理を円滑に進めるには、ひたすら道を辿るべきなのだろう。そのプロセスはあみだくじ的な「ゆきあたりばったり」とそっくりだ。あみだくじはもともとは放射状の棒からくじを引くシステムだったようだが、現代では縦の線に横棒を引くことで道の行く先を複雑化しくじにするのが一般的だ。そこでは線の交差の連鎖を通し、いったいどこに行くかわからないけど、必ず先にはつながっているという連続感が現出する。あみだくじは、手っ取り早く「線の無限」を垣間見せるシステムなのだ。もちろん、くじである以上、決着はつくが。

事務処理のわずらわしさが批判的に言及されるときには、しばしばあみだくじ的な「ゆきあたりばったり」が引き起こす主体性の欠如が問題になる。「ゆきあたりばったり」には真の意味での自由がなく、ひたすら道と格子の支配に身を任せている、といった批判がなされる。しかし、道を歩き、その曲折に従うという行為には、自由か不自由かという単純な二項対立では説明しきれない微妙な境地が伴う。以下にあげるのは、平出がはじめて台東区根岸にある子規庵を訪問したときのことを描いた一節である。


二〇〇四年秋のこと、糸瓜忌にあわせた九月の一カ月間の展示で、遺品の地図が一束、出品されるという新聞記事を読んで、よい機会だと思って訪ねた。

鶯谷駅北口を出ると言問通りを渡る。ほどなくして、いかにも老舗風の豆腐料理屋笹乃雪の角を左に、尾久橋通り沿いに曲ってさらに行くと、左斜めに入る小道があり、教えられた道筋より折れるのが早いが、どう見てもこちらが近道と思えたから入った。

すぐに出くわした町並みに、面食らった。まわり中がラブホテルとなったからである。こんなところで迷っているわけには行かないから、方向感覚を高めて道を辿ると、すぐにそれらしき家があらわれた。[*13]

道を辿る平出は決して「ゆきあたりばったり」で歩いているわけではない。目的地を目指し、周囲の状況に目をやりながら微妙な判断を行いつつ道を選び取っている。しかし、それでもなお、こうした一節には道に歩かされているという感覚が伴う。なぜだろう。おそらくそれは目に入るもの――「言問通り」や「豆腐料理屋笹乃雪」や「左斜めに入る小道」――が異物感や圧迫感やときには解放感とともに著者と出会うからだろう。道の風景を構成するこうした個々の要素は、エクセルの枠に似て揺るがず、無時間で、自我に対して超越的だ。小説の中ではこのように道を歩く人物が描かれることがよくあるが、そうした場面には作品がどのように登場人物や読者を遇するか、そのスタンスが現れ出る。

事務と文学との重要な接点がここにはある。エクセルの格子の思想は、小説を支える道の思想と重なるのだ。小説の貴重な原理をなすのは「道を歩く者だけが、道のもつ支配力を経験する」という実感である。しかもこの歩行は言葉を介して表現される。そこには言葉を書き写すようにして道を歩くという事態が出現する。道を歩く者にとって、道は絶対的な無時間と他者性を体現し、そのおかげで自分を超えて歩くことを可能にしてくれる。これと同じように道を歩くようにして言葉と接することで、自分を超えて書いたり、語ったり、そして読んだりすることが可能になる。それを可能にするのがエクセルに沿って歩くということなのである。エクセルの枠が生み出す網状の広がりは、私たちの現実をまったく新しい形に裁断していく。

「伊豆の踊子」の道

道を歩く人物を描くことを得意とした作家の一人に川端康成がいる。その初期の代表作「伊豆の踊子」では道を行く主人公の姿が印象的だ。冒頭の「道がつづら折りになって、いよいよ天城峠に近づいたと思う頃、雨脚が杉の密林を白く染めながら、すさまじい早さで麓から私を追ってきた」という一文につづいて、この短編は〝道を歩く物語〟として展開する。もちろん長大な旅程ではない。天城を越えて、下田まで行くだけである。しかし、道は、道を歩く者だけが知る感情をかき立てる。

私は二十歳、高等学校の制帽をかぶり、紺飛白(こんがすり)の着物に袴(はかま)をはき、学生カバンを肩にかけていた。一人伊豆の旅に出てから四日目のことだった。修善寺温泉に一夜泊り、湯ヶ島温泉に二夜泊り、そして朴歯(ほおば)の高下駄で天城を登って来たのだった。重なり合った山々や原生林や深い渓谷の秋に見惚(と)れながらも、私は一つの期待に胸をときめかして道を急いでいるのだった。そのうちに大粒の雨が私を打ち始めた。折れ曲った急な坂道を駈け登った。ようやく峠の北口の茶屋に辿(たど)りついてほっとすると同時に、私はその入口で立ちすくんでしまった。余りに期待がみごとに的中したからである。そこで旅芸人の一行が休んでいたのだ[*14]。

語るということと、道を歩くということが見事にからみあった一節である。「伊豆の踊子」の主人公の青年は旅芸人の一座の少女に何となく関心を募らせるものの、それは明瞭な形には結実せず微妙なところにとどまる。彼が一座と保つ関係もつかず離れずで、道を歩きながら彼が一座ととる距離感にはそうした曖昧な気分が表れ出ている。「[……]私は一つの期待に胸をときめかして道を急いでいるのだった。そのうちに大粒の雨が私を打ち始めた。折れ曲った急な坂道を駈け登った」といった箇所の運動性には、彼の心境が読み取れる。

しかし、道は彼の心の有様を隠喩的に表す代理物となるわけではない。彼が道を登ったり、風景に見とれたり、駈け登ったり、ひいては茶屋に辿りついたりする、その一つ一つのプロセスにさりげなく含意されるのは、彼が道に従属しているにもかかわらず、道の方はあくまでよそよそしいということである。

そうしたよそよそしさは、陰鬱な場面を描くに際しても大きな効果を発揮する。家族の反対もあって、彼が踊子と活動（映画）にいきそこねた晩の様子は次のように描かれる。

　私は一人で活動に行った。女弁士が豆洋燈（ランプ）で説明を読んでいた。直ぐに出て宿へ帰った。窓敷居に肘（ひじ）を突いて、いつまでも夜の町を眺めていた。暗い町だった。遠くから絶えず微かに太鼓の音が聞えて来るような気がした。わけもなく涙がぽたぽた落ちた。[*15]

気落ちした主人公の様子を描くこの箇所では、道はすっかり間引かれて省略気味の行程——「私は一人で活動に行った。女弁士が豆洋燈（ランプ）で説明を読んでいた。直ぐに出て宿へ帰った」——を通してごく間接的に表現されているにすぎない。しかし、こうした省略気味の描写こそが、主人公が道を歩き、道に支配された人であることをあらためて浮かびあがらせる。彼の暗澹（あんたん）たる夜を表現するのもまた、道を歩くという行為なのである。むろん、主人公と道とはイコールで結ばれるような関係にはない。主人公と道とは決して似ることはない。網状に曲折する道は、自我を超え、あくまで外にある。道は、よそよそしさを解くことはないのである。しかし、それでもなお、彼は道を辿らざるをえない。

この短編に終始漂う寂しさは、この道のよそよそしさから来ているように思える。そして、このような道のよそよそしさ＝寂しさをいかに表現するかがある種の小説にとっては洗練の証しともなってきた。奇妙な言い方に聞こえるかもしれないが、ワードではなく、まるでエクセルで書いたかのように道や線、格子や網を辿っていることを陰に陽にほのめかすことで、小説はある種の高みに到達することができる。

川端の場合、その特有の境地をもたらすのは、語り手と同一人物であるはずの主人公が、語り手にさえ十分には理解されていないということである。自分が自分の気持ちを推し量り切っていない、あるいは少なくとも結論づけてはいないのだ。

乗船場に近づくと、海際にうずくまっている踊子の姿が私の胸に飛び込んだ。傍に行くまで彼女はじっとしていた。黙って頭を下げた。昨夜のままの化粧が私を一層感情的にした。眦（まなじり）の紅が怒っているかのような顔に幼い凛々（りり）しさを与えていた。*16

気持ちや感情が不在なのではない。「海際にうずくまっている踊子の姿が私の胸に飛び込んだ」「昨夜のままの化粧が私を一層感情的にした」「眦（まなじり）の紅が怒っているかのような顔に幼い凛々（りり）しさを与えていた」といった文はそれぞれ強い心の動きを示すだろうし、さらには読者の心の動きを誘発しそうな温度も持っている。

しかし、道に沿って歩く人が、どうしても道そのものの冷たいよそよそしさに打ち当たりつづけなければならないのと同じように、この作品の言葉もつねに冷たい限界に触れながら進行する。その限界がいったいどこから来るのか。他者の言葉を書き写すとき、境界として実感されるのは自我の輪郭である。言葉そのものの限界に直面することもある。いずれにしても、道や格子や言語の線を通して私たちは何らかの限界感覚と出会っている。どうしても越えられないこの「際」のようなものに沿って歩くようにしながら表現される世界があるのだ。

線としての行進

四角い枠で囲まれた世界といえば想起されるのは、絵画であり映画である。こうした媒体の画面を見つめるとき、人はその枠の存在を忘れがちだが——そして画面もまた己を忘れさせようとすることが多いが——ときに枠との関係をわざわざ思い出させるような形で画面が構成されることがある。

蓮實重彥は『ジョン・フォード論』の中で、フォードが「パレード」や「行進」にこだわりを見せたことを指摘し、とりわけ映画『騎兵隊』における「幼い兵士たちの無言の行進」の効果に注目している。南北戦争を描いたこの作品は、後半では幼年学校の生徒たちを戦地に送り出さねばならない南軍の校長の葛藤が描かれる。その一場面として収められているのが、制帽、制服姿で整列し、やがて行進をはじめる幼年学校生徒たちの様子をとらえたショットである。この生徒たちの先頭を牧師でもある校長が「聖書を抱え、ステッキを持ち、先頭に立つ鼓笛隊の音楽とともに、旗を高く掲げた四列縦隊の幼い兵士たちの前をゆっくりとした歩調で進み始める」[17]。蓮實はこのショットについて、次のようなコメントを添える。

> 「おたふく風邪」で行軍に参加できない二人の少年に見まもられての四列縦隊の彼らの無言の行進ぶりを、フォードはさまざまなアングルから捉えている。年老いた校長の諦念を含んだ決意のようなものがその歩調から感じとられ、その全貌をくまなく捉えようとするキャメラが、仰角の構図まで含みながら、いくつもの美しいショットを作りあげている。[18]

『騎兵隊』で一つの中心をなすのは北軍の騎兵隊の指揮官と従軍医師との間に生ずる心理的な葛藤だが、これに対し南軍の生徒たちの行進は、明確な意味には収斂しない。彼らは行進の後、北軍への突撃を開始するものの、幼年兵による攻撃を目の当たりにした北軍が面食らって撤退をはじめることで、場面は凄惨なものというよりは滑稽なものとして終わっていく。行進そのものは取り立てて言うほどの意味には逢着しないのである。しかし、だからこそ、このシーンは「無言の行進というフォード的な主題」を鮮烈に描き出したものと解釈できる。

> 「……」それにしても、なぜ、この監督は、口をきかぬまま歩く——あるいは、走りぬける——男女の群れにキャメラを向けることにこれほど執着していたのか。その正確な理由はわからない。ただ、それぞれの作品において、その無言の歩行が素晴らしいアクセント

を作品に導入していたことだけは、間違いなかろう。例えば、『海の底』（1931）の最後に見られる合衆国海軍の捕虜となったドイツ海軍のUボートの乗組員たちが、無言のまま太鼓の音に合わせて行進し、画面から姿を消して行く場面など、ごく短いシーンでありながら、どこか心を打つものがあるのは、そこにいかなる台詞もないからなのだろうか。*[19]

「正確な理由」がわからないからこそ、無言の歩行や行進はその原初的な運動性を私たちに突きつける。四角い画面の枠が抽出する「線」がこうして私たちに提示されるのである。人が歩くという行為は、素朴なものだ。無言の歩行は、より純粋に歩行らしさを際立たせる。道を歩くという行為の、目的やコンテクストから切り離された何かがこうして画面に映し出される。キャメラはそこに含意される必然や運命感をとらえるのだ。あるいは行進というものが集団性や形式への従属を強く含意するだけに、そこでは受苦や寂しさもとらえられているのかもしれない。ただし、蓮實重彥は過剰な意味づけは回避する。フォードの作品で「複数の男女が、ものいわずに遠からぬ距離を踏破する」ことの理由は、「わからない」と締めくくる。しかし、「わからない」という地点にとどめることでこそ、導き出せる結論がある。

人間というものは、黙って歩く——あるいは、走るものだ——というきわめて特殊な状況を設定し、それがどれほど「不自然さ」に導かれるものであろうと、それにふさわしいキャメラ・アングルを通してそれを適確に描きってみせるという特異な監督こそが、ジョン・フォードという映画作家なのである。[20]

映画はあくまで映像的に運動的に表現されるべきである、そんな当たり前のことが著者の抑制には示されていると言えるだろう。そう考えると、枠や線や格子や網状のものに寄り添うことで生まれる体験を、それ自体としてとらえることの意味も痛感される。鉄道マニアの動機はまさにそこにある。線や道に沿って歩くことが純粋な「こだわり」へと昇華されるのである。格子体験そのものが肌感覚や実感や快楽の相のもとにとらえられる世界に私たちは帰ってくる。

【参考文献】

◆阿部公彦『モダンの近似値　スティーヴンズ・大江・アヴァンギャルド』松柏社、二〇〇一年。
◆石倉徹也「一筆書きで鉄路1万キロ　最長きっぷの「終点」、33年ぶりに変更へ」「朝日新聞デジタル」二〇二二年九月二二日　https://digital.asahi.com/articles/ASQ9P5RWTQ9JTOLB004.html
◆長内孝平『Excel 現場の教科書』インプレス、二〇一九年。
◆川端康成『伊豆の踊子』新潮文庫、一九五〇年。
◆ドゥルーズ+ガタリ、宇野邦一・小沢秋広・田中敏彦・豊崎光一・宮林寛・守中高明訳『千のプラトー　上　資本主義と分裂症』河出文庫、二〇一〇年。
◆蓮實重彦『ジョン・フォード論』文藝春秋、二〇二二年。
◆平出隆『遊歩のグラフィスム』岩波書店、二〇〇七年。
◆平野啓一郎・青山七恵・平出隆・ロバート キャンベル「パネルディスカッション　読み継がれる鷗外」「すばる」集英社、二〇二二年一一月号、一三八〜一五三頁。

◆藤井直弥・大山啓介著『Excel最強の教科書［完全版］——すぐに使えて、一生役立つ「成果を生み出す」超エクセル仕事術』SBクリエイティブ、二〇一七年。
◆ベンヤミン、野村修訳『暴力批判論　他十篇』岩波文庫、一九九四年。
◆Krauss, Rosalind E. 'Grids' from *The Originality of the Avant-Garde and Other Modernist Myths*. Cambridge, MA: MIT Press, 1986, pp.8-22.
◆Miller, D.A. *The Novel and the Police*. Berkeley, LA: University of California Press, 1989.

＊1　長内、二〇頁。
＊2　藤井・大山『Excel最強の教科書』より。
＊3　現代美術作品に表現される格子についての古典的な論考としてはクラウス（Krauss）の「格子」（'Grids'）がある。拙著『モダンの近似値』第4章ではこのクラウスの論考にヒントを得て、格子を介して生まれる文学と美術の接点について扱った。なお、「すばる」の二〇二二年一一月号の特集「森鷗外没後100年」に載録されたパネルディスカッションでは、平出隆が鷗外の作成した地図『東京方眼図』に表れたグリッド思考に触れ、次のように述べており興味深い。「ドイツに限らず西洋的な思考の中には格子状に区切って、その格子との関係から物事を測る方法があります」「鷗外はドイツ滞在中にその思考の徹底性を経験して、それを持ち帰ってきたのではないかと思います。日本へ持ち帰るという使命感、日本にもこうしたものがあっていいのではないかという発想があったのではないでしょうか。もう一つは、鷗外自身の中でそのような思考方法があらかじめあり、それに同期するものが『東京方眼図』として現れたというのが私の推測です」。（一五一頁）
＊4　ドゥルーズ＋ガタリ、六〇頁。
＊5　同、五一〜五二頁。
＊6　著者は多元論と一元論を対置するような構図は退けている。「われわれは二元論を作ろうと欲したわけではなく、それを通過するのにすぎない」。こうした図式を超えた先を目指すのが目的だという。（同、五一頁）
＊7　D・A・ミラーは『荒涼館』における法廷と警察との違いに注目し、前者が達し得ない「終わり」に後者

が到達していることを指摘している。それが典型的に現れるのは殺人事件の犯人の摘発においてである。

(Miller, pp.74-75)

＊8　「朝日新聞デジタル」二〇二二年九月二二日の記事より。

＊9　ベンヤミン、一六六頁。

＊10　平出、一七頁。

＊11　同、一五〇頁。

＊12　同、五頁。

＊13　同、七三〜七四頁。

＊14　川端、八頁。

＊15　同、三六頁。

＊16　同、三七〜三八頁。

＊17　蓮實、一三九頁。

＊18　同前。

＊19　同、一四〇頁。

＊20　同、一四一頁。

第10章

事務の「感情」を考える

事務の嫌な冷たさ

事務の世界では嘆きや怒り、ましてや笑いといった要素は入りにくい。議事録にも（笑）といった記述はまず入らないだろう。従って第2章に掲載したリストでも、事務の特徴として「感情の抑圧」をあげてある。

しかし、事務はほんとうに無感情なのだろうか。事務の世界には特有の口調や態度がある。とりわけ事務文書には、独特な頑なさがある。つじつまはあっていても、それを読み手にわからせようという気配があまりなく、意味がとりづらい。居丈高で問答無用。こちらを寄せ付けない防衛性がしっかり保たれており、硬く、冷たく、愛嬌も愛想もない。ここまでくると感情の抑圧が、かえってある種の感情の誘発につながりそうにも思える。少なくとも、人は事務的なものに何らかの印象を持ち、そこでは何らかの気持ちが生ずる。

とくに重要なのは、私たちが事務文書の風情に荒涼としたものを感じるということだ。現代人の価値観からすると、これはもっとも呪わしいものかもしれない。私たちはやさしさや温もりをかけがえのないものと考える。人間らしさといったものを話題にするとき、まず思い浮かぶのはこちらをゆったりさせる暖かい人間関係であり、それを可能にする環境である。これらをベースにした心地良さが私たちの幸福感の拠り所となってきた。

事務文書の世界はこれとは正反対である。冷たい居心地の悪さが私たちを苦しめる。ディケンズの『荒涼館』にはじとっと冷たいイメージが頻出した。霧、湿気、悪天候、ぬかるみ、混沌として居心地の悪い暗い部屋、愛想のない人、延々と続く煩瑣な手続き。そこではやさしさも温もりも欠如し、すべてがぎすぎすざらざらして、先が見通せない。先に立つのは辛さや不愉快さで、不幸や死の予感も充満している。

しかし、事務に依存した世界で生きる以上、荒涼としたものや、圧迫的なものを完全に避けるのは難しい。いや、それだけではない。すでに何度も見てきたように本当の問題は、私たちが嫌々事務と付き合っているようで、実は事務に魅せられてもいることなのである。荒涼とした文言についても同じである。これまで潜在的な事務愛をいろいろなところに確認してきたが、事務文書ならではの冷たさへの執着もそうしたものの一つに数えることができる。本章では、感情的な意味での寒々しさに私たちがどのように囚われているのか、考えてみたい。

「物々しさ」の機能

ちょっとコンビニまで買い物に出かけようと、サンダルを突っかけたところではっと気づく。「あ、マスク忘れた」。

コロナ禍で誰もが経験したあまりに日常的なひとコマだ。それ以前にはほとんど想像もしなかった事態なのに、私たちはすっかりこうした状況に慣れてしまった。ああ、マスクのある日常だな、という気分になった。

しかし、このような弛緩した日常らしさの大元にあるのは、実は「あ、マスク忘れた」とか「もうマスクはいらないかな?」といった言葉そのものでもある。言葉は言葉にすぎない。しかし、言葉には魂が宿る。

たとえば同じような状況が、次のような事務的な文言で語られたらどうだろう。

個人の基本的な感染予防対策は、変異株であっても、3密(密集・密接・密閉)や特にリスクの高い5つの場面の回避、マスクの適切な着用、手洗いなどが有効とされており、このことはデルタ株についても同様である。このため、衛生管理マニュアルの内容に従って感染症対策を行うことにより、学校内で感染が大きく広がるリスクを下げることができると考えられることから、改めて内容の確認と徹底を図ること。*1

同じくマスクの使用にかかわる言葉でも、「あ、マスク忘れた」と「個人の基本的な感染予防対策は[……]マスクの適切な着用、手洗いなどが有効とされており、このことはデルタ株についても同様である」では大きく異なる。言葉次第で、世界の現れ方や受け止め方はまるで変わってくる。

まだ新型コロナウイルスが科学的にほとんど解明されておらず、ワクチンもなく、ウイルスに感染したらたちまち死んでしまうのではないか、と多くの人が恐怖感をいだいていたときには「衛生管理マニュアルの内容に従って感染症対策を行うことにより、学校内で感染が大きく広がるリスクを下げることができる」といった文言には迫真性があり、その「物々しさ」は適切と感じられただろう。しかし、今やこうした文言の、どこかバランスを欠いた硬直性が目立ち始めた。それは世界の感じられ方が変わってきたからだ。

「物々しさ」には事務の特質と役割がよく出ている。事務の仕事は第一に、世界に対処するための枠組みを提供することにある。事務のおかげで私たちは、世界や人生をまるで書類を分類するように素早く、安定的に、かつ安全に扱うことができる。それに加えて事務には、世界の感じられ方を変える力がある。事務の本領は、むしろそこにあるのかもしれない。事務は私たちの感情に影響を与え、ときにはコントロールしさえする。

「事件」をどう語るか

あらためて事務が私たちにもたらす「冷ややかさ」の意味を考えてみよう。冒頭でも触れたように、私たちが日常生活に求めるのは「やさしさ」や「温もり」に根ざした快適さである。しかし、世界を整理しようとするとき、あるいは世界を正確にコントロールしようとするとき、「やさしさ」や「温もり」だけでは十分ではない。むしろ、「冷ややかなもの」が力を発揮する。

私たちがどのように事務文書の力を活用するかを確認するために、具体的な例を見てみよう。これはある事務所の給湯室で実際に起きた出来事で、後に「桶事件」と呼ばれることになる事例である。かかわったのは主にXさん、Yさん、Zさんの三人である。ある日のこと、Zさんがこんなことを言った。「こんなところに桶置いたの誰？　さっき上着に、桶の中の水がかかっちゃってさ。しかも変色したみたいなんだけど。漂白剤でも入ってた？」。Yさんも言う。「なんだ、それ。Xがやったのか？」。するとXさんが「桶はシンクに置きましたよ。床には置いていません」と答える。

かわされたのはこんな会話だった。一見些細なことに思えるが、どうもこれだけではすまなかったようだ。この後、「Xさんが漂白剤の入った桶をどこに置いたか？」をめぐり、事務所内では意見が対立し、紛糾した。結局、所長のYさんがなかなか態度を変えないXさんに対し職権を発動して制裁を科すことになる。しかし、Xさんは抵抗。出来事は複雑化した。

実はこの事件は、君嶋護男『ハラスメント裁判例77』にあげられた、現実に起きたハラスメント事例の一つである。君嶋による概要説明は次のようになっている。

X（原告）は、Y（被告）が経営する社会保険事務所（本件事務所）に勤務していたところ、平成28年5月、給湯室において、従業員Zが漂白剤入りの桶につまずき、衣服を汚損する事件（桶事件）が発生した。当日桶に手を触れた者はXのみだとしてYがXと面談したところ、Xは、桶はシンクに置いた旨回答し、その旨顚末書に記載した。*2

これがXさん、Yさん、Zさんの会話として先に示した部分をまとめて記述した箇所である。その後のXさんの反論、Yさんの制裁、Xさんの反発といった流れは「Yは7名の従業員同席の下、床に桶を置いたのはX以外にないとXを執拗に追及したが、Xがこれを否定したため、YはXをセミナー業務及び就業規則の新規作成業務から外した」といった形で記述される。*3

すでに触れたとおり、概要説明は著者の君嶋によるものをそのまま引用したが、最初にあげた具体的なやり取りは、君嶋の概要説明から私が仮構したものである。

この概要説明を見ただけでもわかるのは、事務の枠で語られた現実には特有の気配が漂うということである。マスク着用をめぐる文科省の文書と同じで、私たちがふだん知っている日常世界が、見違えるほど荒涼としたものになる。漂白剤を入れた容器が何らかの不都合を引き起こすといった事例が起きること自体は想像しにくいことではないし、その状況も、私が示したような会話とぴたりと重なるかどうかはともかく、ごくありふれた日常風景の一コマとして思い描くことができる。しかし、ひとたび物々しい文言に置き換えられると、それまでにはなかった風情が生まれる。その呼び水となるのが事務的な文書の生み出す冷たさなのである。

この「風情」について考察する前に、後でさらに生じた「書き換え」を参照しておこう。「桶事件」はその後、東京地裁でハラスメント案件として争われ、判決が下されている。その判決要旨の冒頭部には次のような記述がある。

本件懲戒処分は「譴責」であり、Xに与える不利益の程度は比較的小さいが、将来の昇給・昇格等に不利益が生じる可能性があり、また、桶事件は比較的軽微な事件であって、企業秩序に多大な影響を与えるものとは認め難いから、本件懲戒処分は無効である。[*4]

ここにもまた、概要説明とよく似た文章の「風情」があるのが見て取れる。言うまでもなく、温もりややさしさはない。冷たく、硬い。そうした冷たさや硬さこそが、裁判にかかわる文言には求められるのだろう。そこによけいな温かみややさしさが紛れこめば、むしろ不自然に感じられる。私たちがこうした文脈で求めるのは、正確さや妥協のない真実の追求であり、正義なのである。そのためには、厳しく対立関係を精査し、「〜にどの程度責任がある」「〜には責任はない」といったことを明確に示す必要がある。従って、ときには攻撃的と思えるほどの訴追的な姿勢をとる必要も出てくるだろう。温もりや平安を求める現代人といえども、ときには正義を守るべく毅然とした態度をとることになる。裁判の判決要旨や、その背景の説明文にはそうした理念や姿勢が乗り移っている。

「落差」の詩学

そういうわけで私たちの多くはこうした事例を扱う場合には、納得した上で事務文書ならではの強面(こわもて)さと付き合うことになる。しかし、こうした文書は私たちが意識する以上の作用を私たちに及ぼす。何より興味深いのは、事務文書とそうではない言葉との間に生ずる「落差」である。すでに例として示したように、この「桶事件」はもともとは日常的なやり取りの中で生じた出来事だ。Xさん、Yさん、Zさんの間の会話は、ごくふつうのやり取りとして行われた。心理的にはわだかまりや不満が伴っていたかもしれないにせよ、はじめから物々しい、荘厳なものとして行われたわけではない。判決要旨に見られるような「比較的軽微な事件」といった言い回しもあくまで裁判という場だから使われるもので、会話の中で意識されたものとは考えにくい。概要説明や判決要旨は元にある「言葉の現実」に解釈を加えた上で、変換・加工したものなのである。

しかし、興味深いのは私たちの心が、こうした変換と加工を通して生ずる「落差」によって大きく動かされるということである。文章の風情が一変したとき、その変化によって「何かが決定的に変わってしまった」という切実な気分が生み出される。

ここで変わるのはいったい何なのだろう。まず第一に確認できるのは、原告であるXさんの、「非常に不愉快な圧迫を受けた」という強い被害の実感である。だからこそ、Xさんはこの「桶事件」について弁護士と相談し、法廷に持ち込むことにした。他方で、所長であるYさんの側は、「それはハラスメントではない。まったく正当な処置だった」という構えに出た。そこには訴えに徹底的に抵抗しようとする強い意志が感じられる。いずれにしても、双方に差し迫った必要があり、その結実として、現実が荒涼とした文言に変換され、正確な検証を踏まえた上で正義が追求されることとなった。

そういう意味では、これらの「変換」と「落差」は、何よりも「何かが起きた！」というただならぬ緊張感を反映してしまったのだ。事態は変わってしまったのだ。日常が「事件化」してしまった。そして、この認識が文章の形に反映されることで、さまざまな感情も伴う。たとえば怒り。恐怖。絶望。と同時に、介入を寄せ付けない文言の硬さには、深い意味での諦観や虚無感、さらには寂寥感のようなものも感じ取れる。こうした感情は、私たちが常日頃「これこそが、最終的にはほんとうの世界のあり方なのか」と薄々恐れ、かつ期待もしているある種の事態の到来を感じさせる。どんなにやさしい温もりに満ちていても、いつかは壊されたり、失われたりする。そこにはより荘厳な現実が待っているのだ。私たちはずっと前からこの現実のことは知っている。つかの間、忘れていただけだ。だから、この冷たい事務文書を通してあらためて突きつけられる世界の相貌には、どこか恐ろしいけれど懐かしくもあるもの、すなわち「恐ろしい懐かしさ」のようなものが感じられるのである。私たちは水面下でそうした変換に対して身構えつつ、変換の瞬間をきっちりとらえたいと願い、冷たくざらついたものへのかすかな憧憬すら抱いている。

死の懐かしさ

ヒヤッとするものへの一瞥と言えば思い出されるのは、絵画作品のモチーフとして知られてきた「メメント・モリ」（memento mori「死を忘れるな」）という教訓である。作品には生のはかなさを示すものが描かれ、そのことで、時がたつと命は失われ、物は朽ちていくのだ、という現実が突きつけられる。こうした絵画は生のむなしさを示す「ヴァニタス」（vanitas）というジャンルに分類されてきた。[*5]

ヴァニタスの静物画の思想をもっともよく体現するアトリビュートは頭蓋骨で、「メメント・モリ（memento mori）」、つまり「死を想え」という中世以来の教訓を明示するためによく登場します。人間の宿命としての死を忘れてはならないという教えを、髑髏が象徴するわけです。それ以外のヴァニタスのモチーフとしては、時の経過や有限の生命を表す懐中時計、ろうそく、砂時計、生命のはかなさや束の間の若さを表すシャボン玉（すぐに破裂）、喫煙具（消え去る煙）、花（すぐに萎れる）、倒れた器、さらにこの世の栄華、財産、感覚的な快楽を表す王冠や宝石、財布や硬貨、楽器や楽譜などがあります。[*6]

髑髏そのものが中心的に描かれているとは限らない。あくまで絵の一部であることも多い。また、ハンス・ホルバインの「大使たち」（一五三三年）などでは、その髑髏がさらにだまし絵になっていて、ふつうに見たら何が描いてあるのかわからない。しかし、ちょっと横から見ると髑髏の形が浮かび上がるという仕掛けになっている。死がだまし絵の一部に隠されているのである。

こうした教訓的なモチーフは中世の絵画にも見られる。しかし、死の表象がヒヤッとする「落差」とともに感じられるようになったのは、ヨーロッパでは近代になってからだと言われる。中世には、キリスト教の支配力が強かったので、死そのものよりも神による死後の裁きの方が大きな意味を持った。それが中世の末期になると、死が人間の肉体を滅ぼす恐ろしい破壊的なものとして強く意識されるようになる。若桑みどりはそのあたりの事情を次のように説明する。

肉体の死が人々の意識におそるべきものとして強く意識され始めたのは一四世紀ころからで、とくに、ヨーロッパの人口が六分の一に減ったというほどのペストの大流行のあと描かれた絵のなかで、死の図像がさかんになった。「死の勝利」、「死の舞踏」、「三人の生者と死者の出会い」などの主題はみなこのころ生まれた。[*7]

若桑が実例とともに示すように「死の勝利」は征服者としての「死」を凱旋行列で表し、骸骨が四輪車で人々を踏み潰すさまを描く。「死の舞踏」では、教皇や王を頂点としてあらゆる階層の人々が「死」とともに墓場に向かう。「三人の生者と死者の出会い」は、三人の王が狩りからの帰り道に隠者から三つの棺を見せられるという図像で、棺に入った三つの死体はそれぞれ三人の王の将来の姿として示される。[*8] こうした図像は、現世の快楽にふけっている人間に対し、彼らの将来の姿を骸骨の表象を通して思い出させる役割を担っていた。生の熱に浮かれる人に死を突きつけ、ヒヤッとさせる。まさに「メメント・モリ」である。このテーマは一七世紀の静物画の中で、「大規模な復活」を遂げることになった。[*9]

この時代には、文学作品の中でも死への一瞥が大きな意味を持つようになる。シェイクスピアの『ソネット集』や、アンドリュー・マーヴェル、ジョン・ダンといった詩人たちは肉体の美しさやむつみ合う恋人同士の愛を語りつつ、朽ちていく肉体や死のイメージにちらりと一瞥をくれる。「生のはかなさ」を思い知らせる一瞥である。ここに生ずる落差が、ソネットなどごく短い抒情詩の中に虚無の深さを導きこむ。マーヴェルの「はにかむ恋人へ」では、恋人を口説こうとする詩人の、その口説き文句の切り札として出されるのが、背後に迫る死神の気配なのである。シェイクスピアの『ソネット集』では、生の楽しさを存分に享受する若く美しい青年に向け、語り手が「あなたの美しさも時間がたてば滅びてしまうのだ。だから、早く結婚して子孫をつくり、その美しさを永遠のものにしなさい」と訴える。語り手の比喩は実に多彩で、楽器や植物から金融関係まで驚くほど多岐にわたる。しかし、やわらかく耳に心地よい言葉の音楽とともに展開される華麗なレトリックに束の間、むごたらしい死の匂いが呼びこまれると、異次元が垣間見える。

このように近代社会では、死は思い出されるものとして描かれるようになった。ふと見やると、そこにある。私たちはつい死を忘れるが、何かの拍子に思い出す。死を忘却しがちなのは私たちの方である。死はいつも揺るがない。ただし、その淡々とした不動性が示すのは、見知った懐かしさでもある。

事務と犯罪

作家たちも事務文書が隠し持つこうした感情の深層を開拓してきた。辻原登の『寂しい丘で狩りをする』は裁判の判決文から始まる。中心人物である押本史夫の経歴や過去の罪状が、まずは事務文書の形で紹介される。

主文　被告人を懲役七年に処する。但、未決勾留期間日数中百六十日をその刑に算入する。

理由　〈被告人の身上、経歴、犯行に至る経緯〉

被告人は、昭和十七年（一九四二）五月十五日、当時の朝鮮京城府で五人兄弟姉妹の二男として出生した。［……］三十一歳の時、山口県下関市に移住し、市内のストリップ劇場で照明係をしていた昭和五十一年（一九七六）八月、家出中の十六歳の少女瀬川幸子と知り合い、性的交渉を持ち、同女の就職先を捜してやるなどと言いながら数日間行動を共にしていたが、両親のもとに帰る気持を固めた同女が被告人に邪険な態度を取ったことから、恋着の情が憎悪に転じるとともに、同女が自己の思いどおりにならなくなった憤激も加わって、確定的殺意のもとに殺害に及んだ。［……］*10

判決文ならではの簡潔な筆致だ。装飾や逸脱は排除され、日付や年齢などの数字を中心とした必要最小限の情報をまとめた形になっている。しかし、小説の冒頭部に置かれたことで、必要最小限の情報しか伝えないはずの中立的な文言は、事務文書が隠し持つ感情の因子を見せつける。まず目につくのは緊張感だが、それだけではなく犯罪の動機説明には断罪的なスタンスに伴う義憤や、犯罪の凶悪さに対する戦慄、恐怖などが読み取れる。

過去の記述がひとしきり続いた後、判決文は〈罪となるべき事実〉へと移る。これは判決のいわば本論にあたり、小説の内容と接続していく。

府中刑務所を仮出獄の後、東京都中央区晴海に事務所のある落合建設で住込みの建設作業員をしていた被告人は、平成二年（一九九〇）二月十九日、大雪で都内の交通機関がマヒする中、午後十時頃、日本橋交差点付近で、タクシー待ちの長い列の前にいた野添敦子（当時二十六歳）に声を掛け、同女の帰宅先が江東区東陽町であることを知ると、自分も東陽町だと詐って、合乗りを提案した。同女は快くこれに同意し……*11

ここで判決文の引用はいったん終わり、ある女性が電話を受ける場面が描かれる。その内容から、ここに登場する「野添敦子」という名の女性が、まさにこの判決文で言及される「被告人」、押本の犯罪の被害者であることがわかる。

「須山です。判決が出ました。七年です」
事件から七ヵ月後の地裁判決だった。
「野添さん……、野添さん？」
はい、と敦子は小さな声で答えた。思わず左手が首筋に当てられる。*12

ここには明白な落差がある。先ほどのハラスメント事例と同じように、判決文特有の文体でまとめられた出来事と、会話や地の文の中に描きだされる野添敦子の現在の日常とが併置されることで、言葉のモードの変換が際立つ。

二つのモードを前にして読者はいささかの戸惑いと判断停止を余儀なくされるだろう。一般に引用は、私たちの読む行為を遅延させ、集中力を削ぐ。変換と落差が、読む者の没入を中断・阻害するのである。しかし、この阻害は、まさにそうした中断や宙づりを通し特有の情感を生み出しもする。『寂しい丘で狩りをする』はそうした感情の化学反応のようなものを生かした作品なのである。

冒頭に示された「前史」に続いて小説で中心的に描かれるのは「その後」である。判決が下された後、押本は服役したが、やがて出所する。そんな押本が自分に対して恨みを抱き、復讐を狙っていることを敦子は察知した。そこで女性ばかりの探偵事務所に勤めるみどりに相談する。実はみどり自身もストーカー被害にあっていた。こうして小説は、ともに男たちの理不尽な暴力にさらされ、抵抗を試みる二人の女の物語として展開することになる。

作品には探偵事務所の調査結果や新聞記事など、小説の地の文とは異なる種類の文章が挿入される。背後にあるのは、「JT女性社員逆恨み殺人事件」と呼ばれる現実に起きた類似の事件である。挿入される記事などはそうした現実との接点を意識させる。犯罪を扱う小説には判決文や新聞記事など情報を圧縮した文書の一部が挿入されることがよくある。犯罪的なもの、とくに人の死とかかわるような犯罪に対して私たちが感じる緊張感や戦慄には、事務的な冷たさと通底する何かがある。

新聞という場

辻原は『冬の旅』や『不意撃ち』など多くの作品で、犯罪や人の死を描いてきた。それらには、文章の緊張感を生み出すことへのこだわりが見て取れるとともに、世界の根底に垣間見える「恐ろしい懐かしさ」に向けた視線も確認できる。荒涼とした世界の深部のようなものがいつも小説の射程に収められている。ただし、冷たいものをとらえて終わるのではない。『寂しい丘で狩りをする』も『冬の旅』も『不意撃ち』も、作品を動かすのはメロドラマチックなほどに熱い生の力である。生の世界にひたる私たちは、あくまで横目で死を認める。だからこその落差なのである。死は思い出されたものとして、遭遇される。

辻原はあるインタビューの中で、芥川賞受賞後の興味深い心境の変化について説明している。[*13] 受賞作の「村の名前」を発表した『文學界』で、辻原は連載を始めた。それが終わりに近づいた頃のこと、彼は不満を感じたという。自分は「ちまちまとした純文学」を書くために小説家になったのではない、と思ったのである。そこで頭に浮かんだのが新聞小説だった。自分が憧れてきた森鷗外も夏目漱石も泉鏡花も谷崎潤一郎も、みな新聞小説を書いている。自分も新聞小説を書かねばならない、と辻原は決意する。

彼はすぐにこの考えを実行に移した。作品の構想を練り、企画書のようなものを書いて「日本経済新聞」「朝日新聞」「読売新聞」「毎日新聞」など名だたる全国紙に一斉に送る。まずは「読売新聞」で「翔べ麒麟」という作品の連載が決まった。その後、「日本経済新聞」「朝日新聞」「毎日新聞」でも連載が実現していく。

新聞連載の大きな利点は、辻原本人も言うように大きな読者層を得られることにある。文芸誌に比べれば、新聞の購読者ははるかに多い。しかし、果たしてそれだけだろうか。新聞は定期刊行物としては特異な場である。そこには文芸誌よりも広範な領域の言説が寄り集まっている。かつ、その中心を成すのは文芸ではなく、政治や行政、経済の言葉である。私たちが人間らしいと呼ぶような――つまり「あ、マスク忘れた」というような――日常的で穏やかな言葉ではなく、どことなく冷たく、硬く、そのおかげで権威の鎧をもまとうようなよそ行きの言葉が新聞の中心部分を支配している。その速報主義的な性格ともあいまって、新聞ではじめから言葉が「事件」的な緊張感に満ち満ちている。そんな領域に乗り込む以上、柔らかい日常言語と事務的言語との「落差」には敏感にならざるをえない。もちろん、それは政治や行政や経済の言葉への追従や服従を意味するわけではない。むしろ、言葉の間の「落差」をとらえる目が必要になる。

辻原は二一歳のとき『文藝』の新人賞に応募し、佳作になっている。しかし、選考委員の吉行淳之介と小島信夫からは高い評価を得ていたにもかかわらず、もう一人の選考委員の江藤淳の猛反対にあって作品は雑誌には掲載されなかった。異例とも言える事態だった。この件でひどく傷ついた辻原は、以降、執筆がままならなくなり、長いブランクに突入する。父の介護などもあり、しばらく実家に戻った後、再び東京に出て自活の必要から会社員生活を始める。『文學界』に持ち込んだ原稿がはじめて活字になり、二作目の「村の名前」で芥川賞を受賞したのが一九九〇年。辻原は四四歳になっていた。『文藝』で佳作になったのが一九六七年だから、二〇年以上が経過していた。

このブランクの間、辻原はごくふつうの会社員生活を送り、小説を全く書かない時期もあった。さまざまな言葉の間に生ずるリアルな「落差」に直面しただろう。「ちまちまとした純文学」の言葉を絶対視することもなくなった。辻原の作品が言葉の「落差」を通して情感を生み出すのも驚くべきことではない。「落差」が生み出すヒヤッとする感覚の根には「恐ろしい懐かしさ」がある。懐かしい死の影が見え隠れする。ここにもメメント・モリがある。死は思いがけず至近的な場所にあるのだ。

「家族写真」と不幸の書かれ方

「家族写真」はこうした「落差」への感性が凝縮した短編である。ここには政治も行政も、経済も犯罪もからまない。描かれるのはごくふつうの家族である。しかし、その家族の日常が「事件化」する過程で、言葉のモードの切り替えが大きくからんでくる。

舞台となるのは紀伊半島の谷間の村である。海岸の町までバスで一時間半もかかる場所に住む一家は仲睦まじく暮らしている。ときには一家で町に出ることもある。しかし、子供たちは成長し、家族のあり方も変わる。長女はやがて通っていた県立高校の分校を卒業し、大阪の電器メーカーの工場に勤めることになった。大きな変化である。そこで彼女が出発するその前日、お祝いに一家で記念写真を撮ることにした。父親の発案だった。

物語では、この写真撮影が大きな意味を持つ。家族ははるばる町に出て写真館を訪れた。いよいよ撮影というとき、みなの表情が硬いので写真屋さんが「心のなかで、わたしはしあわせ、といってみてください」と声をかける。これが功を奏したのか、写真はとてもうまく撮れたようで、引き伸ばされて写真館の窓に飾られた。しかし、父親はこの「わたしはしあわせ」という言葉に不安を抱く。そんな言葉を口にしてはいけない、と恐れさえ感じた。果たして、そんな父親の嫌な予感が的中するかのように、家族には突然の不幸が襲いかかる。

注目したいのはこの「突然の不幸」の書かれ方だ。

所用で海岸の町まで出かけた収入役の乗った車が、七曲りの崖で、むこうからきた小型トラックを避けようとしてハンドルを切り損ね、三十メートル下の川に転落した。[*14]

一家の父親は事故で急死した。その死の書かれ方には特徴的な冷ややかさがある。父親のことがあえて「収入役」と書かれる。事故の経緯も短く圧縮されている。感情をまじえず、合理的で淡々と必要な情報だけが伝えられる。まるでニュースの第一報のような素っ気なさである。しかも、この文の主語は「収入役の乗った車が」となっている。「収入役が」ではない。そのために、この出来事の全体がまるで人間主体の関わらない、物理的な現象のようにさえ感じられる。「もの」だけの世界の出来事のように。

この一節には、事務特有の冷たさが如実に出ている。人間に関わる出来事が「もの」のような手つきでドライに扱われ、その結果、キャビネットに整理されやすくなる。しかし、こうして父親の死を「事務化」する冷たい文言が、別種の文章とぶつかり合うことで「落差」を生み出してもいる。この作品の勘所はそこにある。

死をどう書くか

父の死の顛末を記述する段落の続きは以下のように書かれている。ここでは視点が長女・玉緒のそれに移っている。

事故の現場があの七曲りの崖だと聞いたとき、玉緒は、そこでふたりの運転手が長々と話していた光景を思い出した。口の動きだけがみえて、声が聞こえなかったもどかしい感覚がよみがえった。あれは父親の死について打ち合せをしていたのではないか。玉緒ははっとなって顔をあげた。[*15]

ここで玉緒が想起する「ふたりの運転手が長々と話していた光景」とは、一家が揃って写真館を訪れた日に、バスで町まで出る道中、彼女が目にした光景のことだった。山間部の道は川沿いにくねくねと連なっていた。そのある場所でバスは、事故を起こした車に遭遇する。事故車があると、カーブのきつい川沿いの道では通り抜けるのも難儀する。その様子は、次のように書かれている。

バスが通れる道は、事故車に狭められてきわどかった。玉緒たちと他の乗客あわせて十二人はバスをおり、むこうまで歩かされた。小型トラックのそばを通ったとき、エンジンの冷える音が聞こえたから、事故はついさっき起きたばかりに違いない。玉緒はふたりが何を話しているのか聞いてみたくて耳を澄ませたが、あたりは静かで、川筋の言葉であることはたしかなのに、まるで外国語を話しているようにはっきりしなかった。[*16]

こんな予兆的な出来事が、悲劇に先立ってあったのである。先に見た父親の死の記述にくらべれば、いささかなりと情感の立つ書き方になっている。だからこそ、「玉緒はふたりが何を話しているのか聞いてみたくて耳を澄ませたが」といった気分も、自然にとらえることができる。それが「あたりは静かで、川筋の言葉であることはたしかなのに、まるで外国語を話しているようにははっきりしなかった」というところになると何だか怪しい気配が加わって感じられる。

玉緒が「あれは父親の死について打ち合せをしていたのではないか」と思い出したのはこの場面だったのである。玉緒の目を通して観察され、今、あらためて想起された光景は意味をたっぷり担い、奥行きのある象徴性を帯びることになる。玉緒の心にはさまざまな思いがよぎったのだろう——たとえば、あのときのすれちがいは父の死のための予行演習だったのではないか？　あのとき事故に出くわしたせいで父は死んだのではないか？　あのとき事故を起こすのは私たちのバスのはずだったのではないか？　あるいは家族は、父の命と引き替えに助かったのかもしれない。いや、死ぬはずだったのははじめから父だけで、その父が玉緒との最後の写真撮影のために生き延びることをゆるされたのか。

事務的な冷たさとは対照的に、玉緒の視点にはこうした想像の広がりを可能にする余地がある。それだけに、禍々しい想像もかきたてられる。そもそも父を殺したのは玉緒ではないのか？　小説の結末はほんの数行の中にそんな思いを喚起しつつ、一瞬のうちにそれを打ち消してもみせるような、見事な展開が待っている。

　父親が亡くなったとき、玉緒は男とともに旅行に出かけていたのである。そして、禁じられたセリフである「わたしはしあわせ」を男に対しつぶやいてしまったのだ。そのために——まさに父親が恐れていたように——彼女は不幸を呼び寄せた。「あの男が悪魔だったのかもしれない」と玉緒はそのときのことを振り返るが、そこには彼女と男との関係がどのような顚末をたどったかが暗示されているようだ。そもそも恋人の存在が父に対する裏切りであり、その時点で彼女は父を殺したのかもしれない。

　物語の「意味」はこのように増殖する。比喩にしても象徴にしても、膨張し増殖してさまざまなものを囲い込む。しかし、「家族写真」という短編はそうした増殖を書き込んで膨らませるわけではない。作品は玉緒の視点が担うメロドラマチックな感情の横溢を、冷ややかな文章を要所に配置することで厳しく律している。ヒヤッと「恐ろしい懐かしさ」を思い出させる。

写真的なもの

　この短編はあらためて写真的なものの存在感を思い起こさせる。写真は表現でもあり行為でもありうるが、同時に、現実の中に取り返しのつかない一点をこしらえることもできる。ロラン・バルトは『明るい部屋』で写真が被写体に《それは＝かつて＝あった》という性格を付与するとしている。そこで重要なのは喪失感である。

つまり、いま私が見ているものは、無限の彼方と主体（撮影者または観客）とのあいだに広がるその場所に、そこに見出された。それはかつてそこにあった、がしかし、ただちに引き離されてしまった。それは絶対に、異論の余地なく現前していた、がしかし、すでによそに移され相異している。[*17]

この《それは＝かつて＝あった》という言い方にも表れているように、写真には死の匂いがつきまとう。しかし、その死は恐ろしいほどに「平板」でもある。

もろもろの儀式の衰退と軌を一にして出現した「写真」は、おそらく、宗教を離れ儀式を離れた非象徴的な「死」が、われわれの現代社会に侵入してきたことに呼応するものであろう。それは、字義どおりの「死」のなかにとつぜん飛び込むような「死」である。[*18]

写真がこのように生み出した「死」は、事務文書が担う〝もの〟化の背後に見え隠れする「死」とも通ずるだろう。写真が「生を保存しようとして「死」を生み出す」のと同じように、事務もまた、生を死へと変換してコントロールする。

藤原新也の『メメント・モリ』はそんな現代社会の中にあって、徹底的に死そのものにこだわった写真集である。タイトルからもわかるように、写真家は死との出会い方を模索しつづける。他者の言葉に導かれて想う死もあれば、死後間もなくの遺体との遭遇もある。インドで剝き出しの死と出会う一方、日本の田園風景に戻れば、日本的な死も受け入れる。

死体の写真は二重の意味で《それは＝かつて＝あった》というノスタルジアを喚起するだろう。ただ、『メメント・モリ』では写真にキャプションが付されることで、写真ならではの死の「落差」が転倒されていることにも注意したい。冷たいものへと落ちるという落差ではなく、冷たいものが上がるのである。アップにされた遺体の写真に添えられた「祭りの日の聖地で印をむすんで死ぬなんて、／なんとダンディなヤツだ。」といった言葉が、虚無的な冷ややかさに沈んでいたはずの死を身近な次元に引き上げる。[*19] 水際で燃え上がる死体や犬に食い荒らされる死体も、「死体の灰には、階級制度がない。」、「遠くから見ると、／ニンゲンが燃えて出すひかりは、／せいぜい六〇ワット三時間。」、「ニンゲンは犬に食われるほど自由だ。」といった文言とともにあるおかげで、言葉の温かさの作用でこちら側に引き戻される。[*20]

もともと言葉と写真の間には、メディアの特性からくる大きな落差がある。言葉は動く。写真は動かない。両者を並置すると、生命と死のコントラストが嫌でも際立つ。写真だけではない。絵画や彫像などのいわゆる美術作品は古来、言葉のような時間芸術とは対照的に冷たい寡黙さが特徴とされてきた。美術には永遠の不動性がある。死の永遠である。他方で言葉は——何しろ言葉なので——多弁でやさしく、温度がある。だからこそ、言葉によって冷たい酷薄なものに手を伸ばそうとするとき、作家たちはしばしば肖像画や写真の存在を活用してきた。[*21] ヴィクトリア朝の文学作品にはディケンズの『荒涼館』をはじめ、トマス・ハーディの『テス』、オスカー・ワイルドの『ドリアン・グレイの肖像』などの小説から、ジョン・キーツ「ギリシャの壺に寄せるオード」、ロバート・ブラウニング「先の公爵夫人」などの詩作品まで、美術作品とそれを語る言葉のずれに狼狽する人間のありさまが多数描き出されてきた。その多くは、藤原新也の『メメント・モリ』とは反対に、死のヒヤッとする感触に反応している。つまり、落ちることの戦慄を描いているのである。

「家族写真」もまた、写真が表沙汰にするそうした生と死の間の落差をとらえようとした小説である。「わたしはしあわせ」という一言は、とりかえしのつかない文言へと変じた。それを可能にしたのは、まさに写真的感性であり、ひいては事務的感性でもある。事務は死の「もの」らしさを冷徹にとらえることができる。玉緒にとって「わたしはしあわせ」はあふれる気持ちの表現なのであり、本来は豊かで流動的な世界の相を示すはずのものだった。しかし、これがいったん落差を伴って変換されてしまえば言葉は証拠として押収され、意味合いがすっかり変わる。彩り豊かな抒情を担ったはずの「わたしはしあわせ」が、法廷陳述で証拠として持ち出される物品のように——あるいはもはや変化しようのない家族写真のように——冷たく硬い殻をまとって《それは〝かつて〟あった》とのシグナルを送ってくる。

私たちはどこかでそうしたカチッと硬いものの手触りを求めているのだろう。父親がわざわざ家族写真を撮影しようとしたのもそのためだった。「わたしはしあわせ」という浮わついた幸福感ではなく、存在の根っこをとらえるようなたしかな実感が欲しかった。そして彼の願いのとおり、写真館に残された写真は人々の幸福感や涙を凌駕する冷たさとともに、限りなく寂しい永遠を形にしたのである。*22

【参考文献】

◆君嶋護男『ハラスメント裁判例77』労働調査会、二〇二〇年。
◆辻原登「辻原登　小説文学を語る（後編）」「総合文学ウェブ情報誌文学金魚」二〇一四年三月一日　https://gold-fish-press.com/archives/23809
◆辻原登「家族写真」『家族写真』河出文庫、二〇一一年。
◆辻原登『寂しい丘で狩りをする』講談社、二〇一四年。
◆バルト、ロラン、花輪光訳『明るい部屋——写真についての覚書』みすず書房、一九九七年。
◆藤原新也『メメント・モリ』朝日新聞出版、二〇一八年。
◆三浦篤『まなざしのレッスン　1西洋伝統絵画』東京大学出版会、二〇〇一年。
◆若桑みどり『絵画を読む　イコノロジー入門』NHKブックス、一九九三年。

*1　文部科学省初等中等教育局健康教育・食育課「小学校、中学校及び高等学校等における新学期に向けた新型コロナウイルス感染症対策の徹底等について」（二〇二一年八月二〇日）https://www.mext.go.jp/content/20210820-mxt_kouhou01-000007004_1.pdf

*2　君嶋、八八頁。

*3　これに続けて、次のような記述がある。「Yは、同年6月1日、全従業員の前で、桶事件についてXに懲戒処分をすること、Xの言動等（上司に対する言い訳や反抗的な態度、同僚に対する非協力的な言動や他人を不快にさせる言動）について指導改善を行うことを告げ、6カ月間昇給停止、賞与不支給とした。Xは、同月6日体調不良により欠勤し、Yは同月9日、Xが始末書を提出しないこと等を理由に改善指導書の提出を再度求めた。Xはこれを提出したが、指摘された多数の事例について、自分に問題があったとの評価は当たらない旨記載されていた。Xは同年7月に退職したが、Yによる桶事件の自白強要、村八分な

どを主張し、Yに対し、慰謝料200万円、逸失利益104万円余（再就職までの賃金額）、弁護士費用30万円余を請求した。」（同前）

＊4　同、八八～八九頁。なお、「判決要旨」は、スペースの関係で、一部要約したり言い回しを変えたところがあると、引用者の君嶋による断り書きがある。

＊5　vanitas はラテン語由来の語で「生のむなしさ」「空虚さ」を表す。

＊6　三浦、二四三～二四四頁。

＊7　若桑、七二頁。

＊8　同、七二～七四頁。

＊9　同、七五頁。

＊10　辻原（二〇一四年）、三～四頁。

＊11　同、五頁。

＊12　同、五～六頁。

＊13　辻原（二〇一四年三月一日）。辻原の伝記的事実の記載は、このインタビュー中での作家本人の言葉に基づいている。

＊14　辻原（二〇一一年）、二一一頁。

＊15　同、二二一～二二二頁。

＊16　同、一〇頁。

＊17　バルト、九四頁。

＊18　同、一一四～一一五頁。

＊19　藤原、二二二～二二三頁。

＊20　同、二六～二七頁、三〇～三一頁、三二～三三頁。

＊21　古典時代以来、美術作品と言語による作品とはライバル関係にあるとされてきた。絵画詩（ekphrasis）というジャンルは、詩の語り手が絵画など不動の美術作品を前にしてその永遠を賛美したり蔑視したりしながら、自家中毒のような状態に陥っていくさまを描くことも多い。

＊22　「家族写真」については、助詞の「が」と「は」の使い分けに注目して、二つの物語が拮抗していること

を説明した拙著『小説的思考のススメ』（東京大学出版会、二〇一二年）の第三章も参照。

第11章

事務に敗れた三島由紀夫

三島由紀夫『文章読本』で実験をする

文章には異物が混じりこむ。単なる言葉とは思えないような、ヒヤッとする感触にぶつかることがある。書く人なら、そういうものをとらえたいと思う。書くことで文章の向こう側に辿りつきたい。その「向こう側」が何なのかはわからない。きっと冷たい世界だ。寂しく厳しい。しかし、その荒涼とした風情が魅力でもある。

事務の魔力は、この冷たさと切り離すことができない。冷たい硬質の枠組が、人間を屈服させる。真心、やさしさ、ぬくもりといった類いのヒューマニズムでは太刀打ちできない冷徹な不動性。事務は、そんな不動性に有無を言わせぬ無言をあわせ持っている。そして人は、そういう無言に惹かれることがある。

一つの実験をしてみよう。

三島由紀夫の『文章読本』には、小説の文章を解説する章がある。三島はそこで森鷗外と泉鏡花とを対極的な二人として取り上げ、前者の持ち味がアポロン的、漢文的なのに対し、後者のそれはデュオニソス的、国文的だとする。鷗外については「寒山拾得」が、鏡花は「日本橋」がそれぞれ例として引かれている。

「寒山拾得」は唐の伝説の詩人寒山と拾得を題材にした短編である。高位の役人の閭丘胤(りょきゅういん)が頭痛を患っていると、托鉢僧がやってきて治療してくれる、という話が発端である。三島が引用するのは、僧に水が必要だと言われた閭が小女を呼ぶ一節である。

> 閭は小女を呼んで、汲立(くみたて)の水を鉢に入れて来いと命じた。水が来た。僧はそれを受け取って、胸に捧げて、じっと閭を見詰めた。清浄な水でも好(よ)ければ、不潔な水でも好(い)い、湯でも茶でも好いのである。不潔な水でなかったのは、閭がためには勿怪(もっけ)の幸であった。暫く見詰めているうちに、閭は覚えず精神を僧の捧げている水に集注した。[*1]

いかにも何か事が始まりそうな、緊張感に満ちた場面である。三島はこの箇所が「まったく漢文的教養の上に成り立った、簡潔で清浄な文章」だとした上で、次のようにそのポイントを解説する。

> 私がなかんずく感心するのが、「水が来た」という一句であります。この「水が来た」という一句は、全く漢文と同じ手法で「水来ル」というような表現と同じことである。しかし鷗外の文章のほんとうの味はこういうところにあるので、これが一般の時代物作家であると、閭が小女に命じて汲みたての水を鉢に入れてこいと命ずる。その水がくるところで、決して「水が来た」とは書かない。まして文学的素人には、こういう文章は決して書けない。[*2]

水の役割はこの場面では重要だ。まじないをするという僧のもとに運ばれてきた水には意味が充満している。いろいろ書きたくなるところだ。しかし、そこを書かない。我慢するのだという。「このような現実を残酷なほど冷静に裁断して、よけいなものをぜんぶ剝ぎ取り、しかもいかにも効果的に見せないで、効果を強く出すという文章は、鷗外独特のものであります[*3]」。

そこで実験である。たしかに、引用された箇所を見て三島の解説を読むと、「水が来た」という一句の働きが際立っているようにも見える。ごく短いこの一文が前後の長い文と伍して、ある種の拮抗が見える。しかし、作品はこの箇所だけが浮き上がっているわけではない。先立つ箇所が準備の役を果たしている。この一節の前では、閭が頭痛の治療のために僧を呼ぶに至る経緯が書かれている。引用を若干長くとって、この経緯説明から続けて読み直してみるとどうだろう。果たして「水が来た」に、「鷗外の文章のほんとうの味」と三島が言うほどの威力が感じ取れるだろうか。

「はあ呪(まじない)をなさるのか。」こう云って少し考えたが「仔細(しさい)あるまい、一つまじなって下さい」と云った。これは医道の事などは平生深く考えてもおらぬので、どう云う治療ならさせる、どういう治療ならさせぬと云う定見がないから、ただ自分の悟性に依頼して、その折々に判断するのであった。勿論(もちろん)そう云う人だから、掛かり附の医者と云うのも善(よ)く人選をしたわけではなかった。素問(そもん)や霊枢(れいすう)でも読むような医者を捜して極(き)めていたのではなく、近所に住んでいて呼ぶのに面倒のない医者に懸かっていたのだから、ろくな薬は飲ま

> せて貰うことが出来なかったのである。今乞食坊主に頼む気になったのは、なんとなくえらそうに見える坊主の態度に信を起したのと、水一ぱいでする咒なら間違った処で危険な事もあるまいと思ったのとのためである。丁度東京で高等官連中が紅療治や気合術に依頼するのと同じ事である。
> 　閭は小女を呼んで、汲立の水を鉢に入れて来いと命じた。水が来た。僧はそれを受け取って、胸に捧げて、じっと閭を見詰めた。

前の段落を読むと、閭の軽率さや無定見ぶりを語り手があげつらっているのがわかる。役人の軽薄さを描こうとするゆえの必然でもあるのだろう、語り手の方も「これは医道の事などは平生深く考えてもおらぬので、どう云う治療ならさせる、どういう治療ならさせぬと云う定見がないから［……］」というふうに饒舌さの目立つ、言葉数の多い文章になっている。

「水が来た」の一節はこのあとに来る。やや軽率な閭に対し、何やら曰くありげな僧はたしかに言葉数が少ない。その所作にも落ち着いた不動性が読み取れる――「それを受け取って、胸に捧げて、じっと閭を見つめた」。しかし、両者の間を結ぶ「水が来た」に、三島が言うように「現実を残酷なほど冷静に裁断して、よけいなものをぜんぶ剝ぎ取り、しかもいかにも効果的に見せないで、効果を強く出す」という徹底した禁欲性が読み取れるだろうか。謎めいた僧がおこなう「咒」を前に固唾をのむという内容上の流れはあるものの、文章の呼吸ということで言えば、閭の軽率さをあげつらった饒舌な語りがここでひと呼吸置く、ごくふつうの間ではないのか。日本語一般の自然なリズムとして、ここは短い一節が欲しいところに思える。それを「鷗外の文章のほんとうの味」とまで褒めそやすのはやや過大な評価ではないか。しかも、これが『文章読本』の中枢にある「小説の文章」と題された章にあって、「お手本」とされている。

小↓大の力学

しかし、私の目的は三島の解説に異を唱えることにあるのではない。注目したいのは、三島がなぜ若干の無理をしてまで「水が来た」の一節をこのように賞賛するのかということである。「水が来た」という一節に脚光をあて「文学的素人には、こういう文章は決して書けない」と議論を進める思考法には、事務の磁場が感じ取れるのではないか。

『文章読本』は口述によるものだが、決して行きあたりばったりの展開ではなく、しっかりした構成がある。三島はこの箇所では鷗外の短編から数行を引用し、その中の短い文に注意を引いた上でスペースをふんだんに使って解説を加え、漢文的なものと国文的なものという文化の対比にまで話を持っていった。この論を成り立たせるのは〈小↓大〉という力学である。これまでも実例をまじえながらたびたびとりあげてきたように、近代社会を覆うようになったのは、ごく微細なものの背後に巨大なシステムが控えているという世界観である。ちょっとした細部の違いが巨大な違いへとつながりうる。微細なものが大きな力を持つ。そうした強迫観念が事務処理化された世界に縛りを加え、掟をつくる。これが進めば、大きなものよりも小さなものこそが大きな力を持つという倒錯的な状況が生み出される。実際、社会は大きな物語や理念ではなく、細かい注意の規範に支配されていく。『荒涼館』では、法律文書の筆跡の微妙な違いに気づいたレディー・デッドロックが、封印したはずの過去に直面することになり、さらにタルキングホーンは殺害され、エスター・サマソンの運命も変わる。近代社会の物語はこのように細部への注視から生まれる。いや、より正確に言えば「注意の規範」が支配する社会では、規範からの逸脱が物語を生む。注意の過大さを描くとなれば「清兵衛と瓢箪」や『こちらあみ子』、『荒涼館』のような作品になる。逆に注意の過小さは『テス』や『華麗なるギャツビー』などの「事故のドラマ」に結実してきた。

三島も小説作品でそうした小さな一点へのこだわりを執拗に描いている。典型的なのは『金閣寺』である。住職を父に持つ主人公の溝口は、さまざまなコンプレクスを抱えた人物として登場するが、その基点にあるのは「吃り」だという。

> 吃りは、いうまでもなく、私と外界とのあいだに一つの障碍(しょうがい)を置いた。最初の音(おん)がうまく出ない。その最初の音(おん)が、私の内界と外界との間の扉(とびら)の鍵(かぎ)のようなものであるのに、鍵がうまくあいたためしがない。一般の人は、自由に言葉をあやつることによって、内界と外界との間の戸をあけっぱなしにして、風とおしをよくしておくことができるのに、私にはそれがどうしてもできない。鍵が錆(さ)びついてしまっているのである。*4

溝口は「吃り」ゆえに最初の一点をうまく越えられず、現実と上手に付き合えない。現実はときに「手を休めて待っていてくれるように思われる場合もある。しかし待っていてくれる現実はもう新鮮な現実ではない。私が手間をかけてやっと外界に達してみても、いつもそこには、瞬間に変色し、ずれてしまった、……そうしてそれだけが私にふさわしく思われる、鮮度の落ちた現実、半ば腐臭を放つ現実が、横たわっているばかりであった*5」。

ここには、先の鷗外の「水が来た」とは逆にネガティブな含みを持つものの、同じく小↓大という構造が見て取れる。「水が来た」が鷗外のたぐいまれな文章の味を指し示し、漢文的文体の美学を体現するとされる一方、溝口が言葉を発する際の、最初の音の「吃り」は現実全体を色あせたものに退廃させてしまうのである。

『金閣寺』の無言

三島による小と大の逆転的な対比は実に手が込んでいて壮麗だ。鷗外の「水が来た」をめぐる解説もたっぷりと言葉数を尽くすものだが、「吃り」を「最初の音」(小)と「現実」(大)という対比の要に位置づける上述の描写も非常に拡大的で、過剰なほどの抽象的な想念を呼びこむ――「[……]そこには、瞬間に変色し、ずれてしまった、……そうしてそれだけが私にふさわしく思われる、鮮度の落ちた現実、半ば腐臭を放つ現実が、横たわっているばかりであった」。反復や言い直しに加え、「……」などの記号を駆使した三島の文章は、いかに小さい物を広く長く拡大できるかということを文レベルで実践したお手本のように見える。『金閣寺』という小説は、その全体がこの小↓大という原理に拠っている。太平洋戦争期の舞鶴や京都を舞台とした作品の序盤では、「吃り」だけではなく、短剣や、有為子という少女（そして有為子は溝口の「吃り」の「口」を注視する）[*6]など、小さなこだわりが「点」として入れ替わり立ち替わりあらわれてはその向こうの主人公の精神のありさまを垣間見させる。やがて浮かび上がるのが金閣である。

夜空の月のように、金閣は暗黒時代の象徴として作られたのだった。そこで私の夢想の金閣は、その周囲に押しよせている闇の背景を必要とした。闇のなかに、美しい細身の柱の構造が、内から微光を放って、じっと物静かに坐っていた。人がこの建築にどんな言葉で語りかけても、美しい金閣は、無言で、繊細な構造をあらわにして、周囲の闇に耐えていなければならぬ。[*7]

「耐えていなければならぬ」という願望をこめた言い方にもあらわれているように、金閣の「無言」が自身の妄想であることは溝口もわきまえているが、『金閣寺』という小説は彼のこの妄想の構造に全面的に寄りかかることで成立している。いったん金閣のこの「無言」が確認された後は、無言を旗印に小さく凝結したような金閣のイメージとちょうど拮抗するようにして、溝口の妄想の方はふくらみつづける。

そうして考えると、私には金閣そのものも、時間の海をわたってきた美しい船のように思われた。美術書が語っているその「壁の少ない、吹ぬきの建築」は、船の構造を空想させ、この複雑な三層の屋形船が臨んでいる池は、海の象徴を思わせた。金閣はおびただしい夜を渡ってきた。[*8]

逆説的なのは、彼がこのように自由に流動的に夢想を広げることができるのも、金閣が不変の存在としてあるゆえだということである。それが「目にもはっきり映る一つの物」だということを彼は知っている。しかし、やがて戦局が悪化し、京都への空襲が現実味を帯びてくると、溝口は火に包まれる金閣寺を夢想するようになる。「明日こそは金閣が焼けるだろう。空間を充たしていたあの形態が失われるだろう。……そのとき頂きの鳳凰は不死鳥のようによみがえり飛び翔(た)つだろう［……］」[*9]

この後も金閣はさまざまな形をとりながら語り手の妄想の拡大を助ける。一つの極点では金閣はセクシュアルな相さえ見せる。溝口が女性との行為を進めようとする最中に金閣が現れるのである。「［……］近いと思えば遠く、親しくもあり隔たってもいる不可解な距離に、いつも澄明に浮んでいるあの金閣が現われたのである」という一節に、次の文が続く。

それは私と、私の志す人生との間に立ちはだかり、はじめは微細画のように小さかったものが、みるみる大きくなり、あの巧緻（こうち）な模型のなかに殆（ほと）んど世界を包む巨大な金閣の照応が見られたように、それは私をかこむ世界の隅々までも埋め、この世界の寸法をきっちりと充たすものになった。*10

「それ」という指示語のどことなく曖昧で落ち着きどころのない使い方にも表れているように、この一節では妄想に寄りかかった、歌うようにエコーの効いた語りが展開している。性的な場面ということもあり、伸縮自在の金閣は男根と重なるようにさえ思える。

三島が駆使する小↓大というパターンがここにも明確に組み込まれている。発端にあるのは「吃り」にしても「有為子」にしても、いつも「私を疎外」する最初の一点なのである。硬い揺るがぬ小さな一点から、柔らかい壮麗な言葉があふれるように連鎖する。このパターンを支えるのは小さな一点へのこだわりだが、それを横溢する壮麗な言葉で引き継ぐところまで含めて一つの構造と見るべきだろう。私たちを震撼させるのは、この小と大の連続であり対比なのである。第10章でとりあげた事務文書の荘厳さが、やはり「落差」によって引き起こされていたことが思い出される。同じような荘厳さは、この小↓大という構造にも伴っている。小さな一点の大きな読み替えは目眩（めまい）のような感覚を引き起こす一方、発端となる小さな一点にはただならぬ重さが宿る。重く、荒涼とした無言の緊張である。三島が鷗外の「寒山拾得」の一節をあのような形で言祝（ことほ）いだのも、「水が来た」という文にはじめから備わる妙味のためというより、この一文を大きく、長く、広く語ることの力を三島本人が意識していたからだろう。小と大の落差が大きければ大きいほど、作用もまた大きく、元の文の異なった相貌を突きつけてくる。

佐伯彰一によれば三島にはふだんから話しぶりにある癖があったという。「三島の話は、理詰めといいながら、じつはエピグラム風であり、文学的逆説をふくむ奇警な意見をひょいと断定的に投げ出すことが多かった。［……］しかし、見落してならぬのは、聞き手の前にいきなり投げ出してみせた奇警な断言をそのまま放置しておくことは絶えてなく、ほとんどの場合、そのすぐ後に論理的、分析的な理由づけをたたみかけるように列挙せずにはおかなかった」[*11]。佐伯はそこに「法科的訓練の匂い」を嗅いだというが、ここにも「一点」の話法があると言えるだろう。

過敏性なき自閉

こうした小大の対立構造と「一点」の威力は、分裂気質の人が経験すると発病につながりうるとも言われる「不意の一撃」を想起させる。E・クレッチマーは、繊細さと鈍感さという相反する傾向を併せ持つ気質を分裂気質と定義し、その特徴の一つに非常に繊細で傷つきやすい内面があるとした。この気質を持つ人の「大多数は、それを守るために硬い外殻を身にまとっている」という[*12]。しかし、この「硬い外殻」が不意に外からの声で破られ、結果的にそれが精神の崩壊を引き起こすことがある。内海健は『金閣寺』の主人公のモデルとなった林養賢に──多くの人が指摘するように──分裂気質が確認できるとした上で[*13]、著者の三島と分裂気質との関係に話を進める。ミンコフスキーの『精神分裂病』から多くを学び、外界の実感のなさという点で自身にもこの傾向があることを自覚していた三島は、分裂気質特有の心的状態を作品の中でよくとらえていた。『鏡子の家』の夏雄が、作品の受賞に伴って世間の注目を集めるようになった後、不意の批判に心を乱す様には、三島の分裂気質の理解の深さ、鋭さがあらわれていると内海は言う。彼の描写がとりわけ優れているのは、単なる気質と病とを隔てる「断層」のとらえ方である。夏雄が「あれ、たしかに、山形夏雄だわ。売り出したと思って、いい気なもんね」と女の囁く声を聞いた瞬間に、まさにその断層があらわれる。夏雄は「わが耳を疑った」。そして「あの娘の、山気をよぎってひびいたほんの一言の生温かい声のために、彼と外界との構図は潰え、遠近法は崩れてしまった[*14]」。

内海はこの「断層」について次のように解説する。

ここでは、「出来事に遭遇し、それにショックを受けた」というような日常的な因果は結ばれない。直線的な時系列は潰えている。いうなれば、それに直交するような垂直の時間、アポカリプスである。そこではすべてが反転する。何も悪意なく生きてきたはずなのに、自分という存在は人を傷つけてきたのだ。その時、彼の存在は一挙に浮き上がる。もはや隠れて生きることはできない。いたるところから視線が注がれるだろう。[*15]

ここには気質が病へと変ずる「狂気の瞬間」が見事に描き出されていると精神科医は三島の「筋のよさ」に感心する。[*16]

では三島自身はどうだったのか。たしかに本人も自覚していたように、彼は外界を実感とともに受け止めることができず、そういう意味では外界から疎外されていたとも言える。しかし、そんな三島に、果たして林養賢や夏雄のような外界に対する過敏性があったのだろうか。内海は「そもそも三島には外界への、とりわけ他者への生々しい過敏性はない。むしろ過敏性なき自閉が彼の原点」だとする。[*17] だから彼は「分裂病にはなりえない」[*18]。「彼の世界には、それを根本的に揺るがす他者というエージェントが現れる余地はない。その遠近法的な自我は、世界全体であり、その外側がない。ましてや分裂病のように、その視点の裏側から監視し、そして忽然と内部に割り込んでくるような他者はいないのである」[*19]。三島の認識と自我が安定し崩壊することがないのはそのためである。そこには「ある種の強靭さ」がある。[*20]

こうしてみると、一点を足がかりに世界全体の構図を描こうとする筆法は、それを分裂気質と呼ぶかどうかはともかく、外界からの疎隔と表裏一体になっている。[*21] 疎隔の原因は、世界がそもそも遠くわからない、親しく感じられないといった場合もあるだろう。三島はこちらのケースになる。そして一点に頼る筆法で、世界を丸々とらえてしまおうとした。しかし、これとは異なり、あまりに主体が過敏なために世界に対し鎧戸をおろさなければならない場合がある。その鎧戸が、何らかのきっかけで開け放たれてしまう。『鏡子の家』の夏雄が、「いい気な

もんね」という一つの囁き声によって精神のバランスを崩してしまったように、ある一点から

の侵入で「不具合」が発症しうる。このように一点は崩壊のきっかけともなるし、統制の足がかりともなるのである。

もちろん、三島がほんとうに無傷だったかどうかは議論の分かれるところだろう。本人は「小説を書くことは、多かれ少なかれ、生を堰き止め、生を停滞させることである」「小説固有の問題は、かくて、われわれが生きながら何故又いかに小説を書くか、という問題に帰着する。もっと普遍的に云えば、われわれが生きながら何故又いかに芸術に携わるか、という問題に帰着する」[*22]と述べ、危機を自覚している。『金閣寺』を戦後社会への挑戦とみる井上隆史は、社会を討つことで何らかの代償を迫られると三島が予感していたと指摘するが[*23]、この予感はあるいは彼自身の心のバランスとも関係していた可能性がある。

いずれにせよ、小さい一点を通した外界との交流には特有の精神の形が表れている。三島が、内海の言うように「分裂病にはなりえない」のだとしたら、この一点は「過敏性なき自閉」を保持しつつ安定的に外界をとらえるための貴重な方策となる。そして、そんな「過敏性なき自閉」は、「注意の規範」の行き渡った時代――すなわち私たちが本書で見てきた事務処理の時代――において典型的な心の作法ともなってきた。事務は統御不能な感情や共感を排除する。この排除を支えるのは、世界からの計画的な疎隔なのである。事務の荒涼とした地平を生み出すのは、「自閉」に限りなく近い世界から、の遠ざかりである。距離を置き「統御された自閉」を実現することが、「注意の規範」を安定化させる。

現代批評と一点としての死

小さな一点を大きく語る作法は、現代批評の原点でもあった。この「落差の美学」を最初に実践した一人はT・S・エリオットである。たとえばエリオットは「形而上派詩人」(一九二一年)というエッセイで、ジョン・ダンの恋愛詩「聖遺物」('The Relique')の「骨に巻きついた金髪のブレスレット」(A bracelet of bright hair about the bone)という一節を抜き出し、「毛」と「骨」の意表を突いたコントラストに注意を引く。[*24] この詩では恋人同士が墓に入り、その中で二人の遺物が重なり合い抱擁を交わすさまが夢想されるが、この一行は、そんな恋愛のあり方をエロティックともグロテスクとも言える濃厚なイメージで表現している。ダンの技法は多岐にわたるが、ここではその「短さ」の表現力こそが重要で、おかげで極小と極大の間の伸縮や思いがけない連想が威力を発揮している。むろん、そうした技法はシェイクスピアをはじめとした、少し前の時代の劇作家たちにも見られたものである。

エリオットの「形而上派詩人」はごく短いエッセイだが、鍵となるのは、なぜ形而上派詩人たちが持っていた豊かな想像力を、その後の英詩が失ってしまったのか? という問いである。この壮大な問いをアクチュアルな切迫感とともに読者に突きつけるために、エリオットはダンたちの時代の後に「イングランドの精神に何かが起きた」という意味ありげな文言を投げ入れる。[*25] この「何か」が後に有名になる「感受性の分裂」(dissociation of sensibility)である。

一七世紀のイングランドに「感受性の分裂」が起き、それまであらゆる領域の知を取り入れていた詩の世界が、ひどく狭く貧しいものになってしまったという見取り図をエリオットは描く。

壮大なマッピングがこのごく短いエッセイの、さらに短い文言に圧縮されている。ダンの詩学を実践するような、小さいものから大きいものへという目の回るような飛躍がここには見て取れる。しかし、飛躍の出発点にあるのが「骨」にこめられた死のイメージであることにも注意したい。私たちはこうした小さい「荒涼」にリアルなものを見ようとする。エリオットはハーヴァードで学び、オックスフォードで哲学の研究を行ったが、教職についた後、ロイズ銀行で数年にわたって働いてもいる。地位が高かったわけではなく給料も安かったが、彼がこうした職務をこなしたことは注目に値するだろう。日々、細々とした事務文書を扱ったエリオットは、現実が小さな「骨」に戻ってこざるをえないということをいやというほど実感していたのではないだろうか。それだけに彼は詩人自身の天才性に依存するような詩の書き方に懐疑の念を示し、評論「伝統と個人の才能」（一九一九年）では個人の力を超越したものに自分を捧げる必要があることを説いた。詩人が個人レベルで感じとるものなどたかがしれている。詩の世界が詩人の退屈な日常と直結する必要はないのである。[*26]

三島をとりまく官僚的なもの

三島もまた退屈な日常性を呪った人だ。しかし、戦後の日本社会をあっという間に覆った日常的なものの浸透力を直視せざるをえなくなる。『鏡子の家』の「みんな欠伸をしていた」という有名な冒頭にも示されているように、三島の小説世界には日常性への苛立ちがさまざまな形で取り込まれ、やや先走って言えば、彼の最期もまた、巨大な退屈さへの抵抗と見なせる。しかし、皮肉なのは、そもそも日常性を生み出す構造の根本に、彼自身の美学が拠っていた冷涼な事務的思考があったことである。「いつもさわぎが大きいから派手に見えるかもしれないが、私は大体、銀行家タイプの小説家である」[*27]という三島は、「過敏性なき自閉」と呼べるような世界との隔たりを生きていた。高橋睦郎によれば、「その存在感の稀薄は言い換えれば、自分がいまここにいるというのは虚妄で、ほんとうはいないのではないかという、冷え冷えとした自らへの疑問」だという。[*28] しかし、この「稀薄」や「自らへの疑問」こそが、三島の認識の「強靱さ」を生み出したとも言える。

たしかに三島の登場人物たちは「椿事」を待望していた。[*29] 多くの人が言うように、三島は虚無を乗り越えるために自衛隊を襲撃し、派手な割腹自殺までして崇高さを取り戻そうとしたのかもしれない。しかし、そんな崇高さを支えたのは、襲撃時に分刻みで計画されたバルコニーからの演説や、慎重に手順を踏んだ介錯など、いずれも形式の呪縛にとらわれた儀式でもあった。彼が求めたのは緻密な形式美であり、そこに伴う生を見下ろすような峻厳さであった。一点から、生の猥雑な現実を見下ろすことで、森鷗外の「水が来た」に彼が強引に読み取ろうとしたような、厳しく緊張感のある美が生まれる。罵声を浴びせてくる自衛隊員たちをバルコニーから見下ろす三島にも、そのような心境がきざしていた。一点集中の論理からほの見える「恐ろしい懐かしさ」こそが、彼がかくも憧憬した死の本性だったのかもしれない。だとしたら三島は、死力を尽くして冷たく無機質な事務の世界に回帰しようとしたとも言える。

猪瀬直樹は『ペルソナ　三島由紀夫伝』で、戦前から戦後にかけて成立した日本の官僚支配の歴史をふり返りながら、官僚一族の家に生まれた三島がいかに官僚的なものにとらわれつづけたかを描き出している。猪瀬が積み重ねるエピソード群が示すのは、三島の周囲にさまざまな形で事務の呪縛が張り巡らされる一方、官僚的なものを拒絶したはずの彼自身の内側にもそうした力が入り込んでいたということである。

三島の祖父平岡定太郎は、「平民宰相」こと原敬の後ろ立てで出世の地歩を築いた官吏だった。人柄としては磊落（らいらく）で「酒よし女よし、一世紀ぐらい時代ずれのした男」とされる。[*30] それだけに脇が甘く、樺太庁長官にまでなったが、このときの「職権濫用による収賄[*31]」がもとで財産を失い、結果、平岡家は後々まで負債に苦しむことになる。三島自身の祖父への言及はごく少なく、好意的なものもあまりない。[*32] 猪瀬は三島が「朝日新聞」に寄せた文章で、明治の官僚が「田舎者」で「文化的洗練というものがわからなかった」と批判しているのを取り上げ、これが祖父を念頭に置いた批判ではないかと推察しているが、もしこの推察が正しいのだとしたら、三島は明治官僚とともに祖父にも、俗物的で野暮で実利にしか目が向かない性質を見ていたことになる。[*33]

父親梓の悲願

ともあれ、定太郎は新しく形成された日本の官僚組織の中枢近くを歩んだ人物だった。原敬が暗殺される直前には危険を察知、本人に警告するほどの場所にいた。これに対しその長男の梓は、農商務省で同期の岸信介と並置することで猪瀬が効果的に描き出すように、東大卒のキャリアとは言っても有能な官僚とは言いがたい人物だった。後に農林事務次官となった楠見義男は次のように証言する。「入って一カ月くらいのとき僕は繭糸課長に呼ばれ〝隣の課の平岡君はあまり仕事熱心でなく業務が滞りがちなので、手伝ってやってくれんかね〟と言われた」[*34]。蚕業課は技術者中心で、梓のような事務官は書類に判を押すのが仕事の中心となるが、当然、技術関係の知識を習得することも期待される。ところが梓にはそんな様子はまったく見られなかったという。

楠見はできるだけ技術屋の相手になれるよう努力した。ところが梓はまったくお構いなしだった。席にいたためしがない。どこへ行ったのだろうと捜すと〝廊下トンビ〟だった。廊下をうろうろし、暇そうな事務官を見つけては油を売っている。昼近くなると「よう、楠見君」と声をかけられた。三越の特別食堂ができると、よく連れて行かれた。夕方、時間になると「さあ、帰ろう」と誘う。帰路、明治屋でいっしょにコーヒーを飲んだ。[*35]

このように役所では「廊下トンビ」だった梓は、家では父親として三島に男らしくあることを要求し、作家志望だった息子が官僚の道に進むよう圧力をかけた。三島が無事、高等文官試験に合格すると、梓は同じ中央省庁でも自身の所属した農林省ではなく、大蔵省の採用試験を受けるよう勧める。

この背景には「悲願」があった。当時の大蔵省は「同じ局長でも各省局長とは段違いの格式で、殊に主計局長などの各省に対する威力は絶大」だった。梓は「僕ら他省のものは実質上の折衝は課長係長などとやったもので、ひいては平属官や給仕にまで自然低姿勢となり、この大名と乞食のやりとりはとても女房子供に見せられた図ではない」と感じた。[*36]実際、梓には大蔵省の役人からこっぴどく叱責された経験がいくどもあった。特別会計の扱いを間違えて計算違いが生じた際には、「君は役人か泥棒か」「君は国庫の収入を一億数千万円ごまかしている」と怒鳴られた。企画した事業に文句を言われたり経費の流用を問題にされたりしたこともあった。その結果、彼は「この野郎、いつか一泡吹かせ、溜飲を下げてやろう」という気持ちになり、息子に大蔵省採用試験の受験を勧めたのである。[*37]

「廊下トンビ」だった人物が、大蔵省を逆恨みしたあげく「一泡吹かせ」るために息子をその本丸に送りこむという構図はあまり格好の良くないものだが、そんな父の命令を三島は素直に受け入れ、東大法学部を卒業後、大蔵省に入省した。まだまだ家父長制の残る昭和初期に官僚一族の家に生まれた三島にとって、この「小心な高級官員[*38]」の父を立てないという選択肢はなかったのだろう。小心なわりに、少年時代の三島の小説の草稿を破り捨てたりした梓の振る舞いに、熊野純彦は「愛情表現が苦手な、戦前では典型的ともいえる家父長像[*39]」を見ているが、そこには強い者として振る舞おうとしても振る舞い切れない、いかにも中途半端な昭和的父親像の端緒が見られる。そんな弱い家父長が直面する何とも散文的な〈悲劇〉を、独特の諧謔とともに描き出したのが、三島が割腹自殺を遂げる五年前の一九六五年に刊行された小島信夫の『抱擁家族』だった。後述するように、三島がこの作品をひどく嫌悪していたのは興味深い。

ちぐはぐな父を持つということ

猪瀬の『ペルソナ』には三島の自決から一年半ほどたった時期の、梓の奇妙な行動を描いたスケッチがある。すでに老人となった梓が、以前にも増して家父長的存在から逸脱し、何とも格好のつかない、とらえどころのない迷惑さを露呈している。

老人はとりたてて用事があったわけではないのに、文藝春秋ビルに立ち寄った。当然、編集部を訪れる作家らの眼にとまらないわけがない。あの老人はどなたですか、と編集長の田中健五はしばしば訊ねられた。

［……］

編集長と老人は、地下の社員食堂で並んでラーメンを食べることになる。「安くて汚くて、恐縮です」と言うと「いや、そういうものがうまいんです」と、のんしゃらんと応じる。編集長は多忙である。いつまでも相手をしていられないから編集部へ戻る。すると、老人がまた舞い戻って来る。編集部員が忙しく動き回っている。老人は「出版社ってのは、なかなかおもしろいところですな」と泰然と眺めているだけでよいらしいのである。[*40]

これに先立ち、梓は一九七一年一二月号から翌一九七二年四月号まで文藝春秋の雑誌『諸君！』に「伜・三島由紀夫」を連載し、単行本として刊行していた。三島の自決直後、当時『諸君！』編集長だった田中健五が、何とか談話をとろうとたびたび三島邸を訪問していると、ある日、梓が「田中さん、こんなものどうなんでしょうねえ」と言って、藁半紙に書いたものを差し出してきたのである。[*41]田中はその内容のおもしろさに打たれ、さっそく連載を始めた。しかし、連載が終わり、田中が『文藝春秋』の編集長へと異動しても、梓の訪問はつづくことになる。梓のとらえどころのなさは、緻密に計算された三島の最期とはまるで対照的に無定形な漂流物のようなところがあり、大きな勢力にまとわりつこうとする者特有のしつこい粘着性を持っていた。

三島が老いの醜さを恐れていたことはよく知られている。[*42]あるいはその恐れは、老いゆく自らの父の姿に起因していたのかもしれない。梓は迷惑老人となり果てる前にすでに官僚的な権力のピラミッドから脱落し、事務的な合理主義には組み込まれないような、いわゆる「イレレバントな（irrelevant）」（「無関係な」「ちぐはぐな」）存在となりおおせていた。息子に対して見せようとした父としての権威も間もなく剝落する。妻には「デリカシーのない水牛のような行動一点張りの人」と、息子には「お父さまは犬と同程度のアタマ」と揶揄される。[*43] 母と息子はともに梓を鈍重な獣のイメージでとらえていたのである。それでも息子は大好きだった母とともに、父にも一定の敬意は払い続け、死の前日まで夫妻の住む離れに「お休みなさい」を言いに行く日課を欠かさなかった。

すでに本稿でも梓の『伜・三島由紀夫』からいくつか抜粋をしてきたが、あらためてその冒頭の一節を引用してみよう。お昼のニュースで三島の事件を知って自分がどのような反応をしたかを描いているのだが、およそ父親らしい権威を欠いた梓が、いかに事件の渦中にあってちぐはぐな存在であり続けたかが文章にもたっぷり出ている。

おやっと思って見入りますと、「三島由紀夫自衛隊に乱入」とあるのです。乱入したのならどうせつかまるだろうから、警察その他各方面に手分けをしてお百度参りをしたり差入れをしたりしなければならないだろう、大仕事だと思いました。次の画面には「割腹」と出ました。ちょっとびっくりしましたが、現在の進歩した外科医術では腹を切ったぐらいなら、そつなくやれば何とか命は助かり得ると聞いていましたし、幸い時刻も真昼間、有名病院も場所柄たくさんあるので、すぐ運んで処置してくれるだろうと考えました。

梓はさらに続けてテレビの「介錯……死亡」という文字を目にした。「僕は、不思議なことに画面の「介錯」という字を「介抱」と誤読して「介抱したが死亡した」と諒解し、なぜ万全の介抱を受けられなかったのだろう、と残念に思い、医者を恨んでいたのです。[*44]」

この文章の異様さは、梓が重大事に及んで重大事らしい反応ができなかったことに由来するのではない。そうしたちぐはぐさや不適切さは、とくに身近な者の死を描く文章ではときに見られるもので、かえって事の重さを知らしめる。それよりもこの梓の一節で目につくのは、無駄な装飾や戯れ言で一生懸命文章をおもしろくしようとする、奇妙な功名心であり――そこには息子の作家としての名声にあやかろうとする老いた父親の浅ましさも出ているのかもしれないが――しかも視点も軸足も定まらない文章には、読者を引きつける牽引力がほとんどない。もちろん貴重な伝記的事実だと思えば、資料的価値から興味は持てるし、実際、貴重な情報もある。とくに自決の前夜、いつもと少しだけ異なる様子で同じ敷地にある両親の住む離れを訪れた三島の描写には心を打たれる。[*45]しかし、総じて『伜・三島由紀夫』は文章として締まりがなく、語り手としての明確な姿勢も読み取れない。

梓の文章にあらわれたこの腰砕けの様相が、三島が目指したものと正反対なのは一目瞭然だろう。三島が求めたのは精緻に構築された形式美であり、そそり立つ理念であった。逆説を多用することで論理に絶えずひねりを加え、読者の上手をとりつづける。硬質な華麗さに飾られた書きぶりには隙がなく、遠くを見通す意志の力も感じさせる。これに対し『伜・三島由紀夫』は行き当たりばったりで読者に対する意識も希薄。隙だらけでグダグダなのである。

小島信夫の『抱擁家族』を嫌悪する三島

ただ、梓の振る舞いや書きぶりをあらためて時代のコンテクストの中に置き直してみると、見えてくることがある。梓のちぐはぐで筋のとおらないイレレバントな漂流性は、当時すでに文学作品の中で表現を与えられつつもあった。先に触れた小島信夫の『抱擁家族』はその最たる例である。この作品は、若いアメリカ兵と浮気をしたと思われる妻の前で、家を支える父として男として振る舞おうとしてまさに腰砕けになっていく主人公の哀しいおかしさを絶妙の崩壊感覚とともに描いている。性的なものをほのめかすにしても、きらびやかさもロマンも官能もない。素っ頓狂な格好の悪さばかりが目立つのである。小説の冒頭には「家政婦のみちよが来るようになってからこの家は汚(よご)れはじめた」という意味ありげな一節があるが、実際、妻の浮気のことを主人公の三輪俊介が知るのはみちよを通してである。三輪は妻にこの情報を突きつけるが、妻は開き直り、夫婦の関係は奇妙な膠着状態に入る。そんな中で三輪は下腹部の痛みを訴える。「妙なところがずっと痛んで仕方がなかった。みちよがこの事件を洩らしたときにそうなった。彼の局部がはたかれたあとのように痛むのである。〔……〕「痛い、痛い、これはどうしたことだ」と俊介は心の中で叫んでいた[*46]」。

『仮面の告白』や『金閣寺』で三島がことごとしく描くエロスや性をめぐる困難から、何と遠く隔たった世界だろう。下腹部が「痛い」とはどういうことだろう。このワンクッション置いた間接的な言及は散文的でとらえどころのないものだが、それでいて痛みそのものは強烈に思える。逃れようがない。しかもそれを妻は、「見っともない」と断じる。まるで三輪が男であることが「見っともない」かのように。

「おれは痛いのだ」

時子はちらっと彼の方を見た。そしてじっと俊介のぜんたいを眺めた。

「おれは、ここが痛くって痛くってしようがないんだ」

「見っともない！」

と時子はささやくようにいった。[*47]

三島はこの『抱擁家族』という作品をひどく嫌悪した。三島によれば、文学というのは本来「机の上で厳密に測定し、構成し、そうしてつくり上げるものであって、定規がちょっとでも曲がっていたら気持が悪い」[*48]。ところがそうした不備を敢えてさらすものがある。それは「風船の空気が漏れている」ようなものであり、そのために「風船が小さくなりつつある」。穴があいているなら、その穴をふさぐべきだというのである。「たとえば小島信夫の『抱擁家族』に対する僕の嫌悪というのはそれですね。空白状態、それから風船の穴の漏れている状態、そういうものを文学にするということは、僕はたくさんなんです[*49]」。こうした「嫌悪」があればこそ、三島は『抱擁家族』が刊行されたのと同じ時期に『英霊の声』を書いたのだと富岡幸一郎は考える。「つまり、三島は『英霊の声』を書くことによって、あの『抱擁家族』の「空っぽの容器」のなかへ自らの「神」を持ち込もうとしたのだ[*50]」。

『伜・三島由紀夫』から読み取れるのも、三島が『抱擁家族』から受け取ったような「空白状態」ではないだろうか。そこには『抱擁家族』と同じく、「見っともない」父親がいる。文章には小心で浅ましい狙いがのぞき、キョロキョロした芯のなさゆえ何とも間が悪い。しかも、その根本には小島信夫的な、父性を転覆しうる面妖さも見え隠れする。『抱擁家族』ほどの突き抜けた笑劇には至っていないものの、なかなか手強い〝作品〟なのだ。少なくとも三島にとっての梓は、何しろ自分の父親である、かなりしぶとい存在として立ちはだかっていた。三島は「厳密主義[*51]」の人だった。だから美しく死ぬことで永遠に形式美の鎧をかぶろうとした。そんな三島にとって、父梓は迷惑この上ない逸脱的で漏洩的な人物であり、まさに風船の空気を漏らす人だったのである。

なぜ「文学青年」は嫌悪されるのか

形の美を追求するようになった三島は、文弱を嫌悪した。三島の〈文〉からは雑音的なものや微温的なものは排除された。作家の晩年『新潮』でその担当をつとめた小島千加子は、「〈文学青年〉嫌い」で知られるようになった三島が肉体と行動の人となっていく跡を回想し、「スランプに陥った経験がかつてなく、ましてノイローゼなどには縁がない、とかねがね誇り、ノイローゼ小説が多すぎる、と歎じていた」と言う。[*52]

『仮面の告白』や『金閣寺』では、作品の主人公に仮託して作家自身の肉体的虚弱さや性にまつわる困難が表現されてもいるが、そんな像とは裏腹に書き手としての三島はつねに攻勢に出るタイプだった。松本健一との対談で猪瀬直樹は、三島の「マーケットリサーチ感覚」の高さにあらためて注目する。処女作の『花ざかりの森』からして「さまざまなコネを見つけて話をつけて進め」て刊行にこぎつけたものだった。三島は明らかに「実務能力」に長けていた。「〔……〕戦後民主主義の中では、『花ざかりの森』は評価されない。それで『仮面の告白』を書く。その時の彼のマーケットリサーチ感覚は優れている。つまり、大蔵省を辞めたんだから売れなきゃ駄目だ、そうすると文学市場でいま求められているものはなにか、と彼は考える。戦争のあとはセックスの解放だと分析して作品のテーマにする[*53]」。

〈文〉から〈武〉への傾斜を強めた後期を待つまでもなく、彼はつねに小説をシステムとして徹底的に管理し、無駄を許さず、すべてが効果に収斂することを求めていた。処女作『花ざかりの森』の頃の若き三島はすでに、先輩の文学関係者たちに「俗人」という印象を与えていた。セルフプロデュースを果たそうと前のめりになり、ぎらぎらしていたのである。[*54]

そんな三島が最終的に、管理された行動の究極としての武力行使に惹かれたのは、驚くべきことではないかもしれない。三島は遺書に「文人」としてではなく「武人」として死ぬのだと記しているが[*55]、「文学青年」を排除した彼の「文」は、たしかに「武」に近いものだった。微温的でイレレバントで雑音的なものを排除することで残るのは、冷徹で合理的な「事務」の形式主義に酷似した何かだった。この冷たいものが、三島の中で文と武とをつなぐ橋渡し的な要素を担うことになる。

時間マニアとなった三島

市ヶ谷で事件を起こした日の三島の行動で何と言っても目につくのは、時間管理である。一一月二五日、午前一〇時過ぎに三島邸に楯の会会員が車で乗りつけ、三島を迎える。このタイミングで『豊饒の海』の最終回の原稿を担当の小島千加子にわたす手筈が整えてあった。三島が小島に電話連絡をしたのは前日である。設定された約束は一〇時半。ところが小島はその日に限って移動に手間取り到着が一〇分遅れる。結局、三島本人には会えず、厳重に封がされた原稿を受け取って会社に戻る。そこで事件を知った小島は、決定的な一〇分の遅れのために三島との最後の別れに間に合わなかったと自責の念に駆られることになる。しかし、後にお手伝いさんから当日の三島の言葉を聞いて驚く。「昨日はとても早くお起きになって、『今日は十時過ぎに出かける。そのあとで小島さんが来るからこれを渡すように』とおっしゃいました」というのである。つまり、三島ははじめから一〇時過ぎ、小島が到着する前に出発することを決めてあり、そんなこととは知らない小島がその直後の一〇時半にやってきて原稿を受け取るという流れも段取り通りだったのである。小島はこうした三島の精緻な時間設定が、事件に自分をまきこまないための配慮から来ていると解釈した。[*56]

そのあとの行動も緻密に予定通り進められた。市ヶ谷の自衛隊駐屯地で三島と会員たちは、アポをとってあった東部方面総監と面会。その直後に総監を人質に取る。襲いかかる際の合図も決めてあった。ほぼ予定通りに事は運んだ。シナリオに狂いが生じるのはその後である。総監を人質に取った後、三島は要求書を突きつけた。「十一時十分より十三時十分にいたる二時間の間、一切の攻撃妨害を行わざること」「十一時三十分までに全市ヶ谷駐屯地の自衛官を本館前に集合せしめること」[*57]などと書かれている。自衛隊員を集合させたのち、三〇分ほど三島が演説する予定だったのである。しかし総監を緊縛後に総監室の周辺にいた幹部や隊員たちと小競り合いがあったために時間がとられ、隊員の召集と演説の開始が遅れる。また演説の開始後も、召集された自衛隊員から罵声が飛んでバルコニーで話す三島の声はかき消された。結局、三島は演説を一〇分ほどで切り上げざるをえなくなる。そのとき、三島がちらちらと腕時計に目をやっている様が下からは見えたという。そんな状況の中でも――いや、そんな状況だからこそかもしれないが――三島はまるで時間に追われるように行動していたのである。

日常生活でも三島は時間に正確なことで知られていた。「会う約束をすれば、必ず五分前にいち早く現われて、こちらを待ち受けようとし、仲間うちの雑誌のためにさえ、一たん約束した原稿の締切の期日は、一度たりとも違（たが）えた例しがなかった」[*58]。友人との待ち合わせだけではなく、父母への挨拶も毎日欠かさなかった。もちろん約束を守る、時間に遅れない、というだけなら義理堅い誠実な人柄ということで通るだろうが、三島の場合はそれだけにはとどまらないような時間への執着があったとも見える。「一緒に飲みかつ食べて、おしゃべりに熱中していた（如くに見えた）際ですら、十一時になるとさっと切り上げ、書斎へと引き上げていった。いささかの未練気も残さない、その後ろ姿を見送りながらその度に、時計仕掛けのカチリという切替え装置の音がしかと耳にひびいてきたような気がしたものだ」と佐伯彰一は振り返る。[*59]ある時期からの三島は文壇の夜の集まりなどにも出なくなり、夜は早々に帰宅して夜更けから明け方までの執筆の時間を守った。佐伯によれば、その手帳はほとんどの日付にびっしりと予定が書きこまれてあったが、「スケジュールに追っかけ廻されるといった感じはさらになく、あたかも複雑きわまりない攻撃の手順を列車のダイヤなみに寸分の狂いなく操作し、指令しつづける俊敏な参謀将校の面影があった」。そこに見て取れたのは受け身の多忙さではなく、予定を「主体的に制御し、操ってゆこうという積極的な意志の作業」だったという。[*60]

時間の呪い

振り返れば、大蔵省を早々に辞職し作家業への専念を決断した際も、河出書房からの〝書き下ろし長編小説〟の企画依頼にあった「構想期間三カ月、執筆期間三カ月」とのプランを快諾し、その後、「書下ろしは十一月廿五日を起筆と予定し、題は『仮面の告白』といふのです」と書簡で知らせている。実際の原稿完成は二ヵ月ほど遅れたものの、はじめての長編で完成稿三四〇枚という分量を考えれば、驚くほどの計画性と言えるだろう。[*61]

逆に時間に正確でない人には三島は厳しかった。三島と親交の深かった鹿島建設の社長令嬢の三枝子は、後に政治家の平泉渉と結婚する人物だが、猪瀬が『ペルソナ』で次のようなエピソードを紹介している。

　昭和二十年代、デートに遅れた鹿島三枝子は指定の席に坐ると、「十五分待ったのにご高覧の栄誉を賜らなくて誠に残念であります。臣　由紀夫」という三島のメモをウエイトレスに手渡された体験がある。三島は十五分が待ち時間の限度だった。この話にはさらにオチがある。「ただいまよりお食事のコースをご用意させていただきます。お勘定はいただいておりますので」とウエイトレスがつづける。そんな意地悪まで仕掛けてあった。[*62]

　猪瀬はこのエピソードにつづけ、寺山修司との対談で三島が口にした「時間」についての発言を引用する。「時間を支配してるのは女であって、男じゃない。妊娠十カ月の時間、これは女の持物だからね。だから女は時間に遅れる権利があるんだよ」「僕はとっても時計が好きなんだよ。よく銀座あたりへ行って、百二十万とか八十万円とかいう時計の前でしばらくヨダレたらすんだ[*63]」。幼少期の三島は常に祖母の監督下におかれていた。三島の両親は家屋の二階に住んでいたが、一階で三島と暮らす祖母は懐中時計を肌身離さずもっており、四時間ごとに正確にベルを鳴らして授乳の合図を送ってきたという。[*64]

　こうしてみると三島は時間や時計を愛していたようでいて、時間に呪われていたとも言えるかもしれない。時間管理は三島にとっては行動の堅固な基盤であり、権力の装置であり、峻厳な形式美の柱となるものだった。彼は徹底的に形式化された時間に自ら進んで身を任せることでこそ、主体性を保とうとした。しかし、市ヶ谷駐屯地で東部方面総監を人質にとり、バルコニーから自衛隊員たちに決起をうながす演説をする三島がちらちらと腕時計の時間を気にしていたという姿には、むしろ時間の呪縛を感じざるをえない。三島はある時期に「真に自由になるには、まず自分を縛ってかからねばならぬ」という理念に辿りついたというが、果たして彼は本当に自由だったのだろうか。

三島の切腹も正確に様式を守ろうとしたものだった。本人による切腹は型を踏まえた見事なものだったようだが、森田必勝による介錯は二度の試みでも完遂せず、別の会員がようやく斬首に成功した。三島が形式に取り憑かれれば取り憑かれるほど、逸脱や失敗が邪魔をする。ちょうどあの〝廊下トンビ〟でイレレバントだった父の梓が息子の死後よけいな発言を垂れ流し、形式を全うしたはずの三島の人生のあちこちに穴をうがつように。

駐屯地の真ん中で総監が人質に取られるなどという事態は、自衛隊側からすれば大きな管理上のミスなのは間違いない。しかし、このとき銃器による応戦ができなかった背景には、フランス革命以来、力を蓄えてきた事務の勝利があったとも言える。猪瀬は事件の際、怪我をした中村二佐の証言を引用しながら、市ヶ谷駐屯地の仕組みを次のように説明する。基地の東端には弾薬庫があり、歩哨が二人いてその銃には弾丸が一二発装塡されているが、弾薬庫には表と内部の二つのドアがあり、ともに鍵がかかっている。そして、ここから弾薬を取り出すためにはあらかじめ部隊長に書類を提出し、許可をもらわなければならない。ドアを開けるためにも、弾薬出納係長の立ち会いが必要だった。*65 軍の暴走を防ぎ、事務の支配下に置くためのシステムがここではしっかり機能していた。この事務支配が、三島の武力行使を支えた事務的な時間管理にも思わぬ援軍となったわけである。事務の呪縛の底知れぬ力には、三島ならずとも陶然とせざるをえないだろう。

【参考文献】

◆井上隆史『暴流（ぼる）の人　三島由紀夫』平凡社、二〇二〇年。
◆猪瀬直樹『ペルソナ　三島由紀夫伝』文春文庫、一九九九年。
◆内海健『金閣を焼かなければならぬ　林養賢と三島由紀夫』河出書房新社、二〇二〇年。
◆江藤淳「三島由紀夫の家」『江藤淳コレクション3　文学論Ⅰ』ちくま学芸文庫、二〇〇一年。
◆梶尾文武『否定の文体　三島由紀夫と昭和批評』鼎書房、二〇一五年。
◆熊野純彦『三島由紀夫』清水書院、二〇二〇年。
◆小島千加子『三島由紀夫と檀一雄』ちくま文庫、一九九六年。
◆小島信夫『抱擁家族』講談社文芸文庫、一九八八年。
◆佐伯彰一『評伝　三島由紀夫』中公文庫、一九八八年。
◆坂本一亀「『仮面の告白』のころ」『新文芸読本　三島由紀夫』河出書房新社、一九九〇年、四二～四六頁。
◆柴田勝二「反転する話者――三島由紀夫『金閣寺』論」『日本文学』第四四巻一二号、一九九五年、三三～四四頁。
◆高橋睦郎『在りし、在らまほしかりし三島由紀夫』平凡社、二〇一六年。
◆富岡幸一郎『仮面の神学』構想社、一九九五年。

◆林房雄・三島由紀夫『対話・日本人論』番町書房、一九六六年。
◆平岡梓『伜・三島由紀夫』文春文庫、一九九六年。
◆松本健一×猪瀬直樹「対談　三島由紀夫と官僚システム」『中央公論特別編集　三島由紀夫と戦後』中央公論社、二〇一〇年、一五六～一六八頁。
◆三島由紀夫『鏡子の家』新潮文庫、二〇二一年。
◆三島由紀夫『金閣寺』新潮文庫、一九八七年。
◆三島由紀夫『小説家の休暇』新潮文庫、二〇〇八年。
◆三島由紀夫『太陽と鉄・私の遍歴時代』中公文庫、二〇二〇年。
◆三島由紀夫『文章読本』中公文庫、一九七三年。
◆森鷗外「寒山拾得」『山椒大夫　高瀬舟　森鷗外全集5』ちくま文庫、一九九五年。
◆Eliot, T.S. 'The Metaphysical Poets.' *Selected Essays.* London: Faber, 1951.
◆Fay, Robert. 'T.S. Eliot: Employee of the Month.' https://www.full-stop.net/2013/01/15/blog/robert-fay/t-s-eliot-employee-of-the-month/

---

*1　「寒山拾得」からの引用はちくま文庫版に拠ったが、一部ルビを追加した（二六四頁）。
*2　三島（一九七三年）、四一頁。
*3　同、四一頁。
*4　三島（一九八七年）、六～七頁。
*5　同、七頁。
*6　同、一四頁。なお、梶尾文武は『金閣寺』におけるこうした点の呪縛が「私」の時間に厚みが欠如していることを示すとしている。「最上級の強意の頻発、かつてこれほどのことはなかったという決定的体験の繰り返しは、「私」が厚みのある時間を生きていないことの徴しである」。梶尾、一三〇頁。
*7　三島（一九八七年）、二三頁。
*8　同、二四頁。
*9　同、五一～五二頁。

＊10 同、一三四頁。

＊11 佐伯、二四九頁。

＊12 内海、五六～五九頁。なお、現在では「精神分裂病」にかわり「統合失調症」という診断名が定着しているが、本稿では著者内海の方針に従って「分裂病」「分裂気質」といった用語を採用する。

＊13 同、五九頁。

＊14 三島（二〇二一年）、二六四～二六五頁。

＊15 内海、六三頁。

＊16 同、六二～六三頁。

＊17 同、一六〇頁。

＊18 同、一六四頁。

＊19 同、一六四～一六五頁。

＊20 同、一六五頁。

＊21 柴田は、『金閣寺』執筆当時に起きたビキニ沖での核実験についての三島の「知的な概観的な世界像と、人間の肉体的制約とのアンバランス」（三島（二〇〇八年）、八五頁）という言葉を引いた上で、「国宝を灰燼に帰させる精神もやはり「巨人」的な超越性をはらんでいる」としている（柴田、四四頁）。さまざまな身体的な障害を抱え疎外感をつのらせる主人公の「弱者系」の物語ではじまり、金閣という国宝を焼いてしまう、という「強者系」の物語で終わるのが、この小説の構図だと柴田は解釈するが（同、三六頁）、「知的な概観的な世界像」を「強者系」の物語として君臨させるのは、〈小→大〉という事務の力学だと言える。

＊22 三島（二〇〇八年）、一三～一四頁。

＊23 井上、二四四頁。

＊24 Eliot, p.283.

＊25 ibid., p.287.

＊26 エリオットは銀行員として有能で、仕事をつづけていればそれなりの地位に上り詰めただろうとも言われている。Fay 参照。

＊27　三島（二〇二〇年）、一七一頁。
＊28　高橋、一六四頁。
＊29　たとえば江藤淳の「三島由紀夫の家」参照。
＊30　平岡、三四頁。
＊31　佐伯、二四三頁。
＊32　例外の一つとして、父梓に祖父の書を見せられたときの反応が伝えられている。「お祖父さんの字は実にうまい字ですね、感心した」と三島は言ったという。平岡、二六頁。
＊33　猪瀬、一四六頁。
＊34　同、一五四頁。
＊35　同前。
＊36　平岡、八一～八二頁。
＊37　同、八二頁。
＊38　熊野、三七頁。
＊39　同、三七～三八頁。
＊40　猪瀬、一四八～一四九頁。
＊41　同、一五一頁。
＊42　高橋はある文学賞のパーティでの出来事を述懐している。壇上の審査員席から降りてきた三島は、「壇上から見ると会場は白髪頭と禿頭ばかり、こんな老人どもに日本が牛耳られているかと思うとうんざりだ、何か食いに行こう」と高橋たち若者を誘って会場を後にしたという。高橋、一六八頁参照。
＊43　平岡、一五、五八頁。
＊44　同、七～八頁。
＊45　同、一二～一三頁。
＊46　小島信夫、二八頁。
＊47　同、二八～二九頁。
＊48　林・三島、八八頁。

＊49　同前。
＊50　富岡、八二頁。
＊51　林・三島、八九頁。
＊52　小島千加子、三一頁。
＊53　松本×猪瀬、一六二頁。
＊54　三島の印象を「俗人」としたのは、伊東静雄。三島は伊東に『花ざかりの森』の序文を書いてもらおうとしたが、断られている。猪瀬、二三四～二三五頁参照。『文藝』編集長の野田宇太郎も同じような印象を持ったようだ。
＊55　平岡、二二頁。
＊56　小島千加子、八～一七頁。
＊57　猪瀬、四四二、四三六頁。
＊58　佐伯、一二三～一二四頁。
＊59　同、一二四頁。
＊60　同前。
＊61　坂本、四三～四五頁。
＊62　猪瀬、三八六頁。
＊63　同前。
＊64　平岡、三六頁。
＊65　猪瀬、四四四頁。

第12章

事務と愛とバートルビー

事務と人間との距離感

人間がより幸福になるためには、人間らしさにこだわらない方がいいのだろうか。かつて私たちは上方を見上げ、超越的な力に期待を抱いた。そうした力にとってかわったのは「科学的」と呼ばれる諸々の知の体系だった。人新世やポストヒューマンといった概念もまた、〝人間からの離脱〟を視野に入れている。

事務は神でも科学でもない。環境やＡＩといった枠組みにも収まらない。しかし、〝人間からの離脱〟を視野に入れる点では同じである。事務もまた、人間を〝外〟へと導く装置なのだ。ただ、事務的思考は社会を上からではなく下から——つまり目に見えない、気がつかないところから——支えている。そして、ふだん私たちがおおっぴらには口にできない人間への不信や諦めをすべて呑み込んで、静かに稼働しつづける。

事務には損な役回りが押しつけられてきた。社会の中で事務の果たす役割は非常に大きく、もはや社会は事務なしでは回らないというのに、感謝や敬意は示されない。本書では、人間が事務に抱く違和感から出発し、その付き合いの痕跡をたどってきた。事務は仰ぎ見られることも崇拝されることもない。むしろ軽視され、疎んじられる。他方で、私たちは事務に依存するだけでなく、苦手意識も持ち、ときには手痛い目に遭う。事務との付き合いでは、失敗や後悔の念がつきものである。事務は手強い。実に鬱陶しい存在なのである。

そんな私たちがそれでも事務から離れられないのだとしたら、それでも事務が人の心を虜にするのだとしたら、その背後にはどのような心の構造があるのだろう。この問いは、人間らしさについて私たちに再考を迫る。そもそも人間らしさとは、人間であることへの執着ではなく、人間ならざるものへの執着にその本質があるのではないか。人間ならざるものとしての事務はきらびやかでも崇高でもなく、むしろ冷たく、殺伐としている。だからこそ、私たちは事務への執着を認めたくないし、ましてやおおっぴらには語りたくないのかもしれない。

「書記バートルビー」の空気

一九世紀アメリカの作家ハーマン・メルヴィルの代表作の一つに「書記バートルビー」という中編小説がある。事務と人間との奇妙な関係をよくとらえた作品で、ドタバタしたコミカルなストーリーなのに、事務ならではの鬱陶しさのようなものも封じ込められている。何とも言えない居心地の悪さのようなものが逃れようなく作品世界を覆っているのだ。語り手にも、読者にも、そしておそらくバートルビーにも、この気分は共有されているが、私たちはその根源にあるものをうまく言葉にすることができない。そこにはたぶん、事務のエキスのようなものが溜まっている。

作品の舞台は、事務の匂いが濃厚に漂うウォール街の小さな法律事務所である。事務所を経営する語り手は、二人の代書人（scrivener）と助手を一人雇っている。代書人の仕事の中心は書類作りで、端的にいえば文書の複写である。かつてコピー機どころかタイプライターも（従ってカーボンコピーも）なかった時代には、事務作業の多くをこうした代書人が担っていた。複写とは言ってもある程度のリテラシーが必要となる。教育の機会が広がる中で教育機関が目指したのは、このような事務作業を担うための人材を養成することだった。『荒涼館』で重要な役回りを果たしたのも代書人ネモだったことが思い出される。

語り手はあるときこの法律事務所に新しく三人目の代書人を雇うことにした。そこで採用されたのがバートルビーだった。現在の二人の代書人が気性が荒く扱いが難しかったこともあり、口数が少なく作業に集中するバートルビーは、語り手にとっては理想的な新人と見えた。しかし、まもなく奇妙なことが起きる。

バートルビーが、頼んだ作業を「辞退」するようになったのである。文書の読み合わせ作業に加わってもらおうとすると、「しないほうがいいのですが」（I would prefer not to）と言う。やがてバートルビーはあらゆる依頼に対し、この「しないほうがいいのです」なる言葉を返すようになり、一切の仕事を受けつけなくなってしまう。*1

そのうちに、バートルビーの不思議な生態が明らかになってくる。少なくとも事務所に来たときにはジンジャーナッツ・クッキーを口にするだけで、食事をしている様子がない。この人はどういう生活をしているのだろうと語り手は不思議に思い始める。すると、さらに驚くべきことがわかってくる。バートルビーは勝手に事務所に寝泊まりしていたのである。たまたま週末に事務所に来た語り手は、寝起き姿のようなバートルビーに遭遇して驚く。

はじめはちょっとしたサボりかと思えたバートルビーの振る舞いはやがて完全なる業務拒否となり、さらにはすべての依頼や誘いが拒絶されるようになる。事務所でのバートルビーの居場所はまるで不法占拠の様相を呈し、本人は壁を見つめたりしている。それでも語り手は強引な手段をとれない。バートルビーを追い出すかわりに、ついに自分のほうが事務所を移さざるをえなくなる。

しかし、バートルビーの亡霊はそれでも追いかけてくる。語り手の借りていた部屋に新しく入ったテナントから、苦情が来たのだ。バートルビーが居座って迷惑しているという。ついにバートルビーは監獄に収容されてしまう。語り手はそこを訪れ、彼が食うに困らないように人を雇って食べ物を提供しようとするが、バートルビーの方は一切受け付けない。そして小説の最後、ついに彼は息絶えてしまうのである。

これが「書記バートルビー」のあらすじである。ストーリーの流れは明瞭だが、腑に落ちるようで腑に落ちない。読者は居心地の悪い隘路（あいろ）のような場所に追い込まれてしまう。原作の「ウォール街の物語」という副題が示すとおり、本作はまさにウォール＝壁を前にした閉塞感を描いているように感じられる。それだけにこの作品にはさまざまな解釈が試みられてきた。読者は腑に落ちたいのだ。人々が興味を持つのは、バートルビーの正体である。この男はいったい何者なのだろう。何を意味するのだろう。レオ・マルクスが早い段階で提示したのは、バートルビーに作家メルヴィルの影を見る解釈である。筆写を生業とするバートルビーは、たしかに執筆を生業とする小説家メルヴィルと重なるところが多い。マルクスは「書記バートルビー」執筆時のメルヴィルが、一般読者の欲求を満たそうとするような作品を書き続けることにうんざりして、ちょうどバートルビーと同じようにそうした要求に対し、「否」と言おうとしていたとする。[*2]

こうした読解に対し、精神分析理論の影響を受けた読みも行われた。とりわけ盛んに提示されたのは、作中、関心の焦点となるのがバートルビーではなく、語り手の法律家ではないかという考えである。分析を受ける立場にいるのは、一見精神分析医のような構えをとっている法律家の方だということだ。[*3] このように黒衣(くろこ)かと思われていた法律家への関心は徐々に高まり、セクシュアリティとからめた考察も行われてきた。[*4]

アガンベンのバートルビー

そんな中、現在でも影響力を持っているのは、ジョルジョ・アガンベンによる解釈である。アガンベンはバートルビーが繰り返す「しないほうがいいのですが」という台詞に注目し、これを「潜勢力」という概念に引きつけて読み解く。かつてアリストテレスは「何かをすることができるという潜勢力はすべて、それをしないことができるという潜勢力でもある」という点に注目した。そこで問題となるのは、「存在することができるという潜勢力が神にあるとすると、存在しないことができるという潜勢力もある」ということである。こうなると神が悪や非存在を欲しうることになる。神学者たちはニヒリズムにつながりかねないこうした思考を否定し、「神の意志は、神の存在と同様、いわば、絶対的なしかたで潜勢力を欠いている」とした。[*5]

これに対し神秘主義者は、創造に先立つものとして「神的な潜勢力」や「深淵」を措定する考えを支持した。彼らは差異のない「深淵」こそが「世界が生じるもととなる無」であり、「世界はこの深淵を永遠に支えとする」とした。アガンベンは次のようなベーメの考えを引用する。「深淵とは、神にあっては、闇の生そのものであり、地獄の神的な根であり、そこにおいて無が永遠に自らを創出する。我々がこの底なし地獄に降りていき、我々の非の潜勢力を経験することができてはじめて、我々は創造できる者、詩人になる[*6]」。

アガンベンはこうして、「しないほうがいいのですが」と言うバートルビーが、「意志なしでいることができる」状態、すなわち「純粋かつ絶対的な潜勢力である」無を要求していると解釈する。[*7] バートルビーは「何かを絶対的に欲するということのないままに為すことができること（そしてまた、為さないことができること）に成功した[*8]」というのである。

バートルビーは、ただ意志なしでいることができる。彼は、絶対的潜勢力によってのみ可能である。しかし、だからといって、彼の潜勢力が実効性をもたないというのでもないし、意志がないからといって現実のものにならずにとどまっているというのでもない。その反対に、彼の潜勢力はいたるところで意志を超え出ている（自分の意志をも、他の者たちの意志をも超え出ている）。[*9]

このような解釈がそれなりの影響力を持ってきたのは、神学的な関心の隆盛のためというよりは、政治的なコンテクストのためである。ウースン・カンはそのあたりの事情を説明するのに、一九六八年五月以降に政治的な進歩主義が直面した問題に注目する。カンによれば、ドゥルーズ／ガタリをはじめとする思想家たちがバートルビーを語るきっかけとなったのは、自らの意志で隷従を選ぶ人たちを目の当たりにしたことだった。このような人たちはまるで自ら全体主義に与しているかのようで、その姿に思想家たちは政治的な主体性を求めることの限界を感じた。バートルビーが独特な言葉遣いで示す抵抗は、そんな人たちに対し今ひとつの新しい抵抗の形を提示した。[10] 彼らが注目したのは、その意志の欠如だった。アガンベンは言う。

　バートルビーがわが家とする禁欲的な怠け者の国（シュララッフェンラント）には、あらゆる理から完全に解放された「よりむしろ」だけがある。それは好みや潜勢力といったものであって、それはもはや無に対する存在の優位を確証する役には立たず、存在と無のあいだの無差別のうちに理由もなく存在する。しかし、存在と無のあいだの無差別とは、対立しあう二つの原則が等価だということではない。それは、あらゆる理を離れて純粋なものとなった潜勢力の存在様態なのである。[11]

政治的なコンテクストで見ると、バートルビーのこうした抵抗は法の力を脱臼させる可能性を持っている。法に対立したり違反したりするのではない。法には対立したり違反したりするものを受け止めるシステムが備わっている。というより、まさにそれが法というものである。これに対し、バートルビーの発言は異次元に法を誘いこみ、自壊させてしまう。

　むろん、こうした読みがバートルビーを救済者や抵抗者という既存のイデオロギーに引きつけた読みであることは否定できない[*12]。しかし、バートルビーの発言が引き起こす何ともいえない居心地の悪さの一端が、上記のような「存在と無のあいだの無差別とは、対立しあう二つの原則が等価だということではない。それは、あらゆる理を離れて純粋なものとなった潜勢力の存在様態なのである」という、アガンベンのそれ自体たいへん居心地の悪い措定によってとらえられているのもたしかである。

バートルビーのポライトネス

「書記バートルビー」の居心地の悪さは、バートルビーその人から発するのではない。彼が何者であるかを追求しても違和感を完全に解消することはできない。小説末尾で言及されるバートルビーの過去も、必ずしも読者の気持ちの悪さを解消するわけではない。

　あらためて確認すれば、バートルビーの繰り出す台詞は I would prefer not to というやや回りくどい言い方になっている。I would にしても prefer にしても、やや遠回しで遠慮がちな言い回しと言える。というより「遠慮」をジェスチャーとしてことさら示している。このような言葉の使い方は、相手に対する配慮を示しつつも相手の慮(おもんぱか)りにも訴えるようなもので、いわゆる「ポライトネス」の観点から説明できる。

ポライトネスとは相手の意図を汲みつつ、かつこちらの意図も提示して行われる距離の調整を示す概念で、言語学、文化人類学、社会学をまたぐ領域として近年注目が集まっている分野である。滝浦真人による解説を参照してみよう。

欲求は自分だけのものではない。対面する相手もまた、同じ2つの欲求を持っている。欲求と欲求を直接ぶつけ合っても、生じるのは争いだけである。ここに、最も広いいみでの〝交渉〟が必要となる素地がある。「ポライトネス」とはさしあたり、この〝交渉〟に欠かすことのできない対人的配慮のことだと言ってよい。何ものにも媒介されないナマの人間関係は、見知らぬ他者との間で持つには近すぎて危険である。ナマの人間関係を回避するために他者を遠ざけることはできるけれども、遠すぎればこんどはたんに疎遠となって人間関係自体が成り立たない。人間関係のそうした不安定を軽減するには、対人関係を調節する媒体が必要なのである。*13

「しないほうがいいのですが」というバートルビーの持って回った言い方は、欲求のぶつかり合いを避けるために距離を設けようとしているように聞こえなくもない。こうした言い回しは、直接的な欲求のぶつけ合いでは殺伐としてうまくいかないやり取りを間接的に行い、なめらかに成就させようとする。そういう意味ではそこには距離の調整と、もっと言えば政治や愛も読み取れる。

しかし、バートルビーの政治や愛はどこか歪んでいる。その原因としてドゥルーズは、まずI would prefer not toという発話が英語としてどこか不自然であるせいだとする。「"prefer"はこうした意味あいではめったに使われず、バートルビーの上司である代訴人も、見習たちも、普段はこの言葉を使わない（「おかしな言葉だ、わたしは絶対に使わないね……」）。通常の決まり文句は、むしろ、"I had rather not"であろう[14]」。

もちろん、慣用をやや逸脱しているとはいえ、文法的に問題があるわけではない。シンタクスが破綻しているわけでもない。そこでより重要な問題としてドゥルーズが注目するのが、この言い回しの「限界機能」である。「ぶっきらぼうな語尾"NOT TO"があるために、拒否をしてはいても何を拒否しているのかが限定されず、そのせいで、この決まり文句に過激な性格、一種の限界機能をもたらしている」というのである。「しかも、それが繰り返され、執拗に口にされることで、全体に、より突飛な感じをあたえるようになる[15]」。バートルビーは拒否をするわけではない。ただ、「不可能性の呈示に終始する」のである。その結果、彼の言葉は「識別不可能性、不確定性の領域を抉（えぐ）り出し、その領域は好ましくない活動と好ましい活動のあいだで拡大しつづける」。やがてバートルビーは、はじめは行っていた筆写の作業さえも行わなくなるが、ドゥルーズはそれが「虚無の意志ではない。意志の虚無の増殖だ」とする。しかし、こうしてバートルビーは「生き残る権利」を得るという。

ブランショなら、忍耐を要する純粋な受動性、とでも呼ぶだろう。存在として在り、それ以上のものはなにひとつない。諾か否かを言うようにと迫られもするだろう。しかし、否（照らし合わせをすること、買い物をすることについて）と言ったり、諾（書き写すことについて）と言ったりすれば、すぐさま敗北してしまい、不必要とみなされ、生き残れない。照らし合わせの行為をせずにすますことを好み、それとともに、筆写を好むこともせずにすますのが、生き残りの方法なのだ。一方を不可能にするためには、もう一方も忌避せねばならなかったわけである。[*16]

かつての政治闘争で前提とされていたのは、抵抗する主体だった。バートルビーも「無理です」とか、「なんで、そんなことしなきゃいけないの？」といったアグレッシブで挑戦的な態度をとっていれば、そうしたモデルにうまくあてはまっていただろう。周囲の者も、読者も、腑に落ちただろう。何らかの不満があって、バートルビーが拒絶しているという読みになる。しかし、端的な命令に対して「（どちらかというと）しないほうがいいのですが」という態度をとられると困ってしまう。しかもバートルビーはこの台詞をほとんど機械的に繰り返す。何を聞かれても判で押したように同じ答えが返ってくる。形式性に取り憑かれたかのような、まさに「事務的」という形容を使いたくなるような、機械的な反応である。

善意の迷走

なぜバートルビーはこのような台詞にこだわるのだろう。彼のI would prefer... という言葉はもったいぶっているだけに、一見、人間関係に敏感であろう、気遣い（ケア）を示そう、政治的であろう、とする態度の表れのように見える。何かを慎重に推し量っているように見えなくもない。しかし、その「人間関係らしさ」はどこか的外れである。機能していない。関係的な言葉は、臨機応変に状況に応じて使われてはじめて、その役割を果たす。これに対し、機械的に反復されるバートルビーの発言は、言葉の機能不全を白日の下にさらしてしまう。何かがうまくいっていないのだ。心地悪さはそこからくる。

バートルビーのこうした態度は、第3章でも話題にした注意の規範からの逸脱を想起させる。他者に注意を払っているようでいて、そもそも注意のベクトルが共有されていない。一見、慎重に相手との距離感の調整を行うように見えて、そうなっていない。形だけは配慮の身振りをまとっているものの、誰に対し、どのような配慮を示そうとしているのかが見えないのである。そこでは善意が迷走している。法律事務所の人たちがバートルビーの台詞に憤慨するのは、業務拒否のせいもあるが、それ以上に、彼の的外れな抗弁がコミュニケーションの根幹を揺るがすからである。

根にあるのは、言葉を機能させるべき何かの欠如である。それはいったい何か。そもそも言葉がきちんと機能するのに必要なのは、まずは言葉の知識である。字義のレベルで言葉が何を指示するかが理解できなければ、コミュニケーションは通常、成立しない。たとえば「窓を開けてくれます?」と言いたいのに、「窓」もしくは「開ける」という語を間違えて、「カドを開けてくれます?」とか「窓をかけてくれます?」と発話したら相手は理解ができないだろう。それゆえ、窓を開けてもらうこともできない。

しかし、「窓」や「開ける」を間違えても、窓を開けてもらうことができることもある。そこでかかわってくるのが状況である。目の前に窓がある。しかも、発話者が窓について何かを言いたいらしい。かつこちらに何かをして欲しいようである。これだけの状況の情報がそろったら、たとえ何も発話していなくても、あるいは「カドを開けてくれます?」とか「窓をかけてくれます?」といった発話しかできなくとも、意図は察してもらえるかもしれない。

状況への意識とは、その言葉が状況の中でどのような行為として行われているかをめぐる意識である。相手が言葉を発することで、「お願い」したいのか、「要求」しているのか、あるいは「宣言」しようとするのか。また「誰」に対して発言しているのか。どれくらい強く言っているのか。そのあたりを察することができれば、行為としての言葉が果たそうとしている機能を突き止めることができる。私たちのコミュニケーションは言葉の字義の部分と、言語行為の部分とが両輪となって機能している。だから、たとえ字義に何らかの不足があったとしても、行為性をめぐる認識から逆算して、字義を想像することができる。ところが、バートルビーの言葉はまさにそうした機能を「破壊する」のだとドゥルーズは言う。[*17] 何しろ彼が決まって口にする「しないほうがいいのですが」のために、「上司が命令したり、親切な友人が質問をしたり、誠実な人が約束をしたりする際に準拠する言語行為が［……］骨抜きにされる」から。*18

これは何を意味するのだろう。事件は事務の中枢で起きた。舞台はウォール街の法律事務所。しかもバートルビーは代書人。だからこそ事件は起きたのかもしれない。

事務文書の命令の「人間らしさ」

バートルビーが「骨抜き」にしたのは、何なのだろう。彼の「しないほうがいいのですが」はたしかに奇妙な言い回しかもしれないが、意味しない言葉ではない。彼は言葉の形式そのものを破壊したわけではないし、形と意味内容との関係を切断したわけでもない。彼の「破壊」がもっとも深くかかわったのは言葉と言葉や、言葉と物の関係ではなく、言葉と人間とをつなぐ部分である。彼はそこに亀裂を生んだ。

これはいかにも事務らしい事態である。事務とかかわると、人間関係は硬直し人間らしい潤いや温もりや情が失われる。事務は人間の「外」にあるものだから。しかし、事務は人間を動かす装置でもある。事務は奥深い。堅牢に見える統制された自閉の中からも、「漏れ」が生ずる。「書記バートルビー」の違和感はそこをとらえている。

事務の奥深さは、日本語ではしばしば〈である体〉や〈です・ます体〉の文体の使い分けに出る。以下に示すのは、サボテンの扱いを示した文書である。

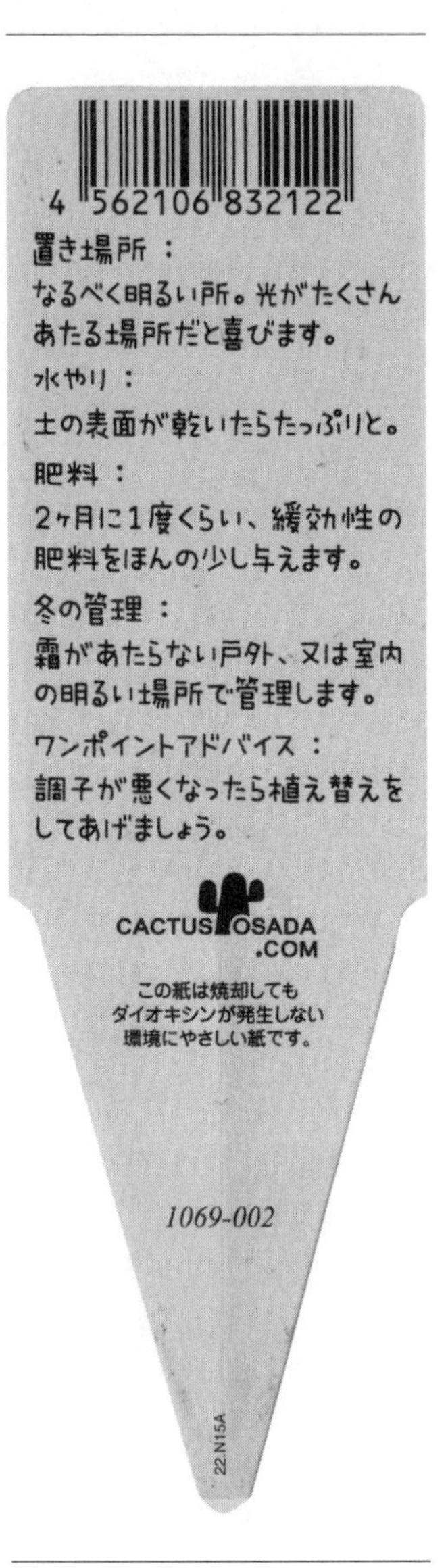

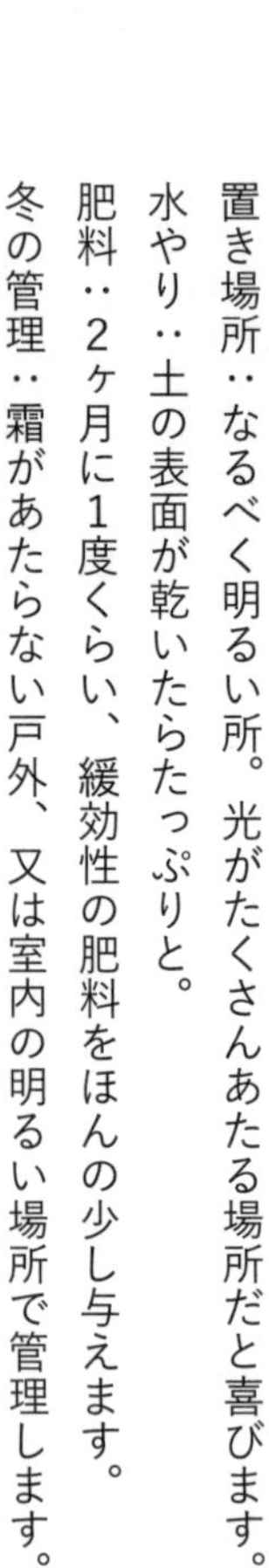

置き場所：なるべく明るい所。光がたくさんあたる場所だと喜びます。
水やり：土の表面が乾いたらたっぷりと。
肥料：２ヶ月に１度くらい、緩効性の肥料をほんの少し与えます。
冬の管理：霜があたらない戸外、又は室内の明るい場所で管理します。
ワンポイントアドバイス：調子が悪くなったら植え替えをしてあげましょう。

内容的にはサボテンの栽培に関する要点をまとめたものなので、通常の事務文書と同じく殺伐としたものとなってもおかしくない。しかし、サボテンの鉢植えに添えられたカードは、リラックスした風情を漂わせている。税金の納付などとは違い、サボテンの栽培は市民の義務ではない。あくまで趣味の問題である。またサボテンは他の植物と比べて手入れは簡単なので、比較的気楽に試みる人が多い。値段も高くはない。この説明書きを覆うゆるやかでなごやかな雰囲気は、そうした事情を反映しているのだろう。

ただ、より重要な要素として、この文書の事務らしさを本当の意味でやわらげているのは、カードに凝らされた趣向だけではなく、「話し言葉らしさ」だと思われる。ここでは「注意喚起」や「指示」を行為として、まるで話し言葉のように示すことで、言葉が人間化されている。人間を形に従属させるような事務的で書き言葉的な枠組が、こちらに何かをさせようとする構えとともに話し言葉的に表現されているのである。そのおかげで、まるで誰かにほんとうに命ぜられているような気分が現出する。

興味深いのは、まさに命令的な文体のおかげで「話し言葉らしさ」が示され、そのおかげで文書に親しさが生まれる一方、あからさまな「命令形」は避けられることだ。「なるべく明るい所。」「たっぷりと。」のように語尾をぼかしたり、「与えます」「管理します」と一人称にして間接的にする。たとえば、「なるべく明るい所で管理しなさい」「たっぷりあげなさい」というふうに書かれた説明書を想像するのは難しいだろう。一般的に日本語ではフォーマルな契約書でも、「〜せよ」といった語尾は避けられ、「〜すること」といった言い回しが使われる。こちらに働きかける構えがある一方で、その構えは控えめにされるのである。隠されている、と言ってもいい。そこには「働きかけ」をめぐるアンビヴァレンスがある。もちろんそれは日本語特有の問題でもあるが、事務と人間らしさをめぐるより普遍的な力学ともかかわっているようだ[19]。事務では、人間らしい働きかけを表には出さないようにする力が働いているのではないか。

事務は人間の中に入ろうとしている

では「サボテン栽培と違って「義務」である納税の場合はどうだろう。何しろ義務なのだから、サボテンの育て方よりも強い口調であってもおかしくない。下記は国税庁のホームページに掲載されている、確定申告についての指示である。

給与所得者でも、次のような方は確定申告をしなければなりません。
①給与の収入金額が2000万円を超える方
②給与所得や退職所得以外の所得金額（収入金額から必要経費を控除した後の金額）の合計額が20万円を超える方[20]

ここにはより明確な拘束性が見て取れる。この文言は日本に暮らし、給与所得のあるあらゆる人を対象としたものであり、「知りませんでした」「読んでません」といった言い訳は通用しない。この文言を読むこと、もしくはその内容を知っていること自体が私たちの義務だとの含みが感じられる。

しかし、この文言も先ほどのサボテンの育て方と同じく、比較的やわらかい〈です・ます体〉で書かれており、そのおかげで何とも独特な「話し言葉らしさ」を示している。サボテンの育て方のような体言止めは使われてはいないが、語尾は「しなければならない」ではなく、「しなければなりません」となっている。〈です・ます体〉は通常、丁寧体と呼ばれ、比較的腰が低く、親切で、さらに言うとにこやかで愛想のいい文章という印象を与える。文章であるにもかかわらず、何となくその向こうに「人」がいるかのような、つまり人間関係的な書き方＝文体のように感じられる。

こうした事務文書の〈です・ます体〉には、人間関係的なアンテナを張り巡らそうとする意志が感じられる。事務は私たちの「外」にあるものかもしれないが、「中」に入ろうとする。事務には外側から枠や形式で人間を縛るという側面はあるものの、言葉のレベルでは、まるで人間のように振る舞おうとするのである。これはどういうことだろう。

もちろん、同じ事務文書でも法令となれば〈です・ます体〉が使われることはない。

> 2―1　法に規定する住所とは各人の生活の本拠をいい、生活の本拠であるかどうかは客観的事実によって判定する。[*21]

〈である体〉のこの法律文言になると、読者に働きかけて注意喚起したり、何らかの行為へと導こうとする態度が見えにくい。第10章で扱った裁判の判決要旨などと同じく、法律の文言には冷たい不動性があって、「外」から正義の論理で人間に箍をはめるかのように思える。やさしく温かく感じられた〈です・ます体〉の命令的な文体とはかなり違う。

〈です・ます体〉の謎

事務文書における〈です・ます体〉の機能を考えるためには、その文法について確認する必要があるだろう。ふだん私たちは何の気なしに〈である体〉と〈です・ます体〉の使い分けを行っているが、十分にその違いを意識しているわけではない。たとえば新聞記事をとってみよう。新聞の紙面にはさまざまな文体があふれている。エッセイもあればインタビューもあるし、広告や、広告まがいの文章もある。そんな中で行政の動きや事件などを「事実」として伝える記事は、通常は常体（である体）で書かれる。これに対し、そうした記事についての訂正やお詫びは、丁寧体（です・ます体）になる。なぜだろう。「朝日新聞」二〇一四年一二月二三日朝刊には、次のような一節で始まる訂正・謝罪の記事が出た。

慰安婦問題を報じた本紙記事について、第三者委員会から不正確で読者の誤解を招くものがあるといった指摘を受けました。これまでの訂正・記事取り消しなどに加え、独自に検討を進めてきた結果を踏まえて必要な訂正をします。読者の皆様におわびし、理由を説明いたします。訂正などにあたってのわかりやすい提示方法について今後も検討し、改善を重ねます。[22]

この訂正・謝罪記事は、「受けました」「訂正をします」といった語尾になっている。語尾だけではなく、「読者の皆様におわびし」とか「今後も検討し、改善を重ねます」といった部分には、単なる語彙や語法の選択だけにとどまらない、内容にもかかわるような「物腰」が浮かび上がる。

これに対し、この記事が「取り消」すとしている一九九二年一月一一日朝刊1面の「用語メモ」は以下のような書かれ方になっている。

従軍慰安婦　一九三〇年代、中国で日本軍兵士による強姦事件が多発したため、反日感情を抑えるのと性病を防ぐために慰安所を設けた。元軍人や軍医などの証言によると、開設当初から約八割が朝鮮人女性だったといわれる。太平洋戦争に入ると、主として朝鮮人女性を挺身（ていしん）隊の名で強制連行した。その人数は八万とも二十万ともいわれる。[23]

こちらには「設けた」「いわれる」といった語尾が確認できる。後者は語り手の明確な態度表明は抑制されているものの、全体的に「強姦」「強制連行」などネガティブで犯罪的な含みのある情報が連なり、批判的な姿勢が浸透しているように感じられる。つまり、どことなく語り手が責める側にまわって攻勢に出ている。糾弾とはいかないまでも、少なくとも語り手は正義の側に立っている。そうでなければ、ネガティブなものや不正なものを、「ここには問題がある」という含みとともに指し示すことはしにくいだろう。

このような〈である体〉と〈です・ます体〉の使い分けには違和感は感じられない。しかし、なぜ違和感がないのか不思議でもある。もちろん、誤った情報を伝えたのは伝達者である新聞社の過失なのだから、そのことを謝るときに低姿勢でへりくだるのは当然だ、という考えもあるかもしれない。ただ、もしそうだとすると、ふだんの記事は「用語メモ」のようなものでさえ、訂正・謝罪の記事とは対照的に高飛車で威張っているということになるのだろうか。もちろんそうではない。そうではないけれど、やはりそこには何かがある。

〈です・ます体〉の真相

平尾昌宏は『日本語からの哲学　なぜ〈です・ます〉で論文を書いてはならないのか?』の中で〈です・ます体〉と〈である体〉との違いについて精緻な考察を行っている。きっかけとなったのは、副題にもある「なぜ〈です・ます〉で論文を書いてはならないのか?」という問題意識である。たしかに論文のほとんどは〈である体〉で書かれており、〈です・ます体〉は認められないというケースも多い。他にも、法律の文言や新聞の報道記事など、〈です・ます体〉が避けられる場は多々ある。

平尾は文法学者や哲学者の知見を広く渉猟した上で、従来の〈です・ます体〉の理解が印象論に引きずられがちだとし、そうした印象論を取り除いた向こうにある〈です・ます体〉の機能の解明をめざす。たとえば、近年ジェンダー論とのからみで注目を浴びるようになった〈正義対ケア〉という対立軸がある。平尾は〈正義対ケア〉の軸と、〈である体〉対〈です・ます体〉の軸とが相似形を成している可能性があると示唆する。つまり、私たちはしばしば〈である体〉の向こうに正義の倫理を見、〈です・ます体〉をケアや気遣いを旨とする文体と見なしがちなのではないか、ということである。*24 かつてよくあった、〈です・ます体〉を女性的と見なす傾向も、そうした無意識の偏見から来ていたのかもしれない。先にあげた新聞記事の〈である体〉と〈です・ます体〉の使い分けも、このような先入観を補強している可能性がある。正義を追求するモードの記事と、新聞社が読者に目を向けて明確な慮りを示すお詫びとはそもそも文章の構えが違うということである。サボテンの注意書き、確定申告についての注意喚起、法律の文言という三者の違いも、「正義」とのかかわりの度合いを反映しているかもしれない。

こうした考察をへて平尾が最終的に「なぜ〈です・ます〉で論文を書いてはならないのか？」との問いに対して示すのは、〈です・ます体〉が純粋に「相手に対する意識」をはらんだモードだという答えである。*25 これが本書の問題意識ともかかわってくる。

平尾の考察から見えてくるのは、〈です・ます体〉が文と「相手」との関係と深くかかわっているということである。平尾の考えに従うなら、〈です・ます体〉とはつねに相手の存在を念頭においたモードなのである。私なりに敷衍して言えば、相手の侵入に身構えたり、相手を誘いこんだり、あるいは相手に働きかけながら語るモード、つまりより行為的なのである。

これに対し〈である体〉はどうか。実はこの点がより重要になる。平尾によれば、〈である体〉は「読者を語り手と同じ位相にあるものと想定し、読者への特別の顧慮なしに対象について述べる」[*26]のである。当然、語り方や内容にも影響が出る。相手の顔色をうかがったり、侵入に身構えたりしながら語るときと、相手のことなど考えずに思弁的に語るときでは、語彙の選択や言い回し、論理の展開法、さらには話題も異なる。世界の見え方が〈です・ます体〉と〈である体〉では違うのだ。

「なぜ〈です・ます〉で論文を書いてはならないのか?」という問題意識の根にあるものがこうして見えてくる。平尾は論文を書くという制度の前提にあるのが、「同じ科学者仲間、科学者の共同体に向けて、彼らに理解できるように述べよ、記述せよ」という了解だとする。そこでは「実質的な書き手とそこで想定されている読者とは同一の位相にある」。

つまり、そこで想定されている「読者」は、実は書き手の一部であって、読者の持つであろう他者性はできる限り抹消される。[……]〈である体〉で抹消されるのは書き手ではなく、むしろ読者である。あるいは、書き手と読者の関係そのものである。[*27]

これが、次の指摘と連動する。「〈である体〉では、自分の言うことが嘘だとしてもそのことに気づきにくく、一方、〈です・ます体〉では、嘘をついているとしても、自分が嘘をついていることを自覚せざるを得ない」[*28]。これは以下のような事情からくる。

〈です・ます体〉は他者への顧慮を前提としているがゆえに、ごまかしが利かず、主観的な語り方に陥ることがない。逆に、意外に思われるかも知れないが、実は、〈である体〉を用いると、他者に通じえないような主観的な事柄も、自分が理解していない事柄についても書くことができる。[*29]

相手への意識のあるなしで、どこまで主観的に文章を綴れるか、その許容度が変わってくるというのである。この提案は大胆なものなので、疑義や批判もありうるだろうが、少なくとも〈です・ます体〉と〈である体〉の周辺の議論を交通整理するのに意義のあるものだと私には思えるし、ひいては事務の言語について考えるのにも役立ちそうだ。

なぜ新聞記事は〈です・ます体〉ではないのか？

上記のような整理を参考にすると、新聞記事中の〈である体〉と〈です・ます体〉の使い分けはどのように理解できるだろう。新聞記事は論文ではないが、論文と同じく、かなりの程度まで書き手と読者とが同一の位相にあることを前提としていそうだ。ジャーナリズムはそうした共通の位相を、つまり〈書き手と理解の程度を同じくする読者たちの共同体〉を前提とすることではじめて成り立つ制度なのかもしれない。たとえば新聞記事に「こんなことというと嘘かと思うかもしれないけど、驚くべきことにほんとなんですよ」といった態度が織りこまれることはない。あるいは「こんなふうに考えられるけど、読者のみなさん、わかります？」といった含みもまずない。書き手と読者の間の信頼度がいちいち確認される必要はないのだ。読者からの“No”とか「ちょっと待った！」といった反応は期待されてはいない。おかげで情報伝達は簡潔かつスピーディに行われるし、何より伝えられる情報には権威や信頼性が付与される。記事の言葉は、よけいな人間関係を超越した「絶対的」なものとなる。そこでは「統制された理想的な自閉」が実現されている。

しかし、人間が調査取材し、執筆した文言がほんとうに「絶対的」なものとなりうるだろうか。当然、ときには漏れがあったり、間違いがあったり、意図的な誤誘導があることもある。だからこそ、先の訂正記事に見られた〈である体〉と〈です・ます体〉の使い分けが必要になる。この使い分けには、「絶対」という約束を背負った、そしてまさにそれゆえに約束破りを行わざるを得ない新聞記事の宿命があらわれている。

記事にしても論文にしても、他者や読者を抹消することで「絶対」を演出し、そのことで文章として成立する。こうした事例はあちこちに見られるだろう。法律の文言はその最たる例だ。しかし、「絶対」にはほぼ必然的に「漏れ」が伴う。だから、その手当も必要となる。「絶対」が制度化されるとともに、「絶対からの漏れ」もまた制度化されざるを得ない。論文であれば、この「漏れ」は、たとえば注釈という形をとる。あるいは執筆者以外の人による解釈がセットになることもある。記事の場合も、注釈と似たようなメタレベルを示す必要が出てくる。ただ、慣例としてそうしたレベル差を示すために、〈である体〉を〈です・ます体〉に置き換えるなどの文体操作が行われる。*30

そういう意味では、「絶対」を演出し、他者を寄せ付けないかのような文章でも、安全装置は備えられている。この安全装置を介すれば、まるでコミュニケーションの一環とは思えないような冷たく屹立した文言でも、容易に人間関係の一部に組み込むことができる。ただ——これは平尾の考えを踏襲しての見解だが——文章の「本来の部分」はあくまで「絶対」として演出され、そこに読者が入る余地はない。「絶対」を装いつつ、「絶対からの漏れ」にも対応する。書かれた言葉は、この二重基準（ダブルスタンダード）のおかげで安定する。平尾は反対するかもしれないが、私はこれが書き言葉における〈書き言葉性〉と〈話し言葉性〉両方の内在を示すのではないかと考えている。そして、書き言葉に組み込まれた「話し言葉らしさ」は、より行為的なものとなり、そこからややこしい事態が生ずる。

三島の「自閉」を開いた太宰

私たちが事務に対してささやく悪口や愚痴は、この構造的な二重基準の一部なのではないか。そもそも事務に対して——あるいは事務のただ中で——「居心地の悪さ」などというものを感じることを許すのが、この二重基準なのではないか。居心地の悪さは、「悪」という語が入っていることからもわかるようにたしかに「悪い」のだが、より包括的にいえば「居心地の悪さ」とは居心地に対する意識そのものでもある。居心地の悪さを通してはじめて、居ることが可能になる。居心地の良さは、私たちを鈍感にするだけである。

新聞の謝罪記事や論文の注釈と同じように、「書かれた絶対」を安全に着地させるために、私たちは小言や囁きといった雑音まがいの補足を制度として洗練させてきた。重大な局面ではそれは謝罪記事のような明示的な形をとるが、しばしば束の間の短い発言として消えていく。しかし、消えていくからと言って無意味ではない。それどころかこうした逸脱こそが「書かれた絶対」には必要なのである。それが事務の「居心地」を作る。バートルビーが奇妙な言辞を弄して作業を逃れたあげく事務所に勝手に住み着いてしまったあの事態は、「住む」という行為を介していることからもわかるように、事務を「居心地」の相のもとにとらえるきっかけとなった。バートルビーは事務所に住んでしまい、かつそれによって語り手である法律家を驚愕させることで、「心地」を作り出したのである。そのことで、事務を「心地」として感じさせるような感性を育んだ。

このこととからんで前章で詳しく取り上げた三島由紀夫のエピソードを一つ引用しよう。三島自身にとっても、おそらく周囲にとっても、きわめて居心地が悪かったエピソードである。三島のいわゆる「文弱嫌い」については前章でも触れたが、彼が「文弱」の代表として意識していたのは太宰治だった。二人が顔を合わせたのは一度だけだが、このとき、二人の間である会話がかわされたのである。

それは太宰が亀井勝一郎とともにシンパに囲まれている席で起きた。この日、三島にはこれだけは言わねばならぬと心に決めていたことがあった。「僕は太宰さんの文学はきらいなんです」という一言である。三島はこの台詞を、太宰に面と向かって言おうと心に決めていた。そして、その台詞はしかと口にされた。しかし、さすがにまだ二十歳そこそこの青年が当代の人気作家に対し、これだけのことを言うのだ。三島といえども、それなりに緊張した。その結果、「恥ずかしいことに、それを私は、かなり不得要領な、ニヤニヤしながらの口調で、言ったように思う」と本人は述懐する。

三島のこの発言に対する太宰の反応がおもしろい。

その瞬間、氏はふっと私の顔を見つめ、軽く身を引き、虚をつかれたような表情をした。しかしたちまち体を崩すと、半ば亀井［勝一郎］氏のほうへ向いて、だれへ言うともなく、

「そんなことを言ったって、こうして来てるんだから、やっぱり好きなんだよな。なあ、やっぱり好きなんだ[*31]」

三島の「不得要領な、ニヤニヤしながらの口調」に対し、太宰の反応は巧みなものだった。少なくとも自身のメンツは保った。その場の雰囲気は気まずいものとなり、三島は早々に辞去

したとのことだが、太宰は明らかに上手だった。しかもそれを三島自身がこうして記憶し、書き留めた。

　そこであらためて考えてみたい。二人のやり取りではいったい何が起きたのか。三島の「僕は太宰さんの文学はきらいなんです」に対し、太宰は「そんなことを言ったって、こうして来てるんだから、やっぱり好きなんだよな。なあ、やっぱり好きなんだ」と言った。この応酬から読み取れるのは新聞記事の〈である体〉と、それに対する訂正・謝罪としての〈です・ます体〉と似た対立ではないだろうか。つまり、「絶対」と「絶対からの漏れ」である。三島は懐に抱えてきた一言をストレートに言いたかった。「絶対」の言葉として提示したかった。彼は太宰を苦手とし、嫌っていたのだ。ここでは言葉と内容がほぼ一致している。ところが、太宰はそんな三島の「絶対」の言葉を、「相手に対する慮り」に従属するような「人間関係的な言葉」に翻訳してみせたのである。三島の「きらい」は、字義上は「きらい」とは言っているものの、行為としては違うのではないか。太宰本人を前にしての「きらい」という言葉は——行為という視点を持ち込めば——逆にその本人に愛情表現するような、つまり「好き」を隠し持った「きらい」となりうる。太宰の呪縛に引っ張られるからこそ、三島は「きらい」と言うことである種の行為を果たさざるを得なかったのかもしれない。少なくとも太宰はこうして三島の一言を、可変的で落ち着かない流動的な言葉へと変換してしまった。

　三島が太宰を「きらい」だと言いたくなるのは、太宰がこうした変換を頻繁に行う人だったからでもあるだろう。太宰は明らかに「居心地」の人である。太宰に向けられた言葉も、太宰が発する言葉も、すべて「心地」という視点から毒抜きされ読み替えられてしまう。彼を取り巻くのは、一種の愛の共同体なのである。三島はその場の空気を、やや意地悪くこんなふうに描写する。「場内の空気は、私には、何かきわめて甘い雰囲気、信じあった司祭と信徒のような、氏の一言一言にみんなが感動し、ひそひそとその感動をわかち合い、またすぐ次の啓示を待つという雰囲気のように感じられた*[32]」。これでは三島がいくら「絶対」を求めても無駄なわけである。

事務と愛

話し言葉にはたいへん便利なところがある。その融通無碍さのおかげで「窓をかけてください」と口にしても、「窓を開けてください」の意味とってもらえる。しかし、これには当然、副作用もある。人間関係の文脈の中で字義通りの意味を剝ぎ取られ、さまざまな異なるニュアンスを付与され行為化されてしまうのである。表情や身体の動き、話の流れなどの中で字義とは正反対の意味が読み込まれることもある。では書き言葉ではそうしたことはないのか。

もちろん、ある。とりわけ、「相手」を想定した〈です・ます体〉ではその余地が大きくなる。なぜなら、相手を想定した言葉は単なる「陳述」には終わらず、相手に対する何らかの「働きかけ」として「行為」として機能しがちだからである。上記の三島と太宰の応酬にも見られるように、「きらいです」と心の真実を述べたつもりでも、本人を前にしているがゆえに、たとえば次のような含みをもった「行為」となりうる。「私は「あなたの文学がきらい」とは言っているけれど、あなたの注目を浴びたくて、わざとこんなことを言っているだけなんです。あなたに〈太宰の文学はきらいだと宣言する私〉を見てもらいたいのです。わかってください」。三島はおそらくこのようなことは考えていなかったとは思うが（むしろ太宰作品の登場人物たちが考えそうなことである）、単なる陳述でも、いつの間にか「お願い」や「愛の宣言」のように読み替えられうる。

こうしたことが起きるのは〈です・ます体〉だけとは限らない。隠れた行為性は、多くの書き言葉から読み取られうる。とりわけ事務文書ではそうだ。事務文書には、潜在的な「行為性」がたっぷり詰まっている。なぜなら、そもそも事務文書はこちらの注意を喚起したり指示を述べたりするものだからである。繰り返しになるが、事務とは人間の現実をコントロールしようとするシステムなのである。当然、事務文書は働きかけの作用が大きくなる。しかも事をややこしくするのは、その働きかけの根にあるのが暴力ではなく愛の論理だということである。事務はつねに「これはあなたのためだ」「あなたはこれをした方がいい」（バートルビーの「しないほうがいいのですが」はこれを裏返したものにも見える）、さらには「あなたに対して善意をもっている」という、主語のない呼びかけも含んでいる。

事務文書は、一方では「統制された理想的な自閉」によって相手を遮断することで堅固に守られている。その特徴は揺るがぬ不動性である。冷たく硬く自閉することで、事務は安定する。「こんなことを言ってもいいですか？　了解してもらえます？」といった柔軟さは排除される。しかし、他方で事務的言語はつねに関係的になろうともする。しかも多くの人間関係と似て、愛や善意が既定のこととして前提とされる。そして読者に語りかけ、働きかけ、その反応を待っている。もしくは事務文書から語りかけの声が聞こえてこないような、つまりその文書に書かれている注意喚起や指示内容と無関係の人にとっては、事務文書は存在しないも同然である。事務文書を、それが示す内容とまったくかかわらない人が、徒然なるままに――まるで小説を読むように――読むということはまずない。事務文書におけるこのような自閉性と関係性との併存は実に心地の悪いものだ。そしてこの心地の悪さこそが〈である体〉と〈です・ます体〉の使い分けに現れたような二重基準の背後にもある。

事務は重い「絶対」を背負っているが、まるで愛にあふれる人間のような声をも隠し持っているのだ。というより、事務が暴力的なまでに「絶対」だからこそ、そこには「漏れ」としての善意の人が必要となる。この「絶対からの漏れ」を処理するための制度が事務には用意されてきた。それを本当の意味で担えるのが、〈事務能力のある人〉なのだろう。彼らは自在に事務から漏れ出すことができる。

そんな事務の構造が、危うさとして現れ出たのが「書記バートルビー」なのである。「漏れ」は事務の中に構造化されている。事務文書の「これを読みなさい」「書かれている通りに行いなさい」といった指示には、相手の反応への期待がこめられている。事務文書は自閉的に見えて、まるで人間のように相手によりかかる。そんな中でバートルビーは事務世界の命令形に、たっぷりと「居心地」を漏れ出させたのである。それは通常の事務の文法からは逸脱する、いささか気持ちの悪い反応だったが、その「居心地」はもともと事務文書に内在するものである。事務文書には、ポライトネスよろしく気持ち悪く自在に動く、距離の変換装置が埋め込まれており、くにゃくにゃしながら、「そんなことを言ったって、こうして来てるんだから、やっぱり好きなんだよな。なあ、やっぱり好きなんだ」と暗黙のうちに語りかけてくるのである。

このような居心地を「潜勢力」と呼ぶかどうかはともかく、私たちが事務にときに感じる違和感——ふだんは快活に事務世界を生きている人ですらときに感じてしまうそれ——は、バートルビーの振る舞いから喚起される心地と重なる。バートルビーの「しないほうがいいのですが」は、事務のただ中で話し言葉的に、政治的に、つまり人間関係的になる一方、関係そのものをゆがめるその的外れさによって、事務のより奥深い心地へと私たちを誘う。事務ならではの愛と魅惑の世界がそこには広がる。

本書を通して私たちが目の当たりにしてきたのは、事務の「漏れ」の諸変奏だった。注意の規範からの逸脱や事故、言葉の落差、三島の敗北。いずれも事務の奥深さが「漏れ」という形をとって現れ出たものである。すでに触れたように事務は「漏れ」を内在させる仕組みに拠っている。事務は命令し、注意を引き、働きかけ、行動させるのである。事務は形の上では完結し自閉していても、実際にはそれだけで完結するものではない。その先にあるのは愛であり、未知なのである。事務には、時限爆弾のような自壊作用が備わっているのである。

【参考文献】

◆アガンベン、ジョルジョ、高桑和巳訳『バートルビー　偶然性について　附：ハーマン・メルヴィル「バートルビー」』月曜社、二〇二三年。

◆高桑和巳「バートルビーの謎」アガンベン、高桑和巳訳『バートルビー　偶然性について』、一六一～二〇一頁。

◆滝浦真人『ポライトネス入門』研究社、二〇〇八年。

◆ドゥルーズ、ジル、守中高明・谷昌親・鈴木雅大訳『批評と臨床』河出書房新社、二〇〇二年。

◆平尾昌宏『日本語からの哲学　なぜ〈です・ます〉で論文を書いてはならないのか？』晶文社、二〇二二年。

◆三島由紀夫『太陽と鉄・私の遍歴時代』中公文庫、二〇二〇年。

◆メルヴィル、ハーマン、柴田元幸訳「書写人バートルビー――ウォール街の物語」https://info.ouj.ac.jp/~gaikokugo/meisaku07/eBook/bartleby_h.pdf

◆メルヴィル、牧野有通訳『書記バートルビー／漂流船』光文社古典新訳文庫、二〇一五年。

◆メルヴィル、高桑和巳訳「バートルビー」アガンベン、高桑和巳訳『バートルビー　偶然性について』、九一～一六〇頁。

◆Gildea, Niall. 'Conversions of "Bartleby": deconstruction, literature, psychoanalysis,' *Textual Practice*, 35:12, 2021, pp.2129-2145.

◆Kang, Woosung. 'I would Prefer not not-to: Critical Theory after Bartleby,' *Interventions*, 23:3, 2021, pp.356-367.

◆Marx, Leo. 'Melville's Parable of the Walls,' *The Sewanee Review*, vol.61, No.4 (Autumn 1953), pp.602-627.

＊1　「しないほうがいいのですが」は高桑和巳の訳。このほか、「そうしない方が好ましいのです」（柴田元幸訳）、「しない方がいいと思います」（牧野有通訳）など、さまざまな訳がつけられてきた。いずれも英語のフレーズからにじみ出す違和感を、日本語でも生かそうとした試みである。

＊2　Marx, p.612.

＊3　このあたりについてはアガンベンのバートルビー論に併録された高桑の論考「バートルビーの謎」（アガンベン、一七六頁）など参照。
＊4　たとえばGraham Thompson, *Male Sexuality under Surveillance: The Office in American Literature.* Iowa City University of Iowa Press, 2003, pp.3-20など参照。
＊5　アガンベン、三五～三六頁。
＊6　同、三六頁。
＊7　同、三八頁。
＊8　同、四一頁。
＊9　同前。
＊10　Kang, pp.361-363.
＊11　アガンベン、五一～五二頁。
＊12　バートルビーの人物像を解明しようとする語り手の姿が、「書記バートルビー」という作品を読み、解釈を行おうとする批評家の姿と重なるという指摘は早くからなされてきた。最近では、ナイアル・ギルデアがこうした「バートルビーを読むこと」そのものを問うメタ批評的な考察を行っている。Gildea 参照。
＊13　滝浦、三頁。
＊14　ドゥルーズ、一四三～一四四頁。
＊15　同、一四四頁。
＊16　同、一四八～一四九頁。
＊17　「ひとつの単語は、それと置き換えられたり、それを補ったり、その代わりに選ばれたりする語をつねに想定させる。この条件のもとにおいてのみ、言語活動は、事物や状況や行動を指し示すべく、客観的で明示された慣習の総体に従って配列される。もしかすると、それ以外にも、明示されない主観的慣習が、基準や前提のもうひとつ別のタイプが、存在するかもしれない。話すとき、わたしはたんに事物や行為を示すだけでなく、おたがいの状況にしたがって、話相手との関係を確かなものとする行為をすでにおこなっている。わたしは命令し、問いかけ、約束し、頼むのであり、「言語行為」（speech-act）を発信しているわけだが、確認のための命題のほうは、別の事柄や別の語に関わっているのである。ところが、バート

ルビーが破壊するのは、関係性のこの二重の体系なのだ」(同、一五一～一五二頁)。ドゥルーズはここで、対象物を指し示す言葉の機能と、行為として相手に働きかける機能のそれぞれに言及している。

*18 同、一五二頁。

*19 日本語におけるあからさまな命令形の忌避については、拙稿「日本語「深読み」のススメ　第2回　料理本と善意」(『kotoba』二〇二一年夏号、一六二～一六九頁)などで考察している。

*20 国税庁のホームページ(https://www.nta.go.jp/users/kojin/01.htm)中の、「給与所得者と税」(https://www.nta.go.jp/publication/pamph/koho/kurashi/pdf/04.pdf)より。

*21 同じく国税庁ホームページに掲載された「法令解釈通達、所得税基本通達、第1編　総則、第1章　通則、法第2条《定義》関係、〔居住者、非永住者及び非居住者(第3、4、5号関係)〕、(住所の意義)」より。(https://www.nta.go.jp/law/tsutatsu/kihon/shotoku/01/01.htm)

*22 「朝日新聞」二〇一四年一二月二三日付朝刊、三七頁(東京本社版)。この記事では、第三者委員会の指摘を踏まえ、詳細にわたって過去の記事の検証と訂正を行っている。記事は現在も次のサイトで読める。https://www.asahi.com/shimbun/3rd/2014122337.html

*23 「朝日新聞」一九九二年一月一一日付朝刊1面(東京本社版)。こちらも現在は同サイトに掲載されている。

*24 平尾、六八～七二頁。ただし、平尾はこうした類比・類推に基づいた考察は「確実性が非常に低い」(同、七一頁)として慎重な姿勢を取ってもいる。

*25 「相手に対する意識」を平尾は「純粋待遇性」と呼ぶ。「純粋」という点にこだわるのは、必ずしも位の上下や、距離、丁寧の意識などがかかわらないからだ。結果的にかかわっていてもいいのだが、〈です・ます体〉が機能として持っているのは、あくまで「相手への顧慮」だけだという(同、一二八～一三三頁)。ただ、顧慮の向けられる「相手」がありありと具体的に示されれば、「話し言葉性」が生まれる。あるいは、それが「具体的な他者との上下関係、権力関係を伴って表象」されれば敬語的に見える(同、一三八頁)。それだけのことだという。

*26 同、一八七頁。

*27 同、一九〇頁。

＊28　同、二〇八頁。
＊29　同、一八八頁。
＊30　〈です・ます体〉で書いた文章に注をつける際に、〈です・ます体〉にするべきか〈である体〉にするべきか迷うことがあるのは、こうした使い分けがあくまで「慣例」にすぎないことを示すだろう。
＊31　三島、一四〇頁。
＊32　同、一三九頁。

おわりに

私の実家の庭には、直径七メートルくらいの大きな穴があった。縁は分厚くコンクリートで固められ、壁面には中に降りていくためのはしご段も設置されていた。水が湧くわけでもなかったが、子供たちはこの穴を「井戸」と呼んでいた。

この地域は行政区画としては横浜市だが、すぐそこは藤沢市という西端にあって、少なくとも私が小学生の頃は農地も多く、ベッドタウンというよりは住宅や団地や緑地が無秩序に隣接する丘陵地帯で、そこを古い細い街道が縫うように抜けていくのだった。

実家の庭は周囲に植え込みをめぐらせ、芝を張ったスペースは小学生がボールを使って遊べるくらいの広さがあった。傾斜のついた芝地の端には、母の趣味だろう、ローズアーチをくぐって降りていく石段があった。芝が傷むから野球はやめろ、との言いつけに反して、私は父親のゴルフ練習用の網をバックネット代わりにしてよく友達と野球ごっこをしたものである。構造物はその一角にあった。

穴が掘られたのは戦時中のことだった。ある日、軍の関係者が訪れ「野戦病院で水が必要となるから貯水池が必要だ」と告げられたのである。穴はあっと言う間に掘られた。家は高台にあるので、たしかに水を貯めて下方に供給するにはちょうどいい。

しかし、実際には、そこに水がたたえられることはなかった。何しろ終戦間際のことで、そうした無用の長物が多く残された。時がたち私が生まれた頃には、それは雑草などが投げ込まれる「ただの穴」と化していた。野球のボールが飛び込むと、蛇が出るだろうかと心配しながら決死の覚悟で雑草の中におりていったものだ。

穴がここに掘られたのには、もう一つ理由があった。祖父は海軍の軍人だった。軍港がある横須賀と、都心の海軍省のちょうど中程にあるこの地帯には海軍軍人の住宅がまとまってあった。軍の関係者だったこともあり、野戦病院の水供給のために貯水池を造る、と言われれば文句が言えなかったようだ。

穴が掘られた頃、祖父ははるか南方、現在ではマレーシアの一部となったミリ油田で司令をしていた。すでに昭和一四年に退役していたが、戦況のため、翌年再召集されたのである。ただし「司令と言っても、部下には特務士官以下電信科の下士官兵が数人居るだけで、実務はミリに石油を積みに来る船の為の積み荷や護衛の手配、通信連絡が主だった」という。従って「見たところ父は暇そうで、一日中机に向かって、日本から持ち込んだちり紙に、好きな習字をするのに余念が無かった」[*1]そうだ。

この引用文の書かれ方からもわかるように、司令だった祖父が習字にあけくれる姿を記録したのは私の父である。祖父と父はこの南方の地で遭遇したのだった。

私の父も軍人だった。一九二三年生まれの父が八八歳で亡くなったのは、東日本大震災が起きた二〇一一年である。軍人の家に生まれた父は、幼少期には祖父の転勤に伴って軍港のある呉や横須賀など各地をめぐった。同じ道に進むのが当然とされたのだろう、旧制中学を出ると陸軍士官学校を選んだ兄とは異なり、海軍経理学校に進学、戦局に伴って繰り上げ卒業になると一〇代で主計少尉候補生として軍艦に乗り込んだ。

そして、ここからが事務の話である。海軍経理学校出身というのは、父によれば気恥ずかしいことだった。その最大の理由は、軍の中にありながら、その管轄が「事務」だったからだ。軍と言うからには、看板は戦闘である。作戦を立て、兵隊を指揮して軍事行動を統括する。海軍兵学校や陸軍士官学校はそうした人材を輩出する機関だった。

海軍経理学校は違う。その主な任務は会計であり、軍備や食料の調達だ。艦船に乗りこんでもその任務は機銃掃射や魚雷の探知などではなく、兵隊の給与を袋につめて配ったり、食事の手配をしたりすることと、船が撃沈されたときには天皇の写真を守ることだった。実際、父はご真影を背負ったまま海に飛びこんで油まみれになり、救助が来るまで、鮫が出てもおかしくない海原を漂ったこともあったという。

「鉄砲を撃たない学校になど行きたくなかった」というのが父の口癖だった。幼少期から近眼がひどく、海軍兵学校は身体検査で不合格になった。経理学校は受験の倍率は高かったが、近眼検査は緩かったという。何しろ「鉄砲を撃たない」学校である。戦前の日本では軍人に憧れる人が男女ともにそれなりにいたようだが、経理学校はおそらく枠外だった。

父は従軍中の記録を細かく文章にまとめていた。たとえば乗船していた駆逐艦「秋風」については「峯風型の一等駆逐艦として、基準排水量1，215トン、速力39ノット、12センチ砲4門、53センチ魚雷発射管連装3基6本を装備し、大正10年4月長崎三菱造船所で竣工した」[*2]といった具合に、さながら鉄道ファンを思わせるような精緻な記述を残している。
明らかに事務屋の目である。しかも事務とは言っても、限りなく雑用係に近いものだ。学校出たての士官の職務は「庶務主任」である。その実務は次のようなものだった。

庶務主任として、人事や庶務その他事務関係の仕事をするのは勿論だが、その他で私が一番気を使ったのは乗員の食事だった。士官も兵員も同じ食事だが、秋風に乗って見ると、食事がまずいという不平が多かった。風の通らない艦底に、長期間貯蔵された5分搗米と引き割麦を混ぜた飯は、糠の匂いがムッとした。〔……〕士官室最後任のチンピラ士官の私は、毎回食事の際に文句を言われ、毎度苛めに遭ってるようなものだ。私なりにいろいろ頭を捻った。経理学校の教育も、旨いものの作り方でも教えて呉れたら良かったのに、法律や経済など役に立たないものだけ習ったものだと嘆いたりした。結局、食欲を少しでも増すために、酢や香辛料を多めに使った料理を出すように烹炊員と相談して献立を改善したが、これが意外に好評で、司令から「最近の食事は大分よくなった」とお褒めの言葉を貰った。[*3]

食事担当としてとりわけ困ったのは食料の管理だった。冷凍庫はもちろん、まともな冷蔵庫もなく、大正一〇年に船が竣工したときにたった一台備えられた米国製の古い機械をだましだまし二〇年近く使っていたが、よく故障したとのこと。仕方ないので、魚や肉は小型コンテナ状の木箱に氷と一緒に入れていた。アイスボックスのようなものだが、熱帯ではまるで効果がなく、肉や魚は積み込んですぐ食べてしまわなくてはならなかった。一週間航海があったとすると、最初の一日だけ生ものが食べられても、残りの日々は干物ばかりということになる。

しかし、この木箱は意外な形で父の記憶に残ることになる。

［……］後に私が乗った同じ隊の夕月が、オルモック輸送作戦の帰りに、マスバテ島の沖で、敵の爆撃で沈んだ時、このコンテナ状アイスボックスが、ぷかぷか流れだし、兵隊さんが2、3名取り縋って助けを求めて居たが、この箱が一番役にたったのは、恐らくこの時だったろう。*4

もちろん主計担当だから、食事のことばかり考えていたわけではない。戦時下の艦船とはいえ、給料も支払われた。

主計科のもう一つの大事な仕事は給料支払いで、家族持ちは大部分を家族渡しにして居たが、それでも現金払いは結構多かった。経理学校では、現金の取扱いは「責任者が自分で行うこと」との教育を受けたので、真面目に士官室を締め切って、一人で給料の袋詰めをやったが、こんな大変な仕事はなかった。私は算盤も下手で、「生き延びたら、二度と経理や会計、銭勘定などはやりたくない」と思ふ様になったのは、そのせいだ。*5

こうした文章のほとんどは後に記憶を元にまとめられたものだから、実際の戦闘からの距離が感じられるのは当然かもしれないが、それにしても任官したばかりの「チンピラ士官」にとって船上の任務は作戦や戦闘一辺倒などではなく、動かしがたい日常のさまざまな用務と折り合いをつけざるをえないものだった。

そんな状況をとりわけよく示すのは、ここに載せたスケッチである。経理学校を卒業し士官候補生として軍艦に乗った父がまず直面したのは、事務室に置かれた筆と硯だった。そこには「書類作成には筆を用いるべし」とのやや古めかしいメッセージも読みとれたが、父はそこは無視して町で買い求めてきた御朱印帳を画帳がわりにし、提供された筆を流用して「落書き」を始めた。軍事行動中、もしくは停泊中の船外の艦船の様子を絵に描き始めたのである。甲板でスケッチなどしていたらたちまち捕まるので、昼間見たものを記憶し、夜、部屋で一人になってから描いたという。よくそんな暇があったと思う。あるいは、よくそんな気分になったものだとも思う。残されたスケッチは戦争の現実との微妙な距離が感じ取れる。

乗っていた駆逐艦に敵機の爆弾が命中した時の惨状をとらえた文章もある。先ほどの冷蔵庫の下りが思わぬ連関を見せる箇所である。

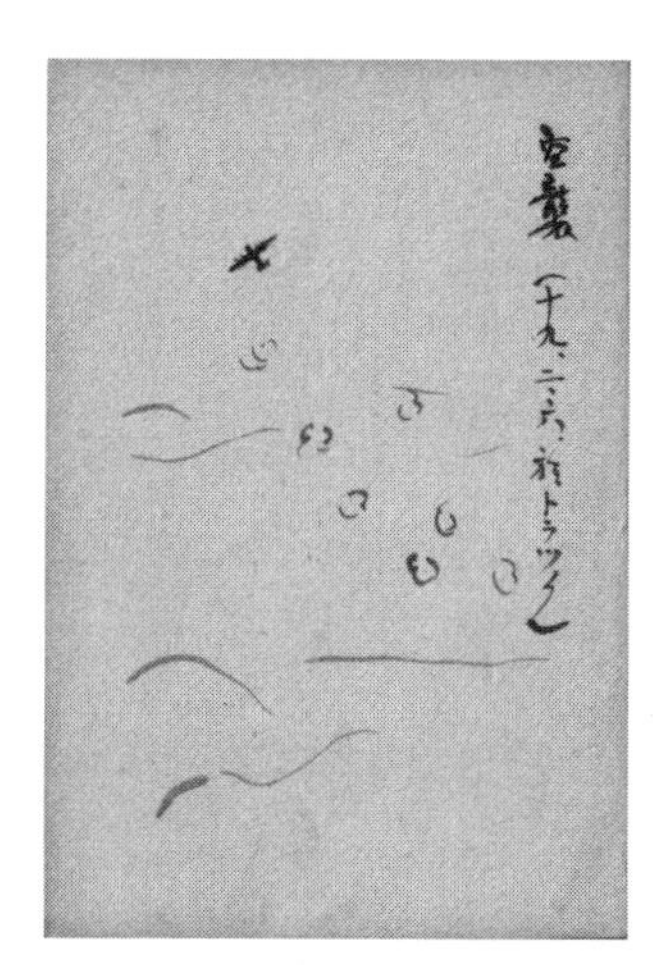
空襲

トラック風景
武蔵

激浪に敵潜を
探知す

艦橋左側のラッタルの舷外に有るボートダビットの天辺から、真っ白い肉塊がぶら下がって居るのを見て、糧食の豚肉が吹き飛ばされたのか、それにしては、そんな物はマニラで出港前に全部食べた筈だがと不思議に思ったのだが、良く見ると、つい今先まで機銃台で戦って居た機銃員の屍体だった。衣服は一切はぎ取られ、股の所から二つに裂け、片方はダビットの天辺に引っ掛かり残りは甲板近くまでぶら下がっている。体は内側から破裂したように縦に裂け、内臓も、血も綺麗さっぱり抜き取られたように何も無かったし、首も見当たらなかった。それはまるで屠場で処理し、皮を剝いでから鉤にぶら下げて移動する牛か豚の体にそっくりだった。これを見て、恐怖を感じるよりは、人間の体が一体どうして瞬間的にこんなになるのか、不思議に思えた。[*6]

思わず息を呑む描写だが、事態からの奇妙な隔たりも感じさせる。この隔たりは、戦闘員の食事の準備や、冷蔵庫のエピソードや、給料の袋詰め作業などにも共通してある何か、圧倒的な事態に翻弄されつつ、すべてを受け止めて記録し記述しようとする何かに発している。背後にあるのは、人員配置と兵員の食事の世話と給料の配り方とに同じように心血を注ごうとする事務の目ではないだろうか。

この後、さらに異様な光景が続く。「破壊され煙を吹き出している機銃台に攀登った男が居た。良く見ると、中村軍医長だった。軍医長はそこに転がって居る人間の頭部を両手で抱えあげ、首実検よろしく顔を近付けてじっと見た。首の眼球は既に飛び去り、眼窩が空しく残る。頭蓋骨は西瓜を叩き割ったように、いく筋かの血の滲んだ割れ目が走って居た。それを見ているうちに、むらむらと敵に対する憎しみが沸いてきた。「人間が、こんな形で死ぬべきではない。」と思ったのだから、戦争を忘れて居たのかも知れない」[*7]。結局、こうして直撃弾を浴びた駆逐艦夕月は航行不能となり「総員退去」の命令の下、生き残った乗組員百八十名余りが全員、海に飛び込むことになる。

すでに触れたように、父が新米士官として乗り込んだ駆逐艦は秋風だった。しかし、この一件に先立ち、四ヵ月余り乗船していた秋風からこの夕月に移っている。艦隊を統括していた澤村司令の乗船艦が夕月に変更になったため、司令の秘書官を務めていた父も一緒に異動したのである。

新たに旗艦となった夕月は秋風を含む船団の中心として、ブルネイへの輸送作戦を行う。途中、馬公に寄ってからあらためて出港。その翌日の深夜のことだった。南シナ海の海上で船団は米軍の潜水艦数隻の急襲を受ける。直近まで父が乗船していた秋風は米潜水艦ピンタードの雷撃に襲われる。その一発が命中。魚雷は火薬庫の誘爆も引き起こし、船は巨大な火柱をあげて乗組員二百人余りとともに一瞬のうちに姿を消してしまった。

父は闇をついて秋風から大きな炎があがる様子を夕月の艦橋から目のあたりにした。「チンピラ士官」がはじめての戦争体験の中で数ヵ月間、寝食をともにし、食事の献立を考えたり、給料を配ったりした乗員は全員、瞬く間に、南シナ海に消えた。生き残ったのは、澤村司令とその秘書官だった父の二人だけである。それは「偶然」以外の何物とも思えなかった。

終戦後、あらためて四年制の大学に入り直した父は、卒業後は総合商社で会社員人生を歩むことになる。商社の中で父が属したのは非鉄金属部門で、どことなく軍需産業の匂いもするが（父と母が結婚したのは、もともと鉄関係の研究者だった母方の祖父の縁もあったと思われる。祖父は戦時中は鉄鋼会社の研究所長をしており、戦後は一時公職追放にもなった）、そこで主に経理畑を歩んだ父は「鉄砲を撃たない学校」の影を背負いつづけた。

穴を掘って貯水池を作るのは軍事行動から遠い行為のように見えるかもしれない。しかし、戦争の大きな部分はこうした地味な土木作業と、それを管理するための事務からなる。実家の穴がついに埋められたのは平成が始まる年だった。今ではそのあとにアパートが建っている。


私自身は事務の達人ではない。事務について人にありがたい説教をすることができる人間でもない。この本も事務批判でもなければ事務礼賛でもない。ただ、事務を基点にすると、今まで見えなかった線で、この世界の神経構造のようなものが明らかになるのではという私が長い間抱いてきた直感があった。この「あとがき」で示したように、戦争は私たちに凄惨で不条理な死を突きつけるが、そんな時、事務は私たちの感受性の受け皿となる。私たちにとって究極のリアルとは何か。事務はそんな深い考察に私たちを導くのである。

連載中、毎回緻密な点検と的確なコメントで支えてくださった大西咲希さん、単行本の際にタイトルを含めたくさんのアイデアをくださった（しかし、三島由紀夫の父親と同じ名前であることに微妙な思いを抱えておられた）斎藤梓さん、そして毎回、丁寧にこちらのミスを見つけて下さった校閲の方、ありがとうございます。こちらの意図を生かして「羊入り」の楽しい装丁にしてくださった鈴木千佳子さんのすばらしいお仕事ぶりはご覧の通り。感謝申し上げたい。

連載をつづけ、書物にするというのは巨大な事務作業だということをあらためて痛感した次第である。

【参考文献】
◆阿部克巳『駆逐艦秋風の思いで』私家版、一九九五年。
◆阿部克巳「「夕月」の最後」『燦々会だより』第一二号（一九九六年）、一一〜一三頁。

＊1　阿部（一九九五年）、一二頁。
＊2　同、一頁。
＊3　同、六〜七頁。
＊4　同、七頁。
＊5　同、八頁。
＊6　阿部（一九九六年）、一二頁。
＊7　阿部（一九九五年）、二〇頁。

装幀・装画
鈴木千佳子

初出
第1章〜第12章、おわりに
「群像」2022年6月号〜2023年5月号、9月号
（連載タイトル「事務に狂う人々」を改題）
はじめに
書き下ろし

阿部公彦

あべ・まさひこ

1966年生まれ。東京大学大学院人文社会系研究科・文学部教授。英米文学研究と文学一般の評論を行う。1998年「荒れ野に行く」で早稲田文学新人賞、2013年『文学を〈凝視する〉』でサントリー学芸賞を受賞。著書に『英詩のわかり方』、『英語文章読本』、『小説的思考のススメ』、『即興文学のつくり方』、『スローモーション考』、『詩的思考のめざめ』、『英文学教授が教えたがる名作の英語』、『病んだ言葉 癒やす言葉 生きる言葉』など。翻訳に『フランク・オコナー短篇集』、マラマッド『魔法の樽 他十二篇』。

事務（じむ）に踊（おど）る人々（ひとびと）

2023年9月19日　第一刷発行

2024年2月19日　第三刷発行

著者　阿部公彦（あべまさひこ）

発行者　森田浩章

発行所　株式会社講談社

〒112-8001　東京都文京区音羽2-12-21

電話　出版　03-5395-3504

販売　03-5395-5817

業務　03-5395-3615

印刷所　株式会社KPSプロダクツ

製本所　株式会社国宝社

本文データ制作　講談社デジタル製作

ISBN978-4-06-532946-7